本著作受到"四川省社会科学十二五规划 2014 年度项目（SC14C013）"资助

DOCTORAL DISSERTATION OF
LITERATURE AND JOURNALISM SCHOOL,
SICHUAN UNIVERSITY

主编 ◎ 曹顺庆

四川大学文学与新闻学院博士论文丛书

从"我言"到"天使"
——里尔克的存在诗学研究

卢迎伏 ◎ 著

中国社会科学出版社

图书在版编目(CIP)数据

从"我言"到"天使":里尔克的存在诗学研究/卢迎伏著.—北京:中国社会科学出版社,2016.6

(四川大学文学与新闻学院博士论文丛书)

ISBN 978-7-5161-7905-5

Ⅰ.①从… Ⅱ.①卢… Ⅲ.①里尔克,R.M.(1875—1926)–诗歌研究 Ⅳ.①I521.072

中国版本图书馆 CIP 数据核字(2016)第 063098 号

出 版 人	赵剑英
责任编辑	任 明
特约编辑	乔继堂
责任校对	王佳玉
责任印制	何 艳

出 版	中国社会科学出版社
社 址	北京鼓楼西大街甲 158 号
邮 编	100720
网 址	http://www.csspw.cn
发 行 部	010-84083685
门 市 部	010-84029450
经 销	新华书店及其他书店
印刷装订	北京市兴怀印刷厂
版 次	2016 年 6 月第 1 版
印 次	2016 年 6 月第 1 次印刷
开 本	710×1000 1/16
印 张	14.75
插 页	2
字 数	240 千字
定 价	58.00 元

凡购买中国社会科学出版社图书,如有质量问题请与本社营销中心联系调换
电话:010-84083683
版权所有 侵权必究

内容提要

奥地利诗人莱内·马利亚·里尔克（Rainer Maria Rilke，1875—1926年）终其一生都因被"贫困时代"中的"存在问题"击中而焦灼惶然，可以毫不夸张地说，里尔克对"存在"的诗性言说之彻透性与独特性在其同时代人中罕有相匹者，然而国内外却均无以诗人的"存在"诗学为论域，对其一生的存在之思进行周全阐发的论著，此种研究状况与里尔克的重要地位极不匹配。学界一般仅将里尔克定位成普通意义上的诗人（或是将他划入象征主义阵营，或是把他纳入现代主义名下），这种文学史的前见无疑遮蔽了里尔克的"存在"诗学的意义所在。所以，当提及"存在"诗学，学界（尤其是汉语学界）一般只会想及海德格尔的绵密哲思，而忽视掉里尔克这位以诗性言说来切问存在的巨擘，更不可能注意到他的一些诗学观念深深影响了海德格尔的后期思想乃至运思措辞。因此，本书力图通过逐步清理、通达里尔克一生的"存在"之思，显明在应对现代性危机时，诗性言说路径的独特性以及诗性言说的心性价值所在。

本书以"现代性危机"为基本视域，逐步厘清里尔克一生为"存在"所牵引的"求真"运思之途，分为七个部分：导言，简扼评析现代性危机的因由及其引发的虚无主义和技术统治论的后果，从而给出里尔克诗性言说的语境。第一章，在虚无主义和技术统治论弥漫周遭的情况下，里尔克早期如何以喃喃絮语的"我言"来剖白、亲近隐匿的"存在"（《时辰书》），如何以精确的"图像"来素描"存在"在事与物中显现、给出的"影像"（《图像书》）。第二章，里尔克中期在罗丹的影响下，醒觉到"诗不是情感，而是经验"，转而朝向物本身。将面对"物"的方式改为去"经验"并写生"物"的存在现象，以及"领会"物中那隐而不彰的人类切己存在感（《新诗集》）；"我言"对象由隐匿的"存在"上帝转向终有一死的"人"（此在）自身（《马尔特·劳里茨·布里格随笔》）。第三章、第四章，因里尔克一生对"生、死、爱、欲、苦难、语言、信仰、物"等关乎"存在"的"诗思"，集中而彻底地在其晚期代表诗作《杜伊诺哀歌》中得以申述，故分为两章对该诗进行逐行解读，以厘定诗人所切问、近思一生的"存在"到底为何种模样。与该诗一道问世的两部《致奥尔弗斯的十四行诗》将作为理解《杜伊诺哀歌》的一把钥匙，穿插在对哀歌的解读中。第五章，在前两章逐行解读的基础上，总体呈现哀歌中存在之思的内在逻辑关联，并阐示其核心意象"天使"的隐喻幽旨——一种存在的激情；显然，天使意象对于以诗性言说来应对现代性危机的里尔克来说意义非凡。在诗性言说中，人在世的两个基本维度"空间与时间"由现代性的割裂时空被转化成一种有机的时空，在此一转化过程中神话修辞策略的采纳便是自然之事，它不仅使诗性言说更为方便，而且显露出人类存在的原初时代（神话时代）中语言的本质特征——能揭示意义的"诗性"。第六章，诗性言说使里尔克的"存在"诗学思想成为可能，因此有必要对诗性言说中的语言、意义和诗言的关系进行阐发，而比量胡塞尔意识现象学、海德格尔前期生存阐释学以及海德格尔晚期的语言之思无疑能为上述阐发提供一显豁视域。循此追问，诗性言说与普通言说的差异何在便绽显而出，而弄清诗性言说的独特性后，无实用性之用却有养心缮性之大用的"诗言"的价值便自然呈现。

关键词：里尔克　现代性危机　存在　诗性言说　心性价值

On Rainer Maria Rilke's Poetics of Being

Rainer Maria Rilke (1875—1926), an influential Austrian poet in the history of western modernist literature has always been tormented by anxiety about Being in a *desolate time* throughout his whole life, yet there are no works which analyze Rilke's poetics of Being meticulously. This book intends to analyze the logical development of Rilke's poetics of Being in the horizon of modernity crises firstly, and then indicates the poetic saying's spiritual value in an age of nihilism.

This book is insix chapters. The preface discusses the modernity crises briefly in order to define the context of Rilke's poetic saying. Chapter one examines the early period of Rilke's poetics. In the *Book of Hours*, Rilke prays in a mumble way for the sake of feeling the hidden Being, but later in *The Book of Image* he uses precise image to sketch Being revealed itself in things. Chapter two discusses the middle period of Rilke's poetics. In this period, Rilke comprehends that verses are experiences instead of simply feelings which inspired by Auguste Rodin's art theory. Then Rilke describes his experience of Being objectively in *New Poems*, expresses Dasein's anxiety and praises the idea of authentic Being-towards-death in *The Notebooks of Malte Laurids Brigge*. Chapter three and four analyze the late period of Rilke's poetics. Rilke's most famous long, interactive poems *Duino Elegies* are interpreted one by one and the *Sonnets to Orpheus* are used as illustrations to understand them. Chapter five reveals the *Duino Elegies'* logical development and probes into the metaphorization of angels in the elegized world. In poetic saying, the two dimensions—space and time of being-in-the-world, become organically again in modern society, while in this process mythological rhetoric play an important role which takes us to the original period of language. Hence, the final chapter analyzes the relationship between language and poetic saying, and then manifests the unique spiritual value of poetic saying in modern society.

Keywords: Rilke; Crises of Modernity; Being; Poetic Saying; Spiritual Value

存在之思是一种瘾

吴兴明

作为导师,为学生的学位论文作序似乎是一种责任,但是,一直到在电脑上敲下这一排字的此时此刻,我都仍然不知道究竟该写些什么。

我该说什么呢?论文是那样看似轻灵,实则厚重,用力极深,我还能说什么呢?况且写的是里尔克——一个因海德格尔几乎尽人皆知的诗人,是写里尔克诗作中的存在之思。说起来,我一直不相信海德格尔阐释的里尔克是里尔克的原意,不相信里尔克的诗里包含着那么复杂深邃的存在论思想。一个诗人,他不过是天才地涌动、吟诵而已,怎么可能表达出那么复杂的哲思呢?如果哪一位诗人的诗里真的有那么复杂深邃的存在之思,他的诗还能读吗?其实,我读到里尔克差不多就是那种不忍卒读的感觉,常常真的是不知所云。我不知道卢迎伏是怎么读出那么复杂的思想的。当然了,我更不相信海德格尔在几篇文章中提到的里尔克诗作中的存在之思,竟还可以写成一篇博士论文,写成堂堂皇皇的一本专著。

关乎此,我曾经旁敲侧击地问过卢迎伏。我有些结巴地问:"里尔克,他的诗,真的是很好么?""当然很好!"卢迎伏的回答庄严、慎重甚至有些生气。好吧,里尔克很好。您看得出,我对自己所提的问题没什么把握。我不懂德语,不知道里尔克原文的诗读起来究竟是什么感觉。虽然对所有只读过汉语的里尔克就痴迷不已的人我一概怀疑,但是卢迎伏说很好,那一定是真的好,因为卢向来是一个说话谨慎的人。尤其在学术上,他说好一定有他的独特的领会……唉,既然他喜欢,就让他写吧。我无数次这样说服自己,用以安慰我对他的选题方向是不是能写出博士论文的怀疑——我这样说,您就知道,我这个导师在卢迎伏写这篇博士论文的过程中实在是贡献不大。因为事实上在我被怀疑反复折磨之后，他不仅成功地写出了这篇博士学位论文，而且写出后各个方面都说好。一直到现在，我还是要忍不住说，在我这么多年带学生的经历中，同意卢迎伏写《里尔克的"存在"诗学研究》是最大的一次冒险。直到现在，不管是谁要以某一个诗人的存在论思想为研究对象来写博士论文，我仍然会坚决反对，因为这种设想真的是太玄了。存在之思呐，不要说还要到某人的诗里去挖掘，就是抛开一切文本资料的限制，专题性地作为哲学话题来研究，我们能说得上几句呢？

这么说，就不能不承认卢迎伏的写作技术了。他写了，从细节入手，层层深入，层层推进，反复循环，绝不重复。读下来你不能不承认他在研究展开中的缜密用力和对存在之思、对人生意义先天般的深思和敏感。我一直认为沉溺于存在之思的人都是那些心性较高而有意义控的人。这些人时时有一种人生意义的追问和终极关怀的意愿，常常在凡俗生活中忽然生出高蹈之想，在功利追求中错误地去追寻意义，在原本流畅的生活中人为地陷入迟疑，悖于常理，敏感而孤愤，就像鲁迅说过的，"于浩歌狂热之际中寒，于天上看见深渊，于一切眼中看见无所有"……其实我想说，存在之思害了不少人。在我的朋友里，在我的生活周遭有很多这样的人，他们因为20世纪80年代喜欢上了海德格尔，堕入存在之思而终生不能解脱，永远说话、行事、写文章都有着一种中式海德格尔的语气。那是一种仿佛高深而实际在根本上绝望的语气。海氏话语、海氏的故作深沉与只忠于个人内心的怪癖成了他们行事成言的基本方式。按海德格尔的教诲，他们固守于对前理解的源始状态的返回，立志于挖掘那存在之最初显现的现身情态的领会和道说。因此，这一"思入"让几乎所有的信奉者堕入了的的确确的人生诗意之本源和思想的无底洞。据说，这是开启一切之思，是非对象性的存在的敞亮，是所谓诗性的飘忽不定的本源的呈现，是为一切普遍性、客观性、真理显现的最原始的奠基之所，是"独行者"于时代的黑暗中抵达黎明、成为先知的前兆——这就决定了，对个人来说，沉浸在这种"思"之中太过瘾了，意义太重大了，所以，许多人一旦上瘾便欲罢不能。在商业大潮席卷祖国的约30年间，这些沉得太深的海迷们因此不能与时俱进，成长为纯粹理性的动物，或者舍身为官而扶摇直上，或者写出无数本让人人都读得懂而又数得出的大部头而功成名就。他们永远在那个无底洞中念念于无法解脱的存在论的探索，絮絮叨叨，无穷无尽，在不同说法的细枝末节的创新上惊喜不断，皓首穷经。许多话讲了无数遍他们仍然觉得有无穷的新意。他们的生活因此而困苦，人生因此而单调晦暗，其中甚至不乏得抑郁症、跳楼一死者。

我理解他们，因为在某种意义上我也是同道，在大约15年的时间里言必称海德格尔。后来累了，才懂得海氏话语的活用也是需要年轻和心力的，在这一层上，入思存在论大概跟写诗差不多。我所不理解的是卢迎伏，他现在还很年轻，但沉浸在存在之思中上瘾已经有很多年。他并不是20世纪80年代的过来人，而是那一代老式海迷们的下一辈。那么，他是因为什么呢？如果读过了这本书，您能告诉我吗？

2014年12月6日

诗意的敞亮何以可能？

邱晓林

生活之鸡零狗碎常叫人无暇他顾：明天的课还没有备好；请人吃饭还没有定好地方；违章行车还没交罚款；腰带坏了得马上买根新的；再不结题项目就要作废……然而，一当夜阑人静，只要我们还没有疲惫得即刻合上双眼，只要还有几分钟的喘息之机，"为什么而活着"，这一良心的叩问就会像幽灵一般悄然而至，即便我们懒得搭理，即便我们厌烦了思考，它仍会像影子一样尾随我们，甚至潜入我们的梦中继续纠缠，而常常在噩梦惊醒之后，那空虚渺茫的感觉简直要令人心碎——这么说是不是有点夸张？然而，又有谁能说没有过这样的时刻呢？当然，大多数人不会在这种问题上太费心神，甚至可以说，他们每当意识到这个问题，马上就会像一只感觉到威胁的羚羊一般机敏地闪开。但是，却总有那么一种人，要是对此想不出个所以然，表达出个所以然，那一定就会食不甘味，寝不安席。在我看来，诗人里尔克就是这类高度神经质人物中的一个典型。虽然我们知道，在号称小说之王的纳博科夫眼里，与卡夫卡相比，里尔克一类的诗人"不过只是侏儒或者泥菩萨"。然而，我们也可以说，一个像纳氏那样易于在炫目斑斓的细节中兴奋不已、流连忘返的人，又怎能对一个如里尔克这般具有强烈的意义渴求之人那不时涌动的内在焦虑感同身受呢？

十多年前，当我读到林克先生翻译的《杜伊诺哀歌》时，就有一种被突然击中的感觉，其故，就是因为这首诗把我一直以来那些企图表达，但总是模模糊糊而难以把握的东西好像一古脑儿全都说出来了，其痛快简直有如我第一次听到崔健的摇滚时，感觉我所有的青春期焦虑都得到了打包式的释放一样。从那个时候起，里尔克对于我来说就成了一个脑中挥之不去的诗人。这当然得感谢林克先生的传神译笔。勃兰兑斯曾说莎士比亚在德国是和歌德、席勒一起诞生的，其意是说奥·威·施莱格尔的莎译才算真正的莎译，那么我想说的是，里尔克是经林克先生之译笔才在中国诞生的。我知道这么说很得罪人，因为在林译之前早就有人翻译过里尔克了，但问题是，如果在审美这件事情上我们都不能诚实，那恐怕我们就不能说自己是从事文学研究这个行当的了。但遗憾的是，我一向疏懒的心智却让我无法真正领会里尔克耗十年心血写成的这首大诗，尽管我经常在酒酣耳热之际情不自禁地吟起那不凡的起句"究竟有谁在天使的阵营倾听，倘若我呼唤？"以及"当你路过／敞开的窗门，一阵琴声悠悠传来。／这一切皆是使命。但你是否完成？"一类令人无限感慨的句子。大约又过了10年，当我读到卢迎伏对于《杜伊诺哀歌》几乎是逐字逐句的解读时，我的这一遗憾终得以化解。不得不承认，这多少是一件令人惊叹的事情，而那时，他不过是一个面带腼腆、青涩未尽的年轻人，其年龄尚不足30岁。因为我们都知道，要完全通透地解读一首诗歌的意义，即便是一首短诗，往往都是十分困难的，遑论像《哀歌》这样的大诗，然而，卢迎伏却硬生生地做到了。我用"硬生生"一词，是想表达两个意思。一方面，当然是有感于这一解读之旅所展现出的不同凡响的穿透力，可以说，其阐释之光几乎照亮了这首大诗的每一个字词；但另一方面，我也有个疑问，一首诗，尤其是像《杜伊诺哀歌》这样的大诗，其意义真的可以得到如此明晰的揭示吗？或者说，一首其意义可以被阐释所完全穿透的诗歌还是一首好诗吗？说实话，这是我的困惑。因为仅就《杜伊诺哀歌》而言，我的阅读感告诉我，毫无疑问它是一首好诗，而卢迎伏的阐释也让我觉得，讲得真是有道理。其实在我看来，关于存在的困境及其突围，里尔克似乎并没有说出多少有新意的东西，似乎他所吟唱的仍然不过是那些司空见惯的主题，但令人惊诧的是，这些陈腐的主题却在里尔克的诗性言说中化腐朽为神奇，让我们为之唏嘘感叹，玩味无穷。他是如何做到这一点的？或许，参透其中的秘密，即里尔克"全然属己的独一性"，才是解读作为诗人而不是思想者的里尔克的关键所在。而这，也是我期望于卢迎伏未来研究的着眼所在。而且我相信，将来我们一定可以读到他更多、更精彩的经典解读。说实话，这是他最有天赋的一个领域，所以他不能浪费自己的才华，也不要犹豫在这个理论聒噪的时代还该不该做这么"笨"的事情。因为我已经在多个场合，亲耳聆听过他对于诸多经典的精彩解读，其迥异于常人的独辟之见常常让人有恍然大悟之感，这一点也在他常令学生感慨时间过得太快的课堂上得到了强有力的印证。所以我非常期待有朝一日，我们能够读到独具风采的卢氏《文学讲稿》，并且可以相信，即便是把它和纳博科夫的《文学讲稿》摆在一起也毫不逊色。

但最后，我想抛给卢迎伏的是这样一个问题：这真是一个贫乏的时代吗？要是换一种眼光，换一种角度，是不是可以说这也是一个好的，甚至是更好的时代？如果是这样，那么我们的存在之弦是不是不用绷得那么紧张？当然，以我对卢迎伏的了解，以其可以整天沉浸在古典音乐中的性情倾向来看，或许他并不习惯于这样的思考，只是我觉得，他可以适当放松一些，因为当他不再紧紧地"抓"着里尔克，而是带着一点戏谑和调侃的眼光去重新打量里尔克时，或许他就可以对里尔克的"存在"诗学产生更加意味深长的领会。

2014 年 12 月 16 日

目 录

导言 现代性危机视域下的里尔克"存在"诗学 ……………………（1）
  一 现代性危机 ………………………………………………（1）
  二 诗人何为 …………………………………………………（4）

**第一章 从孤独的"我言"到冷硬的"图像"：里尔克早期诗学
    思想** ……………………………………………………………（12）
  第一节 时间：我言与"存在"——在时间湍流中铭刻"我言"
      之痕（《时辰书》）……………………………………（15）
    一 时间：定时祷入"弥赛亚瞬间" ………………………（16）
    二 存在：圣言·谛听·期待 ………………………………（19）
    三 此在：终有一死但不可或缺 …………………………（22）
  第二节 空间：我言与"图像"——将"存在"显现的"影像"素描
      为"图像"（《图像书》）………………………………（26）
    一 存在显现："影像"与"图像" …………………………（26）
    二 存在·此在·物 …………………………………………（28）

第二章 直观"物"与经验"死"：里尔克中期诗学思想 …………（36）
  第一节 空间：悬搁情感与直观造"物"——"物诗"
      （《新诗集》）……………………………………………（37）
    一 以辛繁的"工作"赢获"物"的"真实"存在 ……………（37）
    二 从素描"影像"到写生"现象" …………………………（40）
  第二节 时间：抵御"恐惧"与"存在"的勇气（《布里格
      随笔》）……………………………………………………（45）
    一 幸与不幸 ………………………………………………（45）

  二　存在的勇气 …………………………………………………（46）
  三　视觉作品与心灵作品：由"物诗"到"思诗" ……………（51）

第三章　存在何为与思的经验：里尔克晚期诗学思想（上）………（53）
 第一节　题解："哀歌"与"杜伊诺" ………………………………（53）
 第二节　隐喻的天使与奥尔弗斯的歌唱："思诗"中的
     存在之思（一） ……………………………………（55）
  一　存在的隐遁——哀歌之一 ………………………………（55）
  二　暧昧的存在境遇——哀歌之二 …………………………（72）
  三　精神分析此在——哀歌之三 ……………………………（88）
  四　此在的时间性——哀歌之四 ……………………………（101）
  五　被抛的此在——哀歌之五 ………………………………（113）

第四章　存在何为与思的经验：里尔克晚期诗学思想（下）………（127）
 第三节　隐喻的天使与奥尔弗斯的歌唱："思诗"中的
     存在之思（二） ……………………………………（127）
  一　本真性的存在——哀歌之六 ……………………………（127）
  二　此在的尊严——哀歌之七 ………………………………（133）
  三　敞开者与此在——哀歌之八 ……………………………（145）
  四　诗言与存在——哀歌之九 ………………………………（154）
  五　原苦与此在——哀歌之十 ………………………………（161）

第五章　重塑空间·时间与神话修辞 ………………………………（176）
 第一节　天使的隐喻与整全的空间 ……………………………（177）
 第二节　反击现代性时间观 ……………………………………（179）
  一　现代性时间观念 …………………………………………（179）
  二　里尔克的反击 ……………………………………………（186）

第六章　诗·语言·思：诗性何在 …………………………………（191）
 第一节　语言的起源与意义的揭示 ……………………………（192）
 第二节　意识现象学与生存阐释学 ……………………………（194）
 第三节　源域、语言与诗 ………………………………………（198）
 第四节　结语：诗言的心性价值 ………………………………（200）

主要参考文献 …………………………………………………………（204）

"现在终于成了" ………………………………………………………（215）

导言

现代性危机视域下的里尔克"存在"诗学

一 现代性危机

奥地利诗人莱内·马利亚·里尔克[①]（Rainer Maria Rilke, 1875—1926年）终其一生都因被"贫困时代"中的"存在问题"击中而焦灼惶然："诗人何为？其歌唱正在走向何方？在世界黑夜的命运中，诗人到底何所归依？"[②] 时代之所以贫困，乃因"痛苦、死亡、爱情所共属的那个本质领域自行隐匿了"[③]，而本质领域之所以自行隐匿，皆因"现代性"释放出了两种危险学说——"虚无主义和技术统治论"。[④] 那么，究竟何为"现代性"？缘何它匿藏如此凶险之物？

据《不列颠百科全书》（*Encyclopædia Britannica*），英文 modernity 一词最早出现于18世纪，原始之义为"成为现代"（being modern）。而 Modern 一词来自后期拉丁文 modenus，modenus 又可追溯到拉丁文 modo，其含义是"此刻、现在"。英文 modern 一词的最早含义相当于 contempory，意为"现在存在的事物或此时此刻"。直到19世纪，modern 和 mo-

---

[①] 虽然里尔克是一个多文体写作之人，但本书出于对其写作品质的通盘考量，而称他为一位荷尔德林意义上的"诗人"——"受过神授教育，本身无所作为而又无忧无虑，但为上苍所凝视而又虔诚的人"，而非笼统地称之为"作家"。茨威格：《告别里尔克》，载《里尔克散文选》，绿原等译，百花文艺出版社2005年版，第2页。

[②] Martin Heidegger, *Off the Beaten Track*, edited and translated by Julian Young & Kenneth Haynes, Cambridge: Cambridge University Press, 2002, p.241.

[③] [德]马丁·海德格尔：《林中路》，孙周兴译，上海译文出版社2004年版，第288页。

[④] [加]莎蒂亚·德鲁里：《列奥·施特劳斯与美国右派》，刘华等译，华东师范大学出版社2006年版，第78页。虚无主义与技术统治论的标志性概念是尼采的话"上帝死了"和韦伯的"技术铁笼"。

dernity 才由"非古代的、非古典的"等负面意谓赢获诸如"改善的、有效率的"等正面意谓。大体而言,西方学者主要在三种意义上使用 modernity 一词:用它指涉某段历史时期(period),可译作现代;以之揭示现代社会所具有的某种独特品质(quality),可译作现代性;以其表达现代人不同以往的新鲜体验感(experience),可译作现代性体验。显然,modernity 一词所具有的三种含义是彼此关联的,即置身社会之中的人,由于自身体验发生了某种质的变化(时间在先),在对社会的独特品质进行反思之后(逻辑在先),将之命名为现代社会。

由此,我们就不难理解为何黑格尔、马克思以及马克斯·韦伯等众多思想家虽对"现代性"的具体理解不尽相同,但他们对"现代"所界定的具体历史时期指涉却又大体一致("现代"指的是中世纪之后的那个时代),这是因为他们都从历史事实出发看出中世纪之后的人遭遇到了某种新的体验。那么,就需追问,究竟"发生了什么"使现代人对周遭世界的体验感产生了质的变化以及他们究竟"依据什么"把这段时期命名为"现代"呢?在美洲新大陆的发现、文艺复兴与宗教改革等重大事件的一并冲击之下,人类固有的时空经验与文化信仰日渐式微,失却传统信念庇护之人不得不对"此种变动的独特性"("现代性")进行反思,对新的意义居有形式进行筹划。在西方思想史上,黑格尔是第一位对"此种变动的独特性"进行把捉,即清晰地阐释现代概念并将其"升格为哲学问题"[1]的思想家。在《历史哲学》一书中,黑格尔将希腊、罗马世界之后的西方社会统称为日耳曼世界(Germanic world),日耳曼世界又可界分为基督教日耳曼世界(圣父的王国)、中古时代(圣子的王国)与现代(精神的王国)。黑格尔之所以做出此种界分,乃是他察悉到现代社会的"政治生活有意识地为'理性'所规定,道德与传统的惯例俱丧失了其有效性;任何被提出的权利要求,都需根据理性的原则来证明自身之合法性"[2]。概言之,黑格尔洞悉到在现代人的体验之中,存有某种与前现代社会相比不同的、可名之为"现代性"的独特品质。黑格尔认为它就是建立在自由(freedom)与反思(reflection)基础之上的主体性(subjectivity)原

---

[1] Jürgen Habermas, *The Philosophical Discourse of Modernity*, translated by Frederick Lawrence, Cambridge: Polity Press, 1990, p. 16.

[2] G. W. F. Hegel, *The Philosophy of History*, translated by J. Sibree, Kitchener: Batoche Books, 2001, p. 362.

则,而对主体性原则的经典表述应是"在理性这个最高法庭面前,一切提出有效性要求的东西都必须经由其证明自身"。①

黑格尔这种西方社会的现代性(modernity)与西方理性主义(Occidental rationalism)之间存在内在关联的洞见,被马克斯·韦伯进一步发展成:西方社会的现代化过程就是西方理性主义在社会、文化、个性三大领域中逐步展现自身,从而使诸领域各自完成合理化的过程。具体而言,社会的合理化指"资本主义经济和现代国家的分化"②;文化合理化表现为,"现代科学,自律的艺术以及扎根在宗教当中的伦理俱唯理性原则马首是瞻"③;个性系统中的合理化,则是韦伯所说的以职业观念(conception of the calling)为核心教理的新教取得了支配性地位。④ 自此之后,"现代性"奠基在主体性原则与各个领域的合理化之上成为学界的基本共识乃至学者对此种现代性进行批判和质疑的逻辑起点。⑤

显而易见,以主体性原则为奠基点的现代性社会必然引来虚无主义与技术统治论。首先,当"现代人类整个感情和思想的极端个体化,社会思想变成从个体出发而不是从整体出发,旧的纽带和权威日益变得松散"⑥之时,每个人都必须独自面对终极意义问题。因为启蒙虽使人获得了主体性,却未对"我们应当做什么?我们应当如何生活?"等终极问题提供能得到普遍认同(identity)的方案,便导致了所谓的认同危机(the crisis of identity)和匿藏其后的虚无主义(nihilism),它是神义论向人义论转换的

---

① Jürgen Habermas, *The Philosophical Discourse of Modernity*, translated by Frederick Lawrence, Cambridge: Polity Press, 1990, p. 18.

② Jürgen Habermas, *The Theory of Communicative Action*, Vol. 1, translated by Thomas McCarthy, Boston: Beacon Press, 1984, p. 158.

③ Ibid., p. 159.

④ Max Weber, *The Protestant Ethic and the Spirit of Capitalism*, translated by Talcott Parsons, London & New York: Routledge Press, 2005, p. 40.

⑤ 由康德、黑格尔、马克思以及韦伯等思想家所厘定的"现代性"从诞世之初,就饱受来自文化领域的众多思想家如卢梭、席勒、波德莱尔以及本雅明等人的质疑或批判,而他们对"现代性"的质疑或批判,又使"现代性"向更加纵深、复杂的层面展开。为了解释"现代"社会所呈现出的这种"现代性"与"反现代性"并存的悖论局面,美国学者马泰·卡林内斯库认为存在两种现代性,即市民社会现代性(bourgeois modernity)和审美现代性(aesthetic modernity),而审美现代性是以反市民社会现代性的身份出场的。参见 Matei Calinescu, *Five Faces of Modernity: Modernism, Avant-garde, Decadence, Kitsch, Postmodernism*, Durham: Duke University Press, 1999, pp. 41–46.

⑥ [德]特洛尔奇:《基督教理论与现代》,朱雁冰等译,华夏出版社2004年版,第48页。

必然结果。① 细察虚无主义会发现，它有形而上学层面与道德层面两种含义。就形而上学层面而言，虚无主义并非意味着有一种绝对的虚无存在，而是意指没有一种可以被人用来作为不变基础的持存之物，这就否定了"自柏拉图以降的西方传统所构想的那些能为流变的经验奠基的永恒上帝或存在"。② 而在西方思想传统的语境下，若无"永恒上帝或存在"作保便意味着善与恶等道德观念失去了恒定标准，由此便引出了道德的虚无主义。质言之，虚无主义意味着（生存）意义的丧失。

其次，现代性社会诸方面的合理性归根结底有赖于精准算计的技术精神，而技术精神恰恰是把双刃剑——它将人"从自然的动物性的禁锢下解放出来，从它的物质匮乏、威胁和奴役下解放出来"③ 的同时，也造成了人对自然的强制，以及随技术而来的组织化造成了对人本身的强制。由此，于个体而言，其生活的社会成为一个无法逃逸的有组织的系统枷锁，人对外在事物的顾虑，不再是"圣徒肩上那件可随时扔弃一旁的薄斗篷（light cloak），因为命运已使其成为钢铁般的牢笼（iron cage）"④。显然，技术统治论标示着自由之丧失。

二 诗人何为

意义与自由的丧失，使如何直抵个人内心，"追求尽可能全数的、内在的强度之经验"⑤ 成为时代的精神课题。里尔克敏锐地直觉到时代的精神困境，他称诸种宗教帮助失效的状态为"无辜之境"，称被抛入世界之中的人类是难以形容的"被遗弃者"。显然，关键之处在于人类遭遇的厄

---

① 神义论和人义论都是对"义"或"正义"（justice）根源究竟何在的探究，所谓"神义论/神证论"，其意思是"用神义作为现世制度与人心秩序的正当性根据"，"人义论/人证论"的意思是"用人自身的实存或属性作为现世制度与人心秩序的合理性根据"（张志扬：《偶在论》，上海三联书店 2000 年版，第 1 页）。之所以会出现此种转变，乃是因为在启蒙思想家看来，"人类的世俗生活的目的，就是人类在这种生活中自由地，合乎理性地建立自己的一切关系"（梁志学编译：《自由的体系：费希特哲学读本》，商务印书馆 2008 年版，第 312 页），即启蒙现代性本质上就是"人为自己立法"。

② Leo Strauss & Joseph Cropsey eds., *History of Political Philosophy*, Chicago: The University of Chicago Press, 1987, p. 888.

③ ［德］卡尔·雅斯贝斯：《历史的起源与目标》，魏楚雄、俞新天译，华夏出版社 1989 年版，第 116 页。

④ Max Weber, *The Protestant Ethic and the Spirit of Capitalism*, translated by Talcott Parsons, London & New York: Routledge Press, 2005, p. 123.

⑤ 李永平编选：《里尔克精选集》，北京燕山出版社 2005 年版，第 679 页。

运不是来自社会或经济领域，而是本有的且作为感性世界之价值基底与目标的超感性形上世界因被理性废黜而失去了作用力。里尔克之所以被誉为现代派文学的杰出作家，正因他以精妙的语词与深湛的运思真正回应了现代性所诱发的两大时代问题——虚无主义（nihilism）与"技术统治论"（total technocratic organization of the world），可以说诗人一生虽颠沛流离却念兹在兹地以语词为存在筑屋，践行一种独特的以"求真"为旨归的"存在"诗学观：①

  所有伟大的诗人在发展过程中的某个时刻都曾努力去做一件事，抱这种想法的诗人完成了它：……他认为这件作品是人类惟一的真正作品，简而言之，它叫做"求真"。他的作品亦如是。"求真"便是他的作品的惟一内涵，它为了得以表达而不断采用新的题材，这便是他的生命的意义与目标，当他将全人类最为共同的任务和最深切的渴望当作自己的任务与渴望时，他的生命便变得无比辽阔。②

当然，里尔克十分明了当知、情、意三大领域在被以康德的三大批判为标志的现代知识体系清晰勘界之后，依庸常观念诗人应该在"真、美、善"中选择求美，而非求真。对此，他如是反诘，求真难道不主要"是而且尤其是哲学家的义务吗？难道这不是从柏拉图到斯宾诺莎、康德和尼采等一切智者日日孜孜以求的目标吗？若对照着它简短描述艺术家的工作，难道不该将艺术家的工作称为求美吗？"③他认为此种俗念实乃皮相之见，因为我们若是能更仔细地观察人类哲学与文学艺术两大领域的最近发展状况，便会发现，正如当初在希腊社会美与道德这两个概念相互重叠一样，如今，美与真也正在靠拢，这在以往任何时代都未曾发生过。从这个角度出发，艺术中的现实主义便显得是一种将真升华为美的短暂的尝试，即艺术地塑造真实。这个尝试在很大程度上失败了，因为艺术并未去寻找我们生活中的真，它就像子女众多的母亲一样隐在万物身后，而转向

---

  ① 里尔克主要应对的是工具理性中技术统治的科学技术问题，但对技术统治的其他方面也有所触及。
  ② ［奥］里尔克：《永不枯竭的话题：里尔克艺术随笔集》，史行果译，东方出版社2002年版，第145—146页。
  ③ 同上书，第146页。

了日常生活中零星琐碎的小事。①

换言之，以现实主义方式"求真"的败因乃在于它错将外部可见事物的客观性看做了真实，从而忽视了本原性的不可见之物，这种"伟大的、抽象的、形式的纯系统，这个系统通过我们而说话和行动，从不直接显露自身"②之物才是求真的正确朝向物。因为说到底，"艺术意在寻找那唯一而广博的真，并摸索着、谛听着、努力保持着那真可能身处的方向。没有人认得真的面貌，寻求真的诗人也许在很长时间内是在寻求未知"。③显然，里尔克眼中的诗乃是"存在者之无蔽状态的道说（die Sage)"④，而这种存在者之为存在者的无蔽状态即为真理，在此种道说中，真理得以自行置入作品，美亦随真理的自行生发而显现、带出。因此，作诗就本质而言是一种能使人"首次获得了计量其存在广度的尺度"⑤的活动，就是切问近思存在：

"追寻存在，直至这伟大而坚固的真的边缘"，人们必须忽略、离弃包围着我们的生活，因为这种生活被证实不会延伸至那边缘，它很渺小，犹如它所属的白昼，犹如它所依赖的偶然，犹如流逝掉了无痕迹的时光。但它绝不是我们真正的生活。人的生命可能在它停止的那一时刻开始，而当人的可见的生命终结时，他的灵魂的生命开始了，这才是惟一真正的生命。⑥

一言以蔽之，艺术是一种生命观，而"生命观要这样去理解：生命的本真存在"。⑦显然，此种更加本源的诗学观并非拘囿于亚里士多德的狭

---

① ［奥］里尔克：《永不枯竭的话题：里尔克艺术随笔集》，史行果译，东方出版社2002年版，第146页。
② ［英］特里·伊格尔顿：《历史中的政治、哲学、爱欲》，马海良译，中国社会科学出版社1999年版，第222页。
③ ［奥］里尔克：《永不枯竭的话题：里尔克艺术随笔集》，史行果译，东方出版社2002年版，第146页。
④ ［德］马丁·海德格尔：《林中路》，孙周兴译，上海译文出版社2004年版，第61页。
⑤ Martin Heidegger, *Poetry, Language, Language, Thought*, translated by Albert Hofstadter, New York: Harper & Row, 1975, pp. 221–222.
⑥ ［奥］里尔克：《永不枯竭的话题：里尔克艺术随笔集》，史行果译，东方出版社2002年版，第147页。
⑦ 李永平编选：《里尔克精选集》，北京燕山出版社2005年版，第640页。

义诗学定义——对诗的"艺术本身、它的种类、各种类的特殊功能、各种类有多少成分、这些成分是什么性质、诗要写得好情节应如何安排以及这门研究所有的其他问题"。① 那么，它来自何处呢？

在古希腊哲学家柏拉图的《会饮篇》中，女先知第俄提玛训教苏格拉底以生育为结果的"爱欲"与真正的"爱欲"之区分时，曾以制作与诗的不同来佐证：为何"诗"（poiesis, poetry）的原初之义为制作（creation），但我们却只称那部分搞音乐和节律的人为诗人，而将其他的制作者（creator）称为匠人（craftsman）呢？② 在女先知眼里，"爱欲"有好色与好德之别，只有"善和幸福"方是真正的"爱欲"永不餍足的欲求物。③ 同样，"诗"与其他"制作"不同，它滋养、欲求真、美和善，切问、近思人的存在，是真正的"爱欲"。因此，"真、善、美乃（存）在之极为超验的本质，它们只能在相互交织中才得以被把握。真、善、美在其同契性中为（存）在之永不枯竭的深度和永不满溢的丰盈提供证明"。④

如上所述，里尔克虽曾多次标明自己所秉持的是一种以"求真"为旨归的"存在"诗学观，但就本人的阅读经验而言，国内外学界却均无以里氏的此种诗学观为论域，对其一生的存在之思进行周全阐发的论著。从笔者掌握的资料来看，国外学界对里尔克的研究主要有以下四个特点。

第一，从基督教神学的现代性问题入手，集中阐释里尔克某一时期的文本（主要是诗作，尤其是晚期代表诗作《杜伊诺哀歌》），来透析里尔克的神学思想，如勒塞（Kurt Leese）的长文《里尔克的宗教观》与瓜尔蒂尼（Romano Guardini）的《论里尔克的此在释义：对〈杜伊诺哀歌〉的解释》一书。⑤ 这种研究视野固然有其深刻之处，但弊端在于将里尔克

---

① ［古希腊］亚里士多德：《诗学》，罗念生译，上海人民出版社2006年版，第17页。
② Plato, *The Symposium*, translated by M. C. Howatson, Cambridge: Cambridge University Press, 2008, p. 42.
③ 参见（古希腊）柏拉图《柏拉图的〈会饮〉》，刘小枫等译，华夏出版社2003年版，第81页。
④ ［瑞士］巴尔塔萨：《神学美学导论》，曹卫东、刁承俊译，生活·读书·新知三联书店2002年版，第205页。
⑤ Kurt Lesse, *Die Religiöse Krisis des Abendlandes und die religiöse Lage der Gegenwart*, Hmburg, 1948; Romano Guardini, *Rainer Maria Rilkes Deutung des Daseins. Eine Interpretation der Duineser Elegien*, Matthias-Grünewald-Verlag, 1996. 勒塞的文章与瓜尔蒂尼专著节选的中译，见《〈杜伊诺哀歌〉中天使》，刘小枫选编，林克译，华东师范大学出版社2005年版。

拘泥为一个诗人神学家，从而遮蔽了里尔克的真身实乃一"求真"诗人。①

第二，以海德格尔和伽达默尔为代表，从哲学现代性视野出发阐究里尔克的晚期诗作（尤其是《杜伊诺哀歌》），如海德格尔的《诗人何为》一文对第8首哀歌的解析②与伽达默尔的《里尔克对存在的阐释：评瓜尔蒂尼的专著》和《神话诗的颠覆——里尔克〈杜伊诺哀歌〉探析》（分析了第4首和第10首哀歌）。③ 无疑，这种研究触及了里尔克"存在"诗学的产生背景与运思深度，但因二人仅局限在阐究里尔克的晚期诗作，而忽视了其早、中期诗作，艺术散论，小说和书简中所蕴含的丰富的存在之思，故不能全面通达其"存在"诗学之路，便错失了显明里尔克切问"存在"的最初因由、方式的转换以及最终旨归等重要问题的机会。

第三，评传性研究，如霍尔特胡森的《里尔克》与莱安（Judith Ryan）的《里尔克、现代主义与诗歌传统》，④ 前者对里尔克生平和思想做了生动而简扼的介绍，但由于是传记性读物，因此该书侧重选纳一些叙述性强的资料，而未对里尔克的诗作和小说进行详深阐抉。后者述评了里尔克从审美主义到现代主义的转变历程，认为诗人深受时代的诗歌传统与视觉艺术的影响，并将他与其他现代主义作家（如庞德、艾略特和马拉美等）比较，得出里尔克式的现代主义模式是在哀悼现代社会的同时，相信仍可对其作出某些弥补；里尔克诗作的成功因由在于其能混合两种矛盾姿态——文本既召唤读者去直接感受自身的倾吐，又在其深处包含一些难以理解的秘密。总之，该书过于注重分析传统与时代等外部因素对里尔克诗歌创作所产生的影响，而对诗人的个人才能与个人存在焦虑注重不够。

---

① 伽达默尔曾对这种从神学观念出发的研究提出一种过矫枉过正式的批评，"无论是谁，如果他想要理解《杜伊诺哀歌》一诗的深刻思想，就必须首先使自己免除各种神学及伪宗教的成见"。［德］伽达默尔：《伽达默尔集》，邓安庆等译，上海远东出版社2003年版，第565页。此外，这种研究视野还忽视了里尔克早、中期诗作。

② 中译文见［德］马丁·海德格尔《林中路》，孙周兴译，上海译文出版社2004年版。

③ 两文原文见《伽达默尔全集》第九卷《美学与诗学》，Tübingen, J. C. B. Mohr (Paul Siebeck), 1993. 两文英译见 Hans Georg Gadamer, *Literature and Philosophy in Dialogue: Essays in German Literary Theory*, translated by Robert H. Paslick, New York: State University of New York Press, 1994.《神话诗的颠覆——里尔克〈杜伊诺哀歌〉探析》中译文见［德］伽达默尔《伽达默尔集》，邓安庆等译，上海远东出版社2003年版。

④ 前者已有中译本［德］霍尔特胡森《里尔克》，魏育青译，生活·读书·新知三联书店1988年版。后者，Judith Ryan, *Rilke, Modernism and Poetic Tradition*, Cambridge: Cambridge University Press, 1999.

第四，密集透析里尔克作品的某一主题，如法国作家莫里斯·布朗肖在《文学空间》一书中详述了里尔克晚期思诗中的"死亡"主题。①

与国外相比，目前汉语学界对里尔克的研究相对较为薄弱，大致可分为以下两类。

首先，单篇论文解读里尔克的一些代表诗作，在此基础上阐发他的神学思想和诗学观念；而仅有的一篇硕士学位论文《论里尔克的存在主义诗学》，②则侧重将里尔克与海德格尔和萨特的存在主义观念进行比较。

其次，专注详读《杜伊诺哀歌》③，评传式叙述里尔克的生平和作品，④以及以有限篇幅论及里尔克某一方面的诗学思想。⑤上述两类研究，都未以"存在"为主脉对里尔克的整个运思之路进行逐步理清，因此便不能究明诗人以"诗言"来应对现代性危机的内在逻辑进程，以及这种诗性言说的价值所在。

显然，上述里氏诗学观的国内外研究状况不仅与里尔克的大诗人地位极不匹配，并且因国内外学界仅将他定位成普通意义上的诗人（或是把他划入象征主义阵营，或是将他纳入现代主义名下），而遮蔽了其"存在"诗学的意义所在。因此，当提及"存在"诗学，学界（尤其是汉语学界）一般只会想及海德格尔的绵密哲思，而忽视里尔克这位以"诗言"来切

---

① Maurice Blanchot, *The Space of Literature*, translated by Ann Smock, London: University of Nebraska Press, 1982.

② 艾士薇：《论里尔克的存在主义诗学》，硕士学位论文，华中师范大学，2009年。需要声明的是，里尔克的诗学观虽以切问"存在"为主脉，但称之为"存在主义"诗学却不太恰当，他的存在之思与海德格尔更为切近，与萨特"实存先于本质"的存在主义观念则差别较大。因此，不能笼统地将三人都贴上存在主义的标签，海德格尔曾在《关于人道主义的书信》一文中明言，萨特的所使用的"实存"（Existenz）仍然是形而上学的、"现实性"意义上的"实存"，因此海德格尔明言萨特的存在主义的"主要命题与《存在与时间》中的那个命题毫无共同之处"。见[德]马丁·海德格尔《路标》，孙周兴译，商务印书馆2000年版，第386页。

③ 如[奥]里尔克《杜英诺悲歌》（附诠释），李魁贤，台北田园出版社1969年版；崔建军《纯粹的声音——倾听〈杜英诺悲歌〉》，东方出版社1995年版；张索时《里尔克的绝唱》，百花文艺出版社2003年版；刘皓明《杜伊诺哀歌》，辽宁教育出版社2005年版。以上四书均未以"存在"为主脑，故不能显出十首哀歌的内在逻辑关联，难免有见木忘林之弊。

④ 如冉云飞《尖锐的秋天——里尔克》（四川人民出版社2000年版）一书，以及程抱一在《和亚丁谈里尔克》（台北纯文学出版社1972年版）一书中，以书简形式漫谈了的里尔克创作成就。

⑤ 如刘小枫的《诗化哲学》（华东师范大学2007年版）一书将里尔克放置在德国新浪漫主义诗群中打量其意义；张隆溪《道与逻各斯》（冯川译，四川人民出版社1998年版）一书分析了里尔克对语言局限性的思考。

问存在的巨匠,更不可能注意到里尔克的一些诗学观念深深影响了海德格尔后期思想的深度甚至运思措辞,如《杜伊诺哀歌》中的第 8 首哀歌所提及的敞开状态,第 9 首哀歌中诗人反对现代人以"图像"方式把握世界和认为诗言是一种纯粹言说,以及《致奥尔弗斯的十四行诗》中的"歌唱是存在"(奥:A.3.或译"歌唱即此在")等。① 依海氏本人的后期观念,在切问存在的路径中,诗言无疑比哲思更具有一种优先性地位——诗言是一种纯粹的所说。

一言以蔽之,里尔克的"存在"诗学研究可使我们更加全面而彻透地理解现代性危机视域下的"存在"诗学。依此诗观,循里尔克对"存在"的运思之路,本书分为六章。

第一章,在虚无主义和技术统治论弥漫周遭情况下,里尔克早期如何以喃喃絮语的我言来剖白、亲近隐匿的存在(《时辰书》);如何以精确的图像来素描存在在事与物中显现、给出的影像(《图像书》)。

第二章,里尔克中期在罗丹的影响下,醒觉到"诗不是情感,而是经验",转而朝向物本身。他将面对物的方式改为去经验并写生"物"的存在现象,以及领会物中那隐而不彰的人类切己存在感(《新诗集》);我言对象由隐匿的"存在"上帝转向终有一死的人(此在)自身(《马尔特·劳里茨·布里格随笔》)。

第三章、第四章,因里尔克一生对"生、死、爱、欲、苦难、语言、信仰、物"等关乎存在的诗思,集中而彻底地在其晚期代表诗作《杜伊诺哀歌》中得以申述,故分为两章对该长诗进行逐行文本详读,以厘定诗人所切问、近思一生的存在到底为何种模样。与该诗一道问世的两部《致奥尔弗斯的十四行诗》则作为理解《杜伊诺哀歌》的一把钥匙,穿插在对哀歌的解读中。②

第五章,在前两章逐首逐行详解的基础上,本章将总体呈现哀歌中存

---

① 如海德格尔后期的"存在之澄明",名文《世界图像的时代》以及"语言的是存在之家"等观点。

② 里尔克曾在两封信中如是解释《致奥尔弗斯的十四行诗》与《杜伊诺哀歌》之间的关系,"有一天我给她读了全部十首哀歌,第二天五十首《致俄尔甫斯的十四行诗》,后者与前者形成绝妙的对照,正是由于这次倾听,我才可以感受到十四行诗与哀歌的内在统一和关联"。又,"哀歌与十四行诗互为奥援,当时我竟能以同样的呼吸鼓满这两面风帆:十四行诗小小的铁锈色帆布,和哀歌巨大的白色桅帆,我现在把这个看成是一种无限的神恩"。见〔奥〕里尔克《穆佐书简:里尔克晚期书信集》,林克、袁洪敏译,华夏出版社 2012 年版,第 89、217 页。

在之思的内在逻辑关联以及阐示其核心意象天使的隐喻幽旨——一种存在的激情，因它对于以诗性言说来应对现代性危机的里尔克来说意义非凡。在诗性言说中，人在世的两个基本维度空间与时间由现代性的割裂时空被转化成一种有机的时空，在这一转化过程中神话修辞策略的采纳便是自然之事，它不仅使诗性言说更为方便，而且显露出人类存在的原初时代（神话时代）中语言的本质特征——能揭示意义的诗性。

第六章，诗性言说使里尔克的"存在"诗学思想成为可能，因此有必要对诗性言说中的语言、意义和诗言的关系进行阐发，而比量胡塞尔意识现象学、海德格尔前期生存阐释学以及海德格尔晚期的语言之思，无疑能为上述阐发提供一显豁视域。循此追问，诗性言说与普通言说差异何在便绽显而出，而弄清诗性言说的独特性后，无实用性之用却有养心缮性之大用的诗言的价值便自然呈现。[1]

---

[1] 需要说明的一点是，虽然里尔克的诗学思想展现在两类创作中——理论作品（艺术评论和文学评论）与非理论作品（诗歌、散文、小说、信笺）中，但因其"非诗歌"作品中的主要诗学思想都会在"诗歌作品"中得以呈现，所以本文以其"诗作"为分析主体，以"非诗歌"作品为佐证。又：本书选用的里尔克诗作的中译文，是笔者在对勘现有多个中译文的基础上择优而取的结果，偶有修改之处会做出说明。笔者认为在自己对德文的领会能力以及德译中能力尚不及冯至和林克等人时，老实采用他们的中译文而非自己另起炉灶翻译，实乃诚实之举。

第一章

从孤独的"我言"到冷硬的"图像"：
里尔克早期诗学思想

诚如美国著名学者弗雷德里克·詹明信（Fredric Jameson）所言，申述存在的焦虑经验及索问其意义乃是现代派文学经典文本的一个核心主题，①而里尔克早在20岁左右就已因其申述与索问的独特性而享有了一定的声誉。但不可否认的一点是，诗人此时的作品中平庸之作居多，诗作的运思水平甚至不及其散论，因此他后来再也未重印满溢着"幼稚的感伤"的第一部诗集《生活与歌曲》。直到第二部诗集《宅神祭品》（1895年）的出版，一个以存在的孤独、死亡的神秘为趋向的诗人形象才初露端倪，如《在古老的房屋》一诗：

> 在古老的房屋，面前空旷无阻。
> 我看见整个布拉格又宽又圆；
> 下面低沉走过黄昏的时间
> 以轻得听不见的脚步。
>
> 城市仿佛在玻璃后面溶化。
> 只有高处，如一位戴盔的伟丈夫、
> 在我面前朗然耸立长满铜绿
> 的钟楼拱顶，那是圣尼古拉。

---

① ［美］弗雷德里克·詹明信：《晚期资本主义的文化逻辑》，张旭东等译，生活·读书·新知三联书店1997年版，第289页。

这儿那儿开始眨着一盏灯
远远照进城市喧嚣的沉郁。——
我觉得，在这古老的房屋
正发出了一声"阿门"。

(1895 年，绿原　译)

一个沉郁的时（黄昏）空（教堂）被诗人端呈而出——对黄昏和教堂等神秘之物的渴慕以及对城市喧嚣的厌弃之情涌淌诗中。如若说这些盘桓其思想一生的主题在此只是些微闪烁，那么在《那时我是个孩子》一诗中，年方 23 岁的里尔克已然清醒地意识到，世界正在跌入一个因诸神隐遁而地基被毁的深渊中，他命定会成为一个无家可归者，诗人甚至在梦中都曾遇到一个永远在路上的漂泊歌者：

唱的将是我的生活。
别唱，别唱，你异乡客：
唱的将是我的生活。
你唱我的幸福和我的烦恼，
你唱我的歌，接着：
唱我的命运未免太早，
…………
唱我受不了的痛苦，
唱我抓不住的幸福，
还要带我走，带我走——
没人知道走向何方……

(1898 年，绿原　译)

虽然诗人早就预知切问、近思"存在"是系于一条不知所向的孤独幽厄之途，但他并未因此而绝望逃离，而是毅然选择了担荷。在写作该诗的同年，里尔克在但丁的故国意大利做了场名为"现代抒情诗"的讲座。讲座中他对时代的精神状况以及抒情诗人的责任问题给出了清晰的判

定——现时代抒情诗人应以但丁为榜样,因为:

> 诗人在这个年轻家族的祖先,并承认这家族的出身古老高贵。我可以再次向其他人保证,每位以这位伟大的佛罗伦萨人为榜样的艺术家,只要深入到自我里面去倾听,一直深入到那自他存在便亦存在的、一直被言说的崭新的内容里面,都肯定能成为开天辟地第一人。只有当个人穿过所有教育习俗并超越一切肤浅的感受,深入到他的最底部的音色当中时,他才能与艺术建立一种亲密的内在关系:成为艺术家。这是衡量艺术家的惟一尺度。①

换言之,抵达自我深处,寻获唯一属己的"崭新"语词来言说"存在"是艺术家的真正职责。需要着重凸显的一点是,当宗教与形而上学等其他归家之途俱被启蒙理性的巨石堵死之际,"艺术"或许是无家可归之现代人归家的唯一道路,而真正的艺术家则是引路人。真正的艺术家即使对"最缄默的事物都要缠住发问,并永不知足,一直问个不休"②,因缄默之物乃是"一切生命幽秘的发源地"③,其中有"存在"深意伏焉。显然,作为引路人的真正艺术家,承担着清道之责,这便决定了他们是孤独的先锋,所以任何旁人都不能将这些"尚未有家乡的伟人邀至家中,因为,他们也不在自己家中,他们是等待者,是寂寞的未来之人"④。一句话,在里氏看来,艺术家乃是能倾听与忍受孤独的"宇宙的隐士"。当里尔克以吁使的口吻来鼓舞听众"诸位一定要相信,我们会有一天能够像这样在抒情诗中倾听时代最深沉、最隐秘的希望,因为,正是在抒情诗中而非别的艺术中,艺术的纯粹的意图才会从艺术的幕后现出身来"时,⑤ 无疑,他是自勉有朝一日自己能比肩但丁,为自己的时代写出如《神曲》一般伟大的抒情诗。

问题是,为何唯有抒情诗而非其他体裁方能曲尽时代之状,迫近"存

---

① [奥]里尔克:《永不枯竭的话题:里尔克艺术随笔集》,史行果译,东方出版社2002年版,第44—45页。
② 同上书,第47页。
③ 同上。
④ 李永平编选:《里尔克精选集》,北京燕山出版社2005年版,第90页。
⑤ [奥]里尔克:《永不枯竭的话题:里尔克艺术随笔集》,史行果译,东方出版社2002年版,第48页。

在"之思呢？里氏认为这是由抒情诗体裁本身的独特性与现时代精神氛围所决定的。首先，抒情诗"让艺术家能够不受束缚地表白自我及自我与世界的关系"。① 其次，现时代具备诞生伟大抒情诗的氛围。诗人认为与以往作家相较，现代诗人在技艺方面已日臻成熟，他们"在历史知识方面却受到极好的训练，前几世纪的客观的现实主义令他接触了自然与生活，训练他用眼睛度量事物的尺度"。② 换言之，已然练就屠龙刀术的新时代抒情诗人，只需沉潜谛听内心深处对新时代律动的应和之声，词语鳞爪自会串就腾跃飞龙。无疑，在此一过程中他们需要的是耐心倾听和安于寂寞，这就决定了新时代抒情诗人必然是以常人难以估量的辛劳，来从事一项令常人难以忍受的严肃事业，里尔克认定自己能堪此重任。

　　一生的目的与归途既已明确，那么接下来只有去探求：作为一个前晚期资本主义时代的抒情诗人③究竟如何以"孤独的我言"来道说"存在"源域，以及能以何种方式呈现事与物中显现的"存在"影像？里尔克明言应创作一件关于时间以及时间洪流中的人之声音的艺术品，来"反映更深沉的生命、反映超越现今而适于任何时代经历的"④ 图像/影像，对这两个期许运思的经验作品便是《时辰书》（1899—1903年）与《图像书》（1900—1902年）。

第一节　时间：我言与"存在"——在时间湍流中铭刻"我言"之痕（《时辰书》）

　　模仿西历15—16世纪的基督教日祷文的《时辰书》（*Das Studen-Buch*，又译《定时祈祷书》或《时间之书》）分为三部：修士生活之书、朝圣之书、贫与死之书。在1911年的一封信中，里尔克曾如是解说该诗

---

① ［奥］里尔克：《永不枯竭的话题：里尔克艺术随笔集》，史行果译，东方出版社2002年版，第49—50页。
② 同上书，第50页。
③ 如若说波德莱尔是发达资本主义时代的抒情诗人（本雅明语），那么我们可以称里尔克属于发达资本主义与跨国资本主义时期（詹姆逊称之为晚期资本主义，对应文化样态为后现代主义）之间的抒情诗人。关于晚期资本主义的论述与争执参见以下两书：Fredric Jameson, *Postmodernism, or, the Cultural Logic of Late Capitalism*, London & New York: Verso Books, 1991. Ernest Mandel, *Late Capitalism*, translated by Joris De Bres, London: NLB, 1976.
④ 里尔克：《永不枯竭的话题：里尔克艺术随笔集》，史行果译，东方出版社2002年版，第77—78页。

集的源始:"清晨醒来,或在夜晚当你能听见寂静的时候,在我心内即升起——过去有时亦如此——从我自身出来的字语,似乎就是'祈祷',倘若你愿意如此相称的话——就是祈祷——至少我认为它们是祈祷。"①

由此,便需弄清这种孤独的静祷或曰喃喃的我言究竟朝向谁,其意义何在。笔者认为,诗人的先倾听后言述的静祷行为就其本质而言是他想在时间湍流中铭刻我言之痕,在听与言中确证"存在"的意义与指向。

一 时间:定时祷入"弥赛亚瞬间"

里尔克的定时澄心静祷,意味着他想脱逸历史主义那变动不居的普遍逻辑带给人的无物可依之感,意味着他愿想进入时间的本真瞬间,让"时间"本身触击"自我":

> 这一刻时辰垂下,触动我
> 以清澈的金属的敲击:
> 我的感觉在颤栗。我觉得:我能——
> 我抓住这可塑的日子。
>
> 一切尚未完成,在我直观之前,
> 每一个形成默默停止。
> 我的目光已成熟,谁想拥有物,
> 物便像新娘委身于谁。

(1899年,林克 译)

时间的这种本真"瞬间"不是均质的流变时间的一个过渡阶段。在"瞬间"里时间是静止而停顿的;只有在"瞬间"中,"现在"才能免于流向"过去"和涌向"将来",即能独立于流逝的时间之外而获得永恒性。因此,此处的"瞬间"实在地说不是"时间的原子,而是永恒的原子。它是永恒在时间中的第一个反射与第一个尝试,仿佛要停止时间";② 唯有在这

---

① [奥]里尔克:《时间之书》,方思译,台北现代诗社1958年版,第4页。
② Howard V. Hong & Edna H. Hong, eds., *The Essential Kierkegaard*, Princeton: Princeton University Press, 2000, p. 151.

样的瞬间里，诗人才会感到"每一个形成默默停止"（或译"每个进程都静静凝伫"）。无疑，这是一种弥赛亚式的瞬间（Messianic "now"），它的任务是将历史整体主义那均质化的时间中断，其本质是一种断裂的当下。永不在场的历史意义与整体意义必须从碎片中撷取；也唯有在此种"瞬间"中，时间方能如其所是地绽开。"过去""当下"与"未来"都是时间之花开出的一片破碎花瓣，时间永远不会结出带有目的性的异化之果，这样的时间也就具有了涌现不息的内在活力和言说的无限可能性。此时，存在的本真性骤然现身——诗人"想拥有的物"便会如"新娘"般委身自己，给出自身。然而，这种形象化的现身却只能被领会，而难将其捕捉并朗现于"我言"，因为这是一种先于语言的"晦暝之境"：

> 我爱存在的晦冥时刻，
> 它们使我的知觉更加深沉；
> 像批阅旧日的信札，我发现
> 我那平庸的生活已然逝去，
> 已如传说一样久远，无形。
>
> 我从中得到省悟，有了新的
> 空间，去实践第二次永恒的
> 生命。
> ……
>
> （1899年，杨武能 译）

在生命的晦暝时刻，个体的"我言"默然无声之际，居于语言之先的知觉却能更强烈触知尚未道出与不能道出的东西。因为里尔克认为"一切事物都不是像人们要我们相信的那样可理解而又说得出的；大多数的事件是不可言传的，它们完全在一个语言从未达到过的空间；可是比一切更不可言传的是艺术品，它们是神秘的生存，它们的生命在我们无常的生命之外赓续着"。[1] 唯有在生命的晦暝时刻，一个本质更加辽阔且耀动着永

---

[1] ［奥］里尔克：《给青年诗人的信》，冯至译，上海译文出版社2005年版，第5页。

恒之光的内在宇宙空间才得以敞现自身。由此，肉与灵的冲突便被凸显而出——外在沉重的肉身生命易坏，而内隐轻逸的魂灵生命却可永驻并能迫向无限领域。诗人体认到这个不能为语言之光所照亮的黑暗之境，才是一切能被语言所道出之物的真正本原——显与亮本自幽与晦：

> 黑暗啊，我的本原，
> 我爱你胜过爱火焰，
> 火焰在一个圈子里，
> 发光，因此给世界加上了
> 界限，出了圈子
> 谁还知道有火焰。
>
> 然而，黑暗包罗万象：
> ……
>
> 我信仰黑暗。
>
> （1899年，杨武能 译）

　　光、火焰等"可见"的有"界限"之物是有封、有畛的，而不可见的"黑暗"却是未封、未畛之物，后者方是前者的本原。故深明"知其白守其黑"（《道德经》第28章）之道的里尔克结语"信仰黑暗"；而为言说方便计，诗人将居于静祷朝向域那黑暗之心的"存在"真宰，强名之为"上帝"。因此，《祈祷书》中的"上帝"虽保有《圣经》所载的诸多神迹，却是一种为言说方便而为"存在"起的一个假名，此种"上帝"观念其实源自一种能使艺术家超越自身（免于陷入人类主体中心论）与时代（免除囿于独尊性的一神论）双重局限的"泛神论"。

　　与基督教上帝相比，这个品物流行的"存在"上帝更显神秘、无限，他能超越任何时空显现自身。他乃是在我们心间日日生长，而最终会在某个不期而至的时刻得以成了的生命。作为有限的理性存在者的人，对他的爱也就愈加无尽、强烈，而在朝向他的静祷中，人终能以艰难却虔敬的心言照亮自身的存在。在一封书简中，里尔克如是解释自己对上帝的体悟：

"人们首先得在某处找到上帝,对他有所经验,作为如此无限、如此非常、如此神秘的实在;而后须是畏惧,须是惊奇,须是没有呼吸,最终须是——爱,至于而后人们将他领会为什么,这几乎已无关紧要。"① 接下来,诗人给出了这个能在时间湍流中任意西东、自在永在的"存在"上帝之真容。

二 存在:圣言·谛听·期待

"存在"上帝,自在、永在于时间湍流之中,首先是在"过去"——时间因一字象征纯粹沉思的"光"而"开始",所谓太初有"言":②

> 你曾喊出的第一个字是:光。
> 从此,时间诞生。你随即沉默了很久。
> 人是你说出的第二个字,它令人惊恐,
> (它的话音依然将我们遮蔽在夜色深处)
> 接着又是沉默。你再次酝酿要说出的东西。
>
> 但我就是那个从未听你说到过的第三个字。
>
> 我经常在夜晚祈祷:只用手语
> 而不用言语,祈祷会悄然生长
> 神圣的精神在祈祷者的梦想中游荡
> 在他缄默的表情中,丰盈的静寂
> 蓄积着,以便我们能站在山巅认出它
>
> 你理应是掩体,我们用它抵御
> 那恶劣的、亵渎不可言说的奥秘的嘲笑。
> 就在伊甸园,夜色降临:

---

① [奥]里尔克:《穆佐书简:里尔克晚期书信集》,林克、袁洪敏译,华夏出版社2012年版,第39页。
② 无疑,本诗起句受《圣经·创世记》的影响,"太初,上帝创造天地。大地无形,一片混沌,黑暗笼罩深渊;上帝的灵,在大水之上盘旋。上帝说:光!就有了光"。见《摩西五经》,冯象译注,生活·读书·新知三联书店2013年版,第3页。

你是带着号角的守护者，
号角被吹响，众生开始学会说话。

(1899年，臧棣 译)

据《圣经·创世记》载，"光"是上帝所言的第一字，这个第一字界分出两个世界：一为"光"（言）所照亮的有限世界，或曰能被言说的世界；二为"光"亮所不及的无限世界，或曰语言不可言说的前语言世界。显然，言在创世中意义可谓非凡：

有个人说"光"，我们仿佛听到"一万个太阳"。他说白天，你听到的是"永恒"。你突然明白了：他的灵魂在说话，不是出自于他，不是通过那些你第二天就会忘记的渺小的话语，也许是通过光，通过声音，通过风景。因为，如果一个灵魂说话，它便在万物当中。它将一切唤醒，赋予它们声音，它让我们听到的总是一支完整的歌。①

因此，诗人深知晚祷时"只用手语，而不用言语"，免遭那"不可言说的奥秘的嘲笑"。那么，这个以言创世后，却不"再言"的"存在"上帝居于何处呢？里尔克认为，只要谛听就会识察出他就在我们左右，"在邻近之中寻找一种与无限的关系，是一种把无限性留给无限的见证方式。……只有在邻近与上帝的靠近中，人们才能谈到一个非本体论的上帝"。②一个真正的诗人就本质而言就是圣言的谛听者，即使在看似最徒劳无益的日常生活中，亦应刻刻保持警醒谨守的状态，因为圣言犹如不速的邻人，总会不期而至地叩门：

主啊，你是邻居。如果在夜晚
我用震耳的敲门声把你吵醒，这样做

---

① 里尔克：《永不枯竭的话题：里尔克艺术随笔集》，史行果译，东方出版社2002年版，第99页。此处对不可见物的等待，显然有《圣经》的影响，"我们得救是在乎盼望。只是所见的盼望不是盼望。谁还盼望他所见的呢。但我们若盼望那所不见的，就必忍耐等候"（《圣经·罗马书》和合本 8：24—25）。

② ［法］艾玛纽埃尔·勒维纳斯：《上帝·死亡和时间》，余中先译，生活·读书·新知三联书店1997年版，第238页。

仅只意味着我听不到你喘息
我明白：你是孤独的。
你应该喝点什么，难道那里没有人
在黑暗中摸索着，把饮物递给你。
我一直在谛听。虽然传来的气息微弱
我知道自己在接近。

在我们中间横竖着一堵窄墙
从你的或我的唇中呼出的召唤
凭借纯粹的机缘
将它推倒
那一切全无声息

这堵墙由你的影像筑成。
……

(1899年，臧棣 译)

当然，识察到"存在"上帝的存在，并不意味着就能谛听到圣言（"我听不到你喘息"）。若想成功，只有持"一直在谛听"或喃喃"我言"的这种在期待之中状态，来迫近存在（"我知道自己在接近"）。唯其如此，某个"纯粹的机缘"成熟之日，我与你之间横竖的"窄墙"才会被负重的我言或神恩的圣言（"你的或我的唇中呼出的召唤"）所推倒。无疑，诗人的"我言"能否使存在源域最终敞开，全赖某种"机缘"的降临。在此之前，诗人能做的唯有忍耐与期待，而忍耐与期待的力量之源无疑出自一种对"未来"的信与望：

你是未来。盛大的日出染红
永恒那一望无垠的平原
你是黎明，当时间的暗夜逃走
你是露水，是早晨的鸡鸣，是处女
陌生人兼母亲，你是死亡。

> 你出身于命运的变幻的形象
> 耸立在漫长的孤寂中，
> 既没有受到哀悼，也没有受到欢呼，
> 像一片原始森林，你远离修辞。
>
> 你是万物深刻的缩影
> 紧闭的唇中含着生存的奥秘，
> 你以不同的方式向人们展示自己：
> 对于船，你是港湾——对于陆地，你是船。
>
> （1901年，臧棣 译）

显然，这个"存在"上帝或曰创造性的本性无处不在，"它寓于万有中，便在于万有中，并且由此可以推断说，它既不会开始'是'，也不会终止'是'（esse）；它总是曾是（fuit）、正是（est）、将是（erit）"。① 在这个自在永在，在一切之中的时间"上帝"面前，诗人能做的即是满怀"期待"（未来）地谛听（现在）圣言（过去），以便在机缘莅降时，书写我言。因此，作为一个求真诗人便意味着"在一种持续不断地向着绝对者的自我伸展中，在对上帝的开放状态中度过他的一生。……人之所以为人仅仅由于总走在通向上帝之路上，不管他是否明确知道这一点，不管他是否愿意，因为他对于上帝永远保持着一个有限者之无限的开放状态"。② 换言之，作诗就是走上朝向"存在"上帝之途，它是作为终有一死的此在所负有的一项道出不可或缺之我言的使命。

三 此在：终有一死但不可或缺

与自在永在的不朽"存在"上帝相比，此在（人）无疑是终有一死的易朽者，但这绝非意味着悲观，因为人若想肯定有一种存在的照亮状态就首需将自身肯定为一种偶然性的有限者，即人是终有一死者：

---

① [意]安瑟伦：《信仰寻求理解——安瑟伦著作选集》，溥林译，中国人民大学出版社2005年版，第6页。

② [德]K.拉纳：《圣言的倾听者》，朱雁冰译，生活·读书·新知三联书店1994年版，第72页。

因为我们只是树皮和叶片。
那巨大的死，人人包含，
乃是果实，万物围绕它旋转。
……
……

（1903年，林克 译）

唯其体认到死是一切生命要素的重要成分，它伴随着整个生命，才能真正了悟存在的意义："主啊，让每个人有他自己的死吧！/在这来自生命的去死中，/他才有爱、意义和苦难。"（1903年，孙周兴译）同样，与"存在"上帝创生万物的大能相比，此在充其量只是一个匠人：

我们全都是匠人：要么是学徒，师傅，
要么是大师。是我们建造你这巍峨的教堂。
偶尔，会有一位神色严峻的旅人
走向我们，像一束耀眼的光
让众多匠人的心灵惊悚不已，
它向我们传授了一种新的记忆。
……

（1899年，臧棣 译）

但人这种有限的理性存在者却因其能追问存在与必然性本身，而以一种精神自由的状态伫立在"存在"上帝前，因为归根结底人乃是一种综合——"无限性"和"有限性""那现世的"和"那永恒的""自由"和"必然"的综合。[①] 要之，这种综合的特性使"人"（尤其是艺术家）成为这一"存在"上帝的见证者与言说者，所以没有"人"，"存在"上帝便顿失其存在的意义，这决然不可：

[①] ［丹麦］基尔克郭尔：《致死的疾病》，载基尔克郭尔《畏惧与颤栗·恐惧的概念·致死的疾病》，京不特译，中国社会科学出版社2013年版，第419页。

你该怎么办，上帝，若我死去？
我是你的水罐（若我破裂）？
我是你的饮水（若我枯竭）？
我是你遮体的衣，谋生的手艺，
失去我你就失去你的意义。

没有我你就没有家，听不见
问候你的话语，亲近而温暖。
丢掉天鹅绒凉鞋，这就是我，
你疲乏的双脚又穿什么。

你的大氅正从你身上滑落。
你的目光——我用我的脸颊，
像一个枕头，温暖地承受它，
一定会投来，久久搜寻我，
并在太阳落山之时，
投入陌生岩石的怀里。
你该怎么办，上帝？我发愁。

（1899年，林克 译）

上帝之存在因人的存在而富有意义，他所创造的万物因艺术家的勤勉劬劳而进入无蔽状态，此时"存在"方能显焉，因为若是将万物喻作一个舞台的话，"在人没有登台用他身体上快乐或悲哀的动作充实这场面的时候，它是空虚的"。[①] 因此，成就一件艺术品就是去切近"存在"上帝，就是去"寻找他、认识他，在自己内心深处创造他，在作坊里面找到他"。[②] 总之，艺术家完成艺术品的辛勤劳作，便是荣耀着"存在"上帝，而亲近艺术其实是迈向终极完美，迈向"存在"上帝。因此，作为一个艺术家对于圣言的谛听不可须臾休止，对于万物渴求其表达自身的愿望不

[①] ［奥］里尔克：《给青年诗人的信》，冯至译，上海译文出版社2005年版，第86页。
[②] ［奥］里尔克：《永不枯竭的话题：里尔克艺术随笔集》，史行果译，东方出版社2002年版，第99页。

可稍有倦怠，即使：

> 扑灭我的双眼：我能看见你，
> 堵塞我的双耳：我能听见你，
> 没有脚我能走向你，
> 没有嘴我也能召唤你。
> 折断我的双臂我抓住你，
> 用我的心像用一只手，
> 止住我的心，我的大脑会跳动，
> 纵然在我脑子里放一把火，
> 我用我的鲜血驮负你。

（1901年，林克 译）

诸神退隐的衰颓世界终会因"艺术家"的"我言"，而变得再次宏大：

> 一切将再次变得宏大而强盛：
> 大海涌起波纹，陆地平展开阔，
> ……

（1901年，臧棣 译）

当此之时，真正传播美的严肃使者便会以崭新的艺术语言称道"存在"上帝之义；那么，缘何艺术家有此种大能呢？这与里尔克此时所持的上帝观念有关。诗人认为就其本质而言，"存在"之假名的"上帝"不过是"最古老的艺术"[①]。"古老"意指时间之初的本原性，一切由其创生的万物自然都被置入了只向艺术家"显现"的艺术品性，因此：

艺术乃是万物的朦胧愿望。它们想要成为我们的所有秘密的图

[①] [德]霍尔特胡森:《里尔克》，魏育青译，生活·读书·新知三联书店1988年版，第90页。

像。它们很乐意抛却其业已涣散的意识，以承载某种我们的沉重的渴求。……它们乐于带着艺术家所赠予的新名称而感激不尽，千依百顺。……事物的愿望是想成为他（艺术家）的语言。①

那么，居有"物"的艺术方式与庸常方式究竟有何不同？诚如海德格尔所言，在现代性所确立的一般主体面前，物的"存在状态等于是通过自我主体并且对自我主体而言的被表象状态"②，即物只能被把握为对象式的存在者，而物的存在本身被遗忘了。此时的人们将"自身建立为一切尺度的尺度，即人们据以测度和测量（计算）什么能被看作确定的——也即真实的或存在着的——东西的那一切尺度的尺度"。③ 换言之，物陷入了传统的种种沉重的意义关系中，它们沦为被表象与被算计的对象，而物"本质的巨大联系"④ 也由之而灾难性地消失殆尽了。唯有在真正的艺术家捕捉事与物中的"存在"（艺术）显现之际（艺术品诞生时），"物"方能脱离被算计的"表面化联系"，而被提升到其"本质的巨大联系"中。因此，里尔克说必须在"一切统一为'一'之处，艺术才得以实现"。⑤

第二节　空间：我言与"图像"——将"存在"显现的"影像"素描为"图像"（《图像书》）

一　存在显现："影像"与"图像"

既然事与物中都显现着"存在"的影像，并且它们渴求自身被诗人的"我言"道说，那么究竟以何种方式将这种显现朗示于我言呢？里尔克醒觉到，《时辰书》中那种直接面对"存在"本原时所采取的充溢着强烈情感色彩的"我言"方式，显然不适用于素描"存在"在事、物以及人中所显现的"影像"。正如这种"显现"的存在真实且客观一样，主体应尽量抽身而出，以一种精准客观的方式对其把握，"人们必须把万物从自己身边推开，

---

① 叶廷芳选编：《里尔克散文》，人民文学出版社2008年版，第111页。
② ［德］马丁·海德格尔：《尼采》，孙周兴译，商务印书馆2002年版，第821页。
③ ［德］马丁·海德格尔：《林中路》，孙周兴译，上海译文出版社2004年版，第113页。
④ 叶廷芳选编：《里尔克散文》，人民文学出版社2008年版，第111页。
⑤ 李永平编选：《里尔克精选集》，北京燕山出版社2005年版，第628页。

以便后来善于取用较为正确而平静的方式，以稀少的亲切和敬畏的隔离来同它们接近"。① 也就是说，当面对万物的主体将自身的激情逐步摒除后，方能以一种更简洁的方式捕捉到一个伟大的现存的真实。

这种寻求"客观表达"（sachliches Sagen）的尝试结果就是将"存在"显现的真实"影像"素描成《图像书》（Das Buch der Bilder）中那一帧帧冷硬坚实的"图像"。里尔克拈取了德文 Bilder 这个兼有影像（image）与图像（picture）两义之词可谓煞费苦心，这表明了他自信捕捉到了事与物中显现着的"存在"迹象。可以毫不夸张地说，里氏上述修辞策略的转变引发了西方文学史上一次抒情诗写作传统的革新，即"从济慈发轫的那种奇异的、那喀索斯式自恋的抒情诗的终结"。②

那么，这种新的诗学观念缘何发生？笔者认为，除却诗人长期不休的探求外，1899 年与 1900 年的两次俄罗斯之旅所起的作用亦不容小觑。处于东西方文明交汇之地的俄罗斯，在里尔克心里始终都居于一个能连接诸神与大地的纽带性地位，它让诗人对神、物和艺术的三者关系有了一个清醒的体认。当里尔克望着缓缓流淌的伏尔加河时，觉得自己好像"目击了创造"本身。当然，里尔克的两次俄罗斯之行，不仅见识了莽阔的山河大地与撼人的教堂圣像，而且与全然不顾自我的僧侣与充溢着虔诚之情的农人交往，这些独异的"俄国事物"中充盈着几近涨溢而出的"存在"，跳荡着一颗悲欣交集的斯拉夫灵魂。里尔克坦言在俄罗斯"体会到一种伟大的、神秘的安全感"③。此时，诗人觉得自己"有如一个物置身于万物之中，无限地单独、一切与人的结合都退至共同的深处"，就会发现"那里浸润着一切生长者的根"④，就能切近"存在"的根基，而不需像《时辰

---

① ［奥］里尔克：《给青年诗人的信》，冯至译，上海译文出版社 2005 年版，第 90 页。
② ［德］霍尔特胡森：《里尔克》，魏育青译，生活·读书·新知三联书店 1988 年版，第 279 页。
③ ［俄］露·安德烈亚斯·莎乐美：《莱纳·玛丽亚·里尔克；与里尔克一起游俄罗斯》，王绪梅译，华东师范大学出版社 2006 年版，第 13 页。里尔克晚年甚至对友人回忆说，"俄罗斯是决定性的：因为它不仅向我，在 1899 年和 1900 年，开启了一个无可比拟的世界，一个独具闻所未闻的维度的世界，而且通过那里人们的现状，它给予我一种感觉：可以像兄弟一般与人相处（一种不可或缺的经验，对此我长期以来，作为父母的独生子而且直到那时几乎没有真正与人交往，绝无一点准备）。在某种意义上，俄罗斯成为（您可从书中看出来，譬如祷告集）我的经历和感受的基础"。见［奥］里尔克《穆佐书简：里尔克晚期书信集》，林克、袁洪敏译，华夏出版社 2012 年版，第 237—238 页。
④ ［奥］里尔克：《给青年诗人的信》，冯至译，上海译文出版社 2005 年版，第 91 页。

书》中那样以艰难的喃喃絮语来剖白、亲近隐匿的"存在"。

要之,时间湍流里那阔大坚实的万物中有"存在"显焉,只待有心之"眼"观而道之于恰切的"我言"。

二 存在・此在・物

《图像书》分为两部,分别侧重素描"存在"在事、物与人中的显现影像。可以说,此时的诗人对修辞策略与表现对象都已明确,只需一个开端来"进入"对存在之显现影像的素描:

> 你造就了世界。世界巨大
> 如一个字,尚在沉默中成熟。
> ……

("开篇",1900 年,陈宁 译)

作为一种新的运思经验的"开篇"之作,本诗仍残有些许《时辰书》中对作为"存在/本原"的"存在"上帝本身的剖白。从词源意义上看,"本原"造就了世界,"本原"(arche),在其古希腊文词源中有两义:一是开始、开端;二是政治上的权力、统治。在整个西方形而上学的言述史中,本原是事物追求的最终目的,引发事物运动的动力,成为引起并统治事物运动的原则和根据。形而上学即追寻事物存在的最终根据,即本原的哲学。在传统的西方形而上学话语中,本原完满至善,超时间性、永恒在场,独一无二,如上帝、绝对理念以及第一因等观念。那"本原"/"存在"如何显现自身呢?诗人说"世界巨大/如一个字",无疑"字"即西方思想史上惯有的"原始之书"。这种观点把世界视作一本由上帝书写的"大书",名称多样如"自然之书/世界之书/原始之书/真理文本",各种文本都是对这一"大书"踪迹的某种追寻、接近但又不可能抵达之的一种尝试。在原始之书中隐含着一种原始书写(arche-writing),它是言语(语言的语音形式)和文字(语言的文字形式)得以进行的动力和基础,它履行的乃是揭示世界意义的功能。

因为原始书写并不现身,只在普通文本中留下"踪迹",所以"世界巨大/如一个字,尚在沉默中成熟","世界"只是原始之书/存在的显现影像。因此，世界必不成熟完善，而艺术家的职责就是通过自己的艺术语言使之走向成熟，"由于我们，他形成着，由于我们的快乐，他成长着"①。但无可否认的一点是，对其进行把握是异常艰难的，因此：

> 艺术家似乎尚在智者之上。后者努力解谜的地方，艺术家却面临着远为伟大得多的任务，或者人们也可以说，更伟大的权利。艺术家的权利是爱谜。一切艺术都是如此：爱，倾注在谜上的爱。而一切艺术作品都是如此：谜，用爱来拥抱、美化、浇灌的谜。②

换言之，艺术家是必须表达"某种非常个人的、孤独的东西的人，表达某种与众不同的东西的人，他总是设法表达最陌生的东西"③。"存在"在此世界中的显现域，只有人（此在）与非人（非此在）的存在者两种，而别无其他，因此《图像书》中对存在之显现的申述据此可分为两类。首先，让我们以《严重的时刻》一诗为例，看存在如何在此在（人）中显现：

> 此刻有谁在世上某处哭，
> 无缘无故在世上哭，
> 在哭我。
>
> 此刻有谁夜间在某处笑，
> 无缘无故在夜间笑，
> 在笑我。
>
> 此刻有谁在世上某处走，
> 无缘无故地在世上走，
> 走向我。
>
> 此刻有谁在世上某处死，

---

① [德]霍尔特胡森：《里尔克》，魏育青译，生活·读书·新知三联书店1988年版，第91页。
② [奥]里尔克：《艺术家画像》，张黎译，花城出版社1999年版，第21页。
③ 同上书，第52页。

无缘无故在世上死，
望着我。

（1900年，陈敬容 译）

毫无疑问，存在在此在中的显现被遮蔽或被遗忘了。严重（Ernste，或译"危急""急迫"）时刻之所以"严重/急迫"，皆因诗人已然识透，能识得自身之"存在"以及自己乃与他人共同存在（共在）之人甚少。因此，里氏在四节中反复了四次"此刻"（时间）与"某处"（空间）与"有谁"（他人），来反问究竟有多少"他人"能在同一时间与同一空间领会自身的存在以及与"我"共同存在的他人之存在。①

需要止观的是四节诗中的"无缘无故"一词，因为若是有由头地"哭、笑、走、死"以及有因由地"哭我、笑我、走向我、望着我"，都是出于一种世俗性功利目的，而非因领会到"存在"的关联所致。里尔克并未选取那些大家碌碌其中的庸常状态来切近"存在"，因为处身庸常状态之中的人不可否认地遗忘了存在。"紧迫"之处乃在于，当人置身"哭与笑"等非寻常的情感体验之中时，行走于人生的存在之途而倍感"孤独"之时，乃至经验此在的终结——"死"时，都遗忘着"存在"——自身的"存在"以及与他人的共在。因为在日常状态中，当遭遇他人之死时，此在大抵会自语"人终有一死，自己却是尚未"，以便"继续遮蔽死，削弱死，减轻被抛入死亡状态"②。这样，"死"便被"敉平为一种摆到眼前的事件，它虽然碰上此在，但并不本己地归属于任何人"③。当"死"都不能使人领会到"存在"，这个"时刻"就是存在被遗忘的"急迫与严重"程度的峰顶。在这帧存在被遗忘的图像面前，我们感到触目窘迫乃至羞愧惊心。

人容易遗忘存在，那物的存在如何？当里尔克以诗人眼光谛视周遭万物时，竟发现万物都显现着存在：

---

① 对于此种"共在状态"的影像式呈现，可参看波兰导演克日什托夫·基耶斯洛夫斯基（Krzysztof Kieslowski, 1941—1996）的著名影片《两生花》（*La double vie de Véronique*, 1991）。

② ［德］马丁·海德格尔：《存在与时间》，陈嘉映等译，生活·读书·新知三联书店2006年版，第293页。

③ 同上书，第291页。

……………

> 万物似乎都没有年龄：
> 眼前景物像《圣经》的诗句，
> 肃穆，庄严。永恒。

(《观看者》，1901 年，杨武能　译)

然而，若想将这种我观诉诸我言却如此之难：

> 我们与之搏斗的，何等渺小。
> 与我们搏斗的，大而无形；
> 要是我们像万物一样
> 屈服于伟大的风暴脚下——
> 我们也将变得宽广、无名。

(《观看者》，1901 年，杨武能　译)

这是因为"存在"的不对等：一方是终有一死的人，另一方则是沉默无形的隐幽存在。人必须通过辛苦工作、搏斗，才能进入伟大的存在风暴，才能真正地赢获存在。[①] 这种人首先应安于"忍耐"，进而才会被裹挟进一种存在风暴的激荡状态的过程，被里尔克言述在一首名为《预感》的诗中：

> 我像一面旗被包围在辽阔的空间。
> 我觉得风从四方吹来，我必须忍耐，
> 下面一切还没有动静：
> 门依然轻轻关闭，烟囱里还没有声音；

[①] 据考，本诗中人与存在的艰难"搏斗"，可能典出于《圣经》中的雅各与神摔跤："只剩下雅各一人。有一个人来和他摔跤，直到黎明。那人见自己胜不过他，就将他的大腿窝摸了一把，雅各的大腿窝正在摔跤的时候就扭了。那人说，天黎明了，容我去吧。雅各说，你不给我祝福，我就不容你去。那人说，你名叫什么，他说，我名叫雅各。那人说，你的名不要再叫雅各，要叫以色列。因为你与神与人较力，都得了胜。"(《圣经·创世记》和合本 32：24—28) 显然，雅各因与神摔跤的胜利而赢得以色列名，诗人则因与存在上帝之搏斗的胜利而赢得语词。

窗子都还没颤动，尘土还很重。

我认出了风暴而激动如大海。
我舒展开又跌回我自己，
又把自己抛出去，并且独个儿
置身在伟大的风暴里。

（1902—1904年，陈敬容 译）

在本诗前半首中，诗人通过移情居入了一面将要突进"物化"状态的"旗"。在裹挟着本真性"存在"的大风袭来并注入世界之前，置身辽阔空间中的旗、居有终有一死之人的屋（门、窗）、朝向"天空"的烟囱以及散落在"大地"之上的尘土，这世界中的四者之间尚未进入里尔克所说的那种"本质的巨大联系"中。因此，"旗"与其他三者之间仍是相互分离的对象物，里尔克居入的那面"旗"就未成其为真正的"旗"。这样，前后节之间的那一行空白便不可或缺，因为它是一个本真性"存在"显现前的信盼与本真性"存在"显现着的激动之间的伟大静息域，此时：

> 人沉潜在万物的伟大的静息中，他感到，它们的存在是怎样在规律中消隐，没有期待，没有急躁。并且在它们中间有动物静默地行走，同它们一样负担着日夜的轮替，都合乎规律。后来有人走入这个环境，作为牧童、作为农夫，或单纯作为一个形体从画的深处显现：那时一切矜夸都离开了他，而我们观看他，他要成为"物"。①

静息过后，裹挟着本真性"存在"的大风袭来并将"旗"卷进其中，"旗"物化着（或曰旗"旗着"），"旗"便返回到它"本质的巨大联系"之中。当这种关联展开之时，"旗"的存在才显现而出，"旗"方成其为一面真正的"旗"，因为"旗"聚集着一切存在者的"存在"，旗作为

---

① ［奥］里尔克：《给青年诗人的信》，冯至译，上海译文出版社2005年版，第90—91页。

"物居留大地和天空,诸神和终有一死者;居留之际,物使疏远的四方相互趋近"①。"认出"(或译"知道")了"存在",就是"知道"了"存在"——已经知"道"。"我/旗"因本真性"存在"的充盈而激动如大海,"我/旗"在本真性"存在"的风暴中猎猎卷舒,其状如大海波浪起伏,"我/旗"最终被"独自"抛入向来我属的本真性"存在"之中,分化支离的世界最终转换成一个具有"本质的巨大联系"的世界。里尔克认为,诗人的最重要职责就是促使世界实现此种转换,即将"'物之精华'从一切转变、混乱和过渡当中挽救出来;它应将每样物都从偶然的联系中隔绝出来,然后把它们置于更庞大的关联当中去,真正的重大事件顺着这些关联展开"。②

换言之,诗人的职责就是通过居于"物"(或"成为物")中与"物"之旋律相应和,进而"我观"到本真性"存在"的现身,最终才能以精妙的"我言"将其素描为"图像",以便使更多的人知道究竟何为一个具有"本质的巨大联系"的世界;但这样的存在关联时刻并非随时都会出现,所以诗人平时能做的只有:

> 无限地扩大着自己的生命,
> 你等待又等待这独一无二的瞬间;
> 这个伟大而充满预见的时刻,
> 这些石头的觉醒。
> 从深渊向着你迫近。
> ……

(《回忆》,1902 年,陈敬容 译)

虽然诗人被选中为言说存在者之无蔽状态的"弦琴"是一种幸运,

---

① Martin Heidegger, *Poetry, Language, Language, Thought*, translated by Albert Hofstadter, New York: Harper & Row, 1975, p.177. 德文 Wissen(know)直译为"知晓""知道",中文引申译为"认出",便与《圣经》中译形成互文,因为"认出"神的灵一词曾在《圣经》中出现多次,如属神之人可以认出"神的灵、真理的灵和谬妄的灵"(《圣经·约翰一书》和合本 4:2—6)等,只不过这里诗人"认出"了存在的显现。

② [奥]里尔克:《永不枯竭的话题:里尔克艺术随笔集》,史行果译,东方出版社 2002 年版,第 134 页。

但更意味着他要承受一种常人难以担负的沉重与孤独：

> 陌生的弦琴，你在跟随我？
> 在多少个遥远的城镇
> 你在寂寞的夜里对我絮语？
> 你已奏过千次？或仅只一遍？
> ············
> 为何我经常有如它的邻居？
> 并且不得不惶恐地歌唱
> 还说：生命的负载
> 比什么事都还要沉重。

（《邻居》，1902—1903年，李魁贤 译）

里尔克在《图像书》中，对"存在"在人与物中的显现影像的进行捕捉的过程中，最令人称道的短诗乃是《秋日》[①]：

> 主啊！是时候了。夏日曾经很盛大。
> 把你的阴影落在日晷上，
> 让秋风刮过田野。
>
> 让最后的果实长得丰满，
> 再给它们两天南方的气候，
> 迫使它们成熟，
> 把最后的甘甜酿入浓酒。
>
> 谁这时没有房屋，就不必建筑，
> 谁这时孤独，就永远孤独，
> 就醒着，读着，写着长信，

---

① 诗人北岛甚至不无语出惊人地认为正是《秋日》这首"完美到几乎无懈可击的诗作"，使"里尔克成为20世纪最伟大的诗人之一"。见北岛《时间的玫瑰》，中国文史出版社2005年版，第77—79页。

在林荫道上来回
不安地游荡，当着落叶纷飞。

(1902年，冯至 译)

  前两节诗中，本真性"存在"（"主"/神）的"无形"（阴影、秋风）与强力（落、刮、让、给、迫）先是显现于天地间的诸种"物"（日晷、田野、果实）中，而后又聚集着天地之气，显现在人的劳作物（"酿入浓酒"）中，原本各行其是的天、地和人最终因本真性"存在"的驱策收束而汇拢到一起，分化支离的世界再次转换成一个具有"本质的巨大联系"的世界。当然，能领悟并呈现"本质的巨大联系"的世界的诗人注定是一个异于常人的孤独者，因此第三节诗中端呈现的乃是一个真正以艺术为家的求真诗人——他注定要永远孤独地行进在归其真家之途上，因为"在日常生活和伟大的作品中间，存有一种古老的敌意"[①]。

[①] 臧棣编选：《里尔克诗选》，人民文学出版社1996年版，第175页。

第二章

直观"物"与经验"死"：
里尔克中期诗学思想

令里尔克的友人们颇感意外的一点是，《时辰书》与《图像书》的大获成功，并未使诗人的存在焦虑有稍许轻释，他甚至犹疑《时辰书》中朝向存在本身的孤独我言，以及《图像书》中素描"存在"显现的影像是否就真的切近了"存在"：

> 我创作了《祈祷书》（《时辰书》）。可是那时，大自然对我还只是一个普通的刺激物，一个怀念的对象，一个工具。在它的琴弦上，我的双手寻索旋律。我还不知道静坐在它前面。……双眼睁开，我前行，却并未真正看见大自然，我看见的只是它在我感情中激起的浅薄影像。①

若是不能考掘到一条新的路径切近、通达"存在"，那就只能在两部诗集所能穷尽的抒情限度内简单地自我重复。可问题是，一个被"存在"击中的求真诗人如何能捱耐此等庸境？"存在"的急迫与偶然，将惶然不安的里尔克推向了巴黎——一个能使其诗学观念焕然一新的"故乡"。②

---

① ［奥］里尔克：《关于塞尚的信》，载［法］程抱一《与友人谈里尔克》，人民文学出版社2012年版，第87页。
② 里尔克曾将影响其早期创作的俄罗斯称为"我的故乡"，巴黎因使他感到一种高密度的真实而让诗人收获颇丰，也被其称为故乡。所谓"故乡"，是指"是一种堪称楷模的、标准性的环境，以相应的客观物体与内心世界的所有方面相抗衡的环境"。见［德］霍尔特胡森《里尔克》，魏育青译，生活·读书·新知三联书店1988年版，第104页。

第一节 空间：悬搁情感与直观造"物"——"物诗"(《新诗集》)

一 以辛繁的"工作"赢获"物"的"真实"存在

经妻子克拉拉·韦斯特霍夫（Clara Westhoff，1878—1954，罗丹的弟子）的引荐，里尔克得以问师法国著名雕塑艺术家奥古斯特·罗丹（Auguste Rodin，1840—1917）。此后的整整五年时间（1902—1907 年）中，在里尔克眼中罗丹始终代表着创造性生命活力的峰顶与全部原则。问师罗丹，使里尔克对究竟如何切近"物"之存在这个困惑他良久的艺术难题有了一个清晰的解答——朝向物本身，他将这一思想集中表达在其两卷艺术随笔集《罗丹论》（1902 年，1907 年）中。

那么，究竟何谓朝向物本身呢？如上章所述，《图像书》里的后期诗作中，里尔克已将运思焦点聚在物上，只是因为把握物的方式尚未进入上手状态，他才总觉得自己观看物的眼光不够澄澈通达，但又不知蔽在何处。正因诗人对自己的问题做过极为漫长艰辛的省思，所以当他问师罗丹时才会如遭棒喝般豁悟，全部未来艺术的风格就是创作出能返回自然本身的作品——不朽的尚无名字的作品。日后，里尔克曾对问师罗丹的岁月如是感恩道："罗丹对我从事这门手艺的巨大鼓励来得非常及时，好让我将全神专一的意志置入自己最内在的中心，而且直到最终都坚信它在此适得其所。……通过可见物身上这种每天摸得着和靠得住（作为持续的实在）。"[①]

具体而言，艺术家的职责就像上帝在创世时用"命名"来造物一样，以自己独一无二的艺术语言为自然物"命名"，从而成就新的"造—物"过程。可"物"与"物"之间是如此不同，如何方能找到真正属己的艺术语言来揭示此种差异呢？静候神秘莫测的"灵感"之风来袭吗？断然不是！罗丹会对那些奢望灵感突至的人报以宽宥的哂笑，因为在他心中"世界上没有灵感，只有劳动"[②]，"灵感"并非某种神秘的外在之物，它

[①] ［奥］里尔克：《穆佐书简：里尔克晚期书信集》，林克、袁洪敏译，华夏出版社 2012 年版，第 77 页。

[②] ［奥］里尔克：《艺术家画像》，张黎译，花城出版社 1999 年版，第 175 页。

就栖居在我们体内,"日日夜夜,被每次观察所激发"①。换言之,既然美是永恒之物,那么它在物中的显现就从未有过间断,所以缺少的不是美,而是缺乏不倦地去发现。因此,一个真正的艺术家不应坐候灵感突降,而应马不停顿地工作,使自己的生活如同唯一的一个劳动日——"工作便是不死的生命"(罗丹语)。这样,雕塑活动便褪去了神秘纱幕,而成为了一种"造型劳动"。既然艺术创作活动也是一种劳动,那它就应像人们所从事的其他一切劳动那样,"恭恭敬敬、兢兢业业,全力以赴地对待它,不去挑选面孔和手和身体,不再有什么被命名的东西,人们只是塑造,勿须知道将要产生什么,像虫子在黑暗中一步一步地爬行那样"。②正如其他劳动不能奢望每次都能产出好的劳动品一样,艺术家要做好从容而严肃地忍耐失败的准备,唯其如此才能最终通往最终的丰裕。

以上述艺术观打量罗丹的作品,里尔克悟到显现其间的那种"感人的直接和纯粹",并非来自一些臆造的伟大理念,而是"建筑在一个小而诚实的实践上,建筑在可以企及的事物上,建筑在一种能力上"③。这种真正属己的艺术表达力,源自不倦地"直观"与"完善"物的艰辛"造—物"劳作,因此罗丹才会

> 总是一再请教外面世界的物和某些出自名家之手的艺术物。他每一次都反复观察它们本身具备的一种规则,而他也逐步地理解了这种规则。它们能够保证他关注一种充满神秘的空间几何学,这种几何学让他懂得,一个物的轮廓必须按照若干具有共同倾向的平面保持自己的秩序,这样,这个物才能真正成为空间所容纳,仿佛承认物有自己的宇宙独立性。④

"物"在罗丹手中成长,显现出其存在的关联性,"转换成实实在在的东西和无法名状的东西:转化为手的语言,由此产生的各种要求都有了一种新的、完全与形象的完成有关的意义"⑤。可以说经他手之"物",显

---

① 李永平编选:《里尔克精选集》,北京燕山出版社2005年版,第653页。
② [奥]里尔克:《艺术家画像》,张黎译,花城出版社1999年版,第152页。
③ 同上书,第116页。
④ 同上书,第171页。
⑤ 同上书,第135页。

现着存在的真与美，赢得了存在的尊严，完全能够独立存在于一个更恒常的空间世界：

> 他依此创作一件艺术品时，他的任务是：将此物更紧密、更坚实、更完美千百倍地嵌入宏大的空间，以至于有人撼动它时，它肖然不动。物是确定的，艺术之物则须更确定；摆脱一切偶然，清除任何模糊，被解除了时间并交付给空间，它变得持久，能够企及永恒。模型像在（scheint），艺术之物存在（ist）。因此，后者乃是超逾前者的无名的进步，自然万物的愿望——存在——在越来越高的层次上静静实现。……艺术就是造就真实。①

因此，当罗丹托着他的作品时之所以会显得沉重异常，是因为他"拥有世界"，即成为雕塑品的"物"中，"存在"的真与美俱被揭示出来了。问师罗丹，让里尔克体悟到直面"物"本身的重要性，他曾如是自道这种巨大的启示：物"把我引向那些典范；那个活动的活生生的世界，单纯，除了充当走向物的诱因而别无意义。我开始看见新奇的物，我一下子感觉到花儿常常无限丰盈，我察觉动物也有奇异的刺激。现在我有时甚至这样去感受人，生活在某处，嘴在言语，我更平静更公正地观察一切"。②换言之，诗人在写物时，要尽可能地弱化自己的主体意识，要"以物观物"，以期逼近"不知何者为我，何者为物"的"无我之境"。③里尔克此时也深明要想切近"物"的存在，就需弥补自己始终欠缺却一直渴求的"纪律，能够工作并必须工作"④。

在罗丹的影响下，里尔克明言作诗时，要"中止"之前的作品中所呈现的主观情感人多的写作方法，应该直觉地占有并描述"物"在意识

---

① ［奥］里尔克：《穆佐书简：里尔克晚期书信集》，林克、袁洪敏译，华夏出版社2012年版，第258页。
② 同上书，第654页。
③ 王国维：《人间词话》，上海古籍出版社1998年版，第1页。
④ ［奥］里尔克：《穆佐书简：里尔克晚期书信集》，林克、袁洪敏译，华夏出版社2012年版，第654页。

之中的"显现",即"诗"不是主观情感的抒发,而是客观经验的呈现。①以此观点来看,不仅《时辰书》中的"我言"的情感太多了,甚至《图像书》中仍然残留着不少情感,里尔克将要打通一条新的通达"物"之存在的道路:在直观"物"之显现时,"中止"情感太多的自然态度,从而做到"对具体有形的显现物本身的简捷地把捉,就如同这一显现物自身所显示的那样"②,最终将"物"之"存在"在意识中的显现,"直觉地占有"并将之描述进"我言"。③

这种新的运思成果是如此丰硕:首先是由《新诗集》(1902—1907年)和《新诗集续》(1908年)给出的群物造型——"物诗"(Dinggedicht),其次是以经验、描述"死"与"畏"等极限情感现象为主题、被誉为"现代主义小说"开端的《马尔特·劳里茨·布里格随笔》(*Die Aufzeichnungen des Malte Laurids Brigge*,1910,以下简称《布里格随笔》)。④

二 从素描"影像"到写生"现象"

经过几个月在罗丹身边的悬搁一切前见、聚睛直观"物"的艰辛严格的训练后,里尔克已能做到如罗丹一般直观"物"了。罗丹"所观察研究的对象是唯一的、是整个世界,所有其他的事情都在这个对象的基础之上展开;当他雕刻一只手的时候,这只手就是整个空间的唯一存在,除了这只手以外,任何东西都不复存在了"⑤。因为罗丹能"把一切物品,

---

① Rainer Maria Rilke, *The Notebook of Malte Lauridds Brigge*, translated by John Linton, London: The Hogarth Press, 1972, p. 19. 胡塞尔曾明确地说,艺术家"对待世界的态度与现象学对待世界的态度是相似的。……艺术家与哲学家不同的地方只是在于,前者的目的不是论证和在概念中把握这个世界现象的'意义',而是在于直觉地占有这个现象,以便从中为美学的创造性刻划收集丰富的形象和材料。"("艺术直观与现象学直观",见倪梁康选编《胡塞尔选集》,上海三联书店1997年版,第1203—1204页。)

② [德]马丁·海德格尔:《时间概念史导论》,欧东明译,商务印书馆2009年版,第59页。

③ 无疑,直观并进入物自身需要一种最早英国诗人约翰·济慈所挑明的"消极感受力"(negative capacity)。见《约翰·济慈致乔治·济慈的信》,载伍蠡甫等编《西方文论选》下卷,上海译文出版社1979年版,第61页。

④ 当然,问师罗丹还促成了诗人阐述自己诗学观的《给青年诗人的信》一书(1903—1908年)。

⑤ [俄]露·安德烈亚斯·莎乐美:《莱纳·玛丽亚·里尔克;与里尔克一起游俄罗斯》,王绪梅译,华东师范大学出版社2006年版,第23页。

一层一层嵌入空间里,所以他们具有与一切物品迥然不同的伟大、自尊和不可言喻的成熟"①。

自此,界限清晰、精雕细琢的"物",取代了《时辰书》与《图像书》中混杂着过多主观移情的物而成为"我言"的对象。此种"看"的方式看出了《新诗集》中的一首名诗——《豹——巴黎植物园》②:

> 它的目光被那走不完的铁栏
> 缠得这般疲倦,什么也不能收留。
> 它好像只有千条的铁栏杆,
> 千条的铁栏后便没有宇宙。
>
> 强韧的脚步迈着柔软的步容,
> 步容在这极小的圈中旋转,
> 仿佛力之舞围绕着一个中心,
> 在中心一个伟大的意志昏眩。
>
> 只有时眼帘无声地撩起。——
> 是有一幅图像浸入,
> 过四肢紧张的静寂——
> 在心中化为乌有。

(1902年,冯至 译)

副标题言明这是诗人在巴黎植物园这个特定场所,直观"豹"而后"造—物"于"我言"的结果。此诗虽仅晚于《图像书》中的名诗《秋日》两个月,但与之相比,主体外加给"物"的多余情感却被剔除殆尽

---

① [奥]里尔克:《罗丹论》,梁宗岱译,中央编译出版社2006年版,第118页。
② 该园同时为一个动物园。里尔克晚年在给友人的一封信中明言,"罗丹帮助我克服抒情的肤浅和空洞的(出自特别激动却未曾深化的情感的)泛泛而谈,在他的巨大影响下,通过承担义务之约束,排除不着边际的东西,像一个画家或雕塑家,面对自然工作,执著地去领会和模仿。这种严格和良好的训练的第一个成果便是诗作《豹》,写于巴黎植物园,人们或可以看出它的这种渊源"。见[奥]里尔克《穆佐书简:里尔克晚期书信集》,林克、袁洪敏译,华夏出版社2012年版,第238页。

（或者说情感被客观化）。里尔克除了描述困于笼中之"豹"本身在自己意识中所给出的显像过程外，别无其他——此时的笼中之豹仿佛就是世界中的唯一存在物。显然，从《秋日》到《豹》里尔克完成了从素描"影像"到写生"现象"的迁变，这极大增强了诗歌中意象的准确性与可感性，语词轮廓亦随之如雕塑般棱角分明。

令人称奇的一点是，这种看似"别无其他"的物，而不是被借来抒怀的冷峻客观之"物"，反倒更能以一种独特的方式揭示世界物之于此在的意义。笼中之"豹"的强力焦躁和无奈乌有的情绪，与置身现代性所带出的技术牢笼与虚无主义困境之中的人所遭遇的尴尬境遇，何其相似乃尔。可里尔克却未对此稍作提示，这正是"物诗"的妙绝之处所在。① 当一个诗人能对"物"在其意识中的显现如是所示地写生于"我言"时，他便造就了一个真实的全息存在物，即物身上显示着一切存在的关联。② 多年后，里尔克曾借评介后印象派画家保罗·塞尚（Paul Cézanne）的名作《坐在红椅上的妇人》之际，表明了这一物之全息存在的观念，"每一点都谙知全体，都参与全体，都以它特殊的方式来寻索和实现全体的平衡。一切都是适应和对比，正如图画本身设法和现实取得平衡一样"。③

如若说雕塑大师罗丹的艺术观让里尔克习得了一种新的通达物存在的方式，那么被誉为"现代绘画之父"的塞尚则使里尔克对这种新方式的

---

① 弗兰兹·卡夫卡的小说《地洞》与《豹》有异曲同工之妙，参见［德］瓦尔特·比梅尔《当代艺术的哲学分析》（孙周兴、李媛译，商务印书馆2012年版）一书对《地洞》的解读。
② 我们甚至可以将困豹之笼，看成因福柯的论述而闻名的那种起"规训"作用的"全景敞视建筑"（panopticon，或译"全景敞视监狱"），这种建筑形式的基本构造原理是："四周是一个环行建筑，中心是一座瞭望塔。瞭望塔有一圈大窗户，对着环行建筑。环行建筑被分成许多小囚室，每个囚室都贯穿建筑物的横切面。各囚室都有两个窗户，一个对着里面，与塔的窗户相对，另一个对着外面，能使光亮从囚室的一端照到另一端。然后，所需要做的就是在中心瞭望塔安排一名监督者，在每个囚室里关进一个疯人或一个病人、一个罪犯、一个工人、一个学生。通过逆光效果，人们可以从瞭望塔的与光源相反的角度，观察四周囚室里被囚禁者的小人影。这些囚室就像许多小笼子、小舞台。在里面，每个演员都茕茕孑立，各具特色并历历在目。敞视建筑机制在安排空间单位时，使之可以被随时观看和一眼辨认。总之，它推翻了牢狱的原则，或者更准确地说，推翻了它的三个功能——封闭、剥夺光线和隐藏。它只保留下第一个功能，消除了另外两个功能。"参见［法］福柯《规训与惩罚——监狱的诞生》，刘北成、杨远婴译，生活·读书·新知三联书店2007年版，第224—225页。
③ ［奥］里尔克：《关于塞尚的信》，载［法］程抱一《与友人谈里尔克》，人民文学出版社2012年版，第91页。类似观念亦可参见陆机在《演连珠》中所言，"虚己应物，必究千变之容；挟情适事，不观万殊之妙"，载［梁］萧统编，［唐］李善注《昭明文选》，上海古籍出版社1986年版，2395页。

有效性与普适性更为确信。① 塞尚身上体现着和罗丹一样的艺术观，"活着只是为了工作"，直面大自然本身，最终"完成无可质疑的真实性，将外界种种再创成实物"② ——通过画笔"造一物"。例如，在其名画《静物苹果篮子》中，他"能赋予每个苹果他的爱心，以画出的苹果来表现他的爱心"。③ 唯其在此种"物"中，现实方能够穿过艺术家的"个人经验，化为长存不灭"，而最终进入真即美，美即真的境界。里尔克深为自己能写出与罗丹的雕塑与塞尚的静物画一样"透露同等客观的品质"的"物诗"而惊喜不已。

一个以"求真"为己任的诗人即使在直观腐尸等令常人作呕物时，亦应保有一种无悯的强力意志，他必须学会"主宰自己的眼光，来观看一切存在的，甚至那可怖的、令人作呕的，来透视一切事物中真正值得的"④。在向波德莱尔的名作《腐尸》⑤致敬的《陈尸所》一诗中，上述艺术观得到了实践：

> 他们已经躺在那儿，仿佛还须
> 事后发明一种情节，
> 使他们彼此同这阵冷酷
> 白生生连成一片并互相和解；
>
> 因为这就是一切尚无结局。
> 从口袋里可以找出
> 一个什么名字？人们不胜嫌恶
> 把他们嘴周洗来洗去；

---

① 此时的音乐界正是德彪西与拉威尔的印象派音乐风行之时，二人的作品表现出与罗丹、塞尚和里尔克等艺术家相近的艺术理念，如德彪西的《意象集》以"音符"再现"声响"在意识中的客观呈现。
② ［奥］里尔克：《关于塞尚的信》，载［法］程抱一《与友人谈里尔克》，人民文学出版社2012年版，第83页。
③ 同上书，第88页。
④ 同上书，第89页。
⑤ 中译文参见［法］波德莱尔《恶之花》，郭宏安译，广西师范大学出版社2002年版，第236—238页。

他没有走开；他变得十分清爽。
胡子翘着，还有点硬，
颇合看守人的雅兴，

只为了免得使瞠目者反感。
眼睛在眼睑后面
已经变样，正往里面张望。

（1906年，绿原　译）

　　与波德莱尔的《腐尸》一诗中饱满的主观抒情大不相同，本诗剔除了通常观看一具尸体时的任何怜悯或不适。悬搁掉一切庸常的自然情感经验后，"尸体"最终如其所是地在诗人的意识中客观地显现自身。里尔克认为"客观"是为了不使"自己倾听时的呼吸打扰世上每个生物独自进行的神圣的独白"①，让每件事物自身最独异的存在显现出来，在一种严峻的清晰中为世界之存在赢获更坚实的基础，这对抵御"虚无"的侵袭大有益处。

　　巴黎的经验，使里尔克对"物"之存在有了全新的处理方式，收获了被誉为"德语抒情诗迄今为止从未以同等尖锐的硬度拥有过的产物，是一种知情的客观性对于单纯预感的胜利，是一种完全变成雕塑的语言之决定性的凯旋"②的"物诗"。可以说，里尔克通过在物诗中以"我言"造物，完全掌握了外部事件。无疑，这是一种将有限外物内心化的过程，而内心化则会"将一切力量总结于我们的灵魂，将这灵魂扩展为一个世界，比那已威胁了人类那样久的充满灾难的命运的世界更强大的世界"③。最终，内心化将为我们赢得幸福，因为就其本质而言"幸福不是外来的偶然之物，而是存在于我们内心的一种规律。如果我们接受了一件触动我们的外界事物，并把它转化成我们自己的东西，幸福就像我们工作时产生的热

---

① [奥] 茨威格：《告别里尔克》，载《里尔克散文选》，绿原等译，百花文艺出版社2005年版，第10页。

② 同上书，第11页。

③ [奥] 里尔克：《永不枯竭的话题：里尔克艺术随笔集》，史行果译，东方出版社2002年版，第151页。

量一样产生"。①

但"幸福"真能如此简单地现身吗？巴黎时期的里尔克发现，与"物诗"中物的坚实可靠存在相比，人的存在却充溢着"恐惧"。因此，"物诗"写出时，另一个追问才刚开始：当人面对死亡与恐惧时，到底需要何种存在的勇气才能望到幸福呢？

第二节 时间：抵御"恐惧"与"存在"的勇气（《布里格随笔》）

一 幸与不幸

问师罗丹与塞尚的"幸福"，只是里尔克客居巴黎这座欧洲"艺术之城"的一半经验，他的另一半经验则是"不幸"。巴黎这座庞大而充满诱惑的"死亡之城"弥散着贫穷与死亡气氛，这让里尔克深感一种强大的"恐惧"，即一种被"无法言说的混乱"的陌生性外在生活空间挤压得无所适从的虚无感，仿佛童年军校生活时期那种不可名状的迷惘溷惑再次向诗人发起了攻袭。②众所周知，说到底"幸福"是人在时间和空间中的一种生活体验感，因此空间感在一个人的幸福与不幸的感受中起着十分重要的作用。进而言之，当人生活在一个容易被他感受和把握的空间中时，他会体验到一种安全感与幸福感；而当人置身一个因异己之物过多而庞大得不平衡的空间中时，他则只会感到一种焦虑和不幸。据此，我们可以划分出两种空间，"那增强感性质量的空间有助于幸福，而反过来，那使感性变得艰难而不可能的空间，则是感性上不幸福的空间"。③

无疑，巴黎经验使里尔克在写出了"物诗"而深感幸福之际，他亦因喧嚣的大都市中那陌生、挤压的空间而感到"不幸"、焦虑。巴黎的客居经验几乎挑战着里尔克感受力与表现力的极限，诗人决定用自己所体验

---

① ［奥］里尔克：《永不枯竭的话题：里尔克艺术随笔集》，史行果译，东方出版社2002年版，第152页。

② 1920年的某日，里尔克曾自己昔日的德语老师说，"军校的困境堪比陀思妥耶夫斯基的《死屋手记》"。见［美］拉尔夫·弗里德曼《里尔克：一个诗人》，周晓阳、杨建国译，华东师范大学出版社2014年版，第20页。

③ ［丹麦］尼尔斯·托马斯：《不幸与幸福》，京不特译，华夏出版社2004年版，第420页。

到的诸种恐惧来造物,他最终将这种极限经验展示在一部自传色彩十足的长篇小说《布里格随笔》中。该小说因以敏感峻冷的语言超前切中了存在主义思潮的诸多核心主题——"追寻本真存在、鄙夷非本真存在、如何面对死以及向死而生中的时间体验等"[①]——而广受誉扬。

二 存在的勇气

《布里格随笔》是一部主人公马尔特·劳里茨·布里格(一个丹麦没落贵族后裔)在青年时期客居巴黎时所记下的心灵札记,该小说有极强的自传色彩。首先,马尔特的身世经历与里尔克坚信自己是一个古老贵族的胄裔、负有神圣的艺术使命等颇有类似之处。其次,该小说创述期间,里尔克曾游居北欧、苦学丹麦文以便阅读他心中"伟大而谦卑"的克尔凯郭尔。[②] 因此,我们可以说小说《布里格随笔》是里尔克对自幼及今一直袭击自身的恐惧感的一次总清算。[③] 里尔克在《布里格随笔》中人想要省思的问题是:"怎么可能生活,如果构成此生活的基本元素竟是我们完全无法把握的? 如果我们始终缺少爱,无决断之把握,不能面对死亡,又怎么可能生存?"[④]

《布里格随笔》(共 71 章)由 71 张马尔特在异己空间(巴黎)中学习如何观看"存在"的时间体验残片装订而成,两枚隐形的巨大书钉就是死亡与恐惧。小说开篇即切中了这个主题,"应该说,人们到这里是来生活的,我却觉得,这里在死亡。我外出散步,触目所及的尽是医院"。[⑤] 现代大都市中的死亡已因其近乎批量化而失却了能让人触目悲悯的源初意义,人们在面对他人之死时才会显得漠然若不见,每一个体那独异的"死"齐平、均等为一个、两个、三个、四个……的数字,带不出他人的丝毫顾惜:

[①] Water Kaufmann, *Existentialism: from Dostoevsky to Sartre*, New York: Meridian Books, Inc., 1956, pp. 113 – 114. 《布里格随笔》对存在主义思潮影响巨大,如法国作家纪德(1869—1951)曾将《布里格随笔》的片段译成法文,而萨特的代表作《厌恶》(或译《恶心》)亦深受其影响。

[②] 李永平编选:《里尔克精选集》,北京燕山出版社 2005 年版,第 693 页。

[③] 里尔克曾坦言,自己从十岁起就体会到了陀思妥耶夫斯基的著名小说《死屋手记》中的恐怖与绝望。

[④] [奥] 里尔克:《穆佐书简:里尔克晚期书信集》,林克、袁洪敏译,华夏出版社 2012 年版,第 289 页。

[⑤] 李永平编选:《里尔克精选集》,北京燕山出版社 2005 年版,第 320 页。

第二章 直观"物"与经验"死":里尔克中期诗学思想

现在这里有五百五十九张床铺送别死者。这当然是工厂规模。在这种大批量的生产中,每个具体的死亡便不可能被打理得很好,不过这也无所谓。群众还是选择这样死。在今天,谁还看中妥善打理死亡呢?没有人。就连那些完全有能力去死得精致一点的富人们也开始变得随便和漫不经心,想得到一种特有之死的愿望越来越少见。过不了多久,特有之死就会像特有之生一样罕见了。①

无疑,马尔特的这段开场剖白展现的仍是本文导言中所表明的那两个由现代性所引出难题之一——如何照面人终有一死却又无可信靠之力时必然生出的虚无主义。当形而上学和宗教等一切超感力失去了其固有力量后,世界便不再像先前那样具有自明性的意义,人们的精神生活则会随之出现了两种对立或矛盾,一是"形而上学的欲望和怀疑的基本态度之间的对立",二是"一方面生活不安定和不知道生活的最终意义,另一方面又必须作出明确的实际决定之间的矛盾"②。此时,人的"存在"境遇成为首需描述、揭示的课题——我们若是不能确信自己已对人的存在本身有了恰切的领会,又怎能在面对无涯的虚无时免于"恐惧"并生起存在的勇气呢?通常,人们在遭遇他人之死时,总会自我安慰道"人终有一死,自己却是尚未",以便继续"遮蔽死,削弱死,减轻被抛入死亡状态"③,从而使死亡被"敉平为一种摆到眼前的事件,它虽然碰上此在,但并不本己地归属于任何人"④。

当然,马尔特异于常人之处在于,他不能混迹于常人的死亡态度中,因此他才会对他人之死有真正的切己感而深觉恐惧,"在那些夜晚,我会因为对死亡的恐惧而坐起来,并且安慰自己说,这样至少还是活着的表现,因为死人是不会坐着的"⑤。恐惧之所恐者为何?是"死",即"非存在",死这种虽无形却又无时无处不在之物,让马尔特对置身其中的环世了无亲熟之感:

---

① 李永平编选:《里尔克精选集》,北京燕山出版社2005年版,第323页。
② [奥]施太格缪勒:《当代哲学主流》上卷,王炳文等译,商务印书馆1986年版,第25页。
③ [德]马丁·海德格尔:《存在与时间》,陈嘉映等译,生活·读书·新知三联书店1999年版,第293页。
④ 同上书,第291页。
⑤ 李永平编选:《里尔克精选集》,北京燕山出版社2005年版,第415页。

> 每一个空气分子里都用恐惧的存在。你吸进去时它是无色透明的,但在你身体里它却开始沉淀,变硬,在器官之间形成尖利的几何形状。因为所有汇聚在刑场、审讯室、疯人院、手术室和深秋的桥洞里的痛苦和恐惧都那么冥顽不化、坚不可摧,带着对一切存在物的妒意黏附在其可怕的真实上。①

恐惧裹藏着死,死散逸着恐惧,恐惧"死"说到底是意识到自身的"存在"被"非存在"啮咬蚕食、侵占逼索而无家可归的现身。死袭来之际,马尔特会深感莫名其由——不知其缘由与不知其所由:

> 在拥挤的城市里,在人群之中,这种恐惧经常无缘无故地向我袭来。但有时候也有各种原因促成它的出现,比如有人在一条长椅上昏厥不醒,所有人都围在周围看着他,这时候他已经超越了恐惧,于是他的恐惧就转移到了我心里。②

　　从心理学角度来看,这种存在论的"恐惧"有一种暧昧的双义性——它是"一种同感的反感和一种反感的同感"③。马尔特若是不对他人之死有切己的"同感",且"厌恶"这一让人深感重负的同感,他不会置身"恐惧"之中。"恐惧"皆因人是一种有精神之物,有精神意味着渴求对自身"自由"地筹划、期待,但在日常生活中这种渴望却总会因这因那而不得实现。因此,说到底"恐惧"既非必然性亦非自由性,而是一种未能实现的自由之表达,"是一种被困的自由,在那里'自由'不是自由地在自身之中而是被困的,不是在那'必然性'之中而是在自身之中"④。所以,只有置身"被困的自由"(恐惧)中的人,方能觉到"恐惧"的存在,斯人意欲一种出脱"被困"之境的自由。唯有此种个体方能识认到"恐惧"是一种全然属己之物,不可与他人共尝,他人亦不能真正觉到"我"的"恐惧",更不可越俎代庖地替"我"担负那份向来属"我"的

---

① 李永平编选:《里尔克精选集》,北京燕山出版社 2005 年版,第 361 页。
② 同上书,第 414 页。
③ [丹麦]基尔克郭尔:《恐惧的概念》,载基尔克郭尔《畏惧与颤栗·恐惧的概念·致死的疾病》,京不特译,中国社会科学出版社 2013 年版,第 199 页。
④ [丹麦]尼尔斯·托马斯:《不幸与幸福》,京不特译,华夏出版社 2004 年版,第 327 页。

"恐惧"：

> 别以为我在这里饱尝失望之苦，正好相反，我有时候惊讶于自己早已做好了准备去放弃所有预想的东西，去接纳真实的东西，即便那些真实的东西是丑陋的。
>
> 我的上帝啊，如果这种感觉能够与人分享该有多好。但是分享以后还会是它吗？还会是它吗？不，惟有付出孤独的代价才能体会这种感觉。①

恐惧不可被代理地是我的恐惧，因此唯有我们自身去孤独地照面、抵御恐惧，而别无他法，"人一旦感到恐惧，就必须做点儿什么来对抗这恐惧"。②但究竟如何抵御恐惧呢？此时，巴黎经验的幸福一面启发了里尔克——要像直观"物"那样，悬搁对死亡的诸种前见，让死亡如其所是地显现，直观与经验死亡本身，将死亡雕塑进心灵的内在空间，而非像流俗之见那样逃避死、拒斥死，"我在学习观看。不知道是什么原因，所有东西都比以往更深地进入我内心，再也不在它们以往结束的那些地方驻足"。③说到底，现代人匮乏的正是对死亡的向来我属性的领纳，而与现代人相比

> 从前人们知道（或者人们能感觉到）：死亡就藏在人的身体里，就像果核藏在水果里。孩子的身体里藏着一个小小的死，大人的身体里藏着一个大的。女人的死藏在怀里，男人的死藏在胸前。人拥有死亡，这赋予人一种特殊的尊严和一种宁静的骄傲。④

果里裹藏着果核，即存在（生）里藏着非存在（死）。果与果核同时问世生长，果核渐长为能孕育"新生"的种子之时，即果熟蒂落被食之日——"非存在"（生）的峰顶原来就是"存在"（死）的消亡与新生，二者在"从前"竟是如此的同一而不可分。然而，现代人却不再能如此

---

① 李永平编选：《里尔克精选集》，北京燕山出版社2005年版，第361页。
② 同上书，第322页。
③ 同上书，第321页。
④ 同上书，第324页。

"生动直观地看到自己面临的死,亦即不再'向死而生'(angesichts des Todes lebt);或者更明快地讲,现代人通过其生活方式和职业方式,把一个不断地在意识中出现的直观事实——即,死对我们来说是确定的——赶出了自己的意识的清晰区域之外,直到只留下一种单纯的、合乎判断的知识:他将死去"[1]。马尔特首先需要做的就是师法上述那种"从前人们",将自己的使命锚定在"从这些恐怖的、似乎只能令人作呕的东西中看到存在,一切存在中的存在"[2]。无疑,这种不顾"非存在"的威胁而去断然地肯定"存在"的态度,需要一种"去存在"的勇气来抵御源自"非存在"的恐惧,那么,这种勇气能来自何处呢?在《布里格随笔》中,里尔克认为它来自一种信仰存在本身的"绝对信仰"(the absolute faith),即存在本身成了诸神退隐后的"超越上帝的上帝"(The God above God)[3]。此种上帝只能是"一种爱的方向,而不是一个爱的对象"[4],所以马尔特"除了存在本身,他什么都不爱"。[5]

走向此种上帝的马尔特觉得自己"就像一个逐渐康复的病人"一样,因为在这种存在状态中,他已经开始"踏上了对上帝之爱的漫漫行程,那是一项宁静的、永无终点的工作"[6],这是一种有着生命欣悦的自然状态,亦是一种幸福状态。无疑,这是一条存在主义哲学所给出的道路,它"力图向人们指出一条达到绝对和理解现存在最后意义的道路,使人们不必逃到宗教教义中去,或依赖那只具有纯粹假设的,因而其价值极为可疑的形而上学体系"[7]。在一次晨祷中,里尔克如醍醐灌顶般憬悟:存在就是艰难,求真诗人的义务不是将"艰难"视为异己的苦难去抵斥它,而是应像泥土里的种子爱泥土那样去珍视艰难(爱存在)——若无泥土的重负,一粒种子如何能成为真正的种子?换言之,存在所能给予的重负也是它唯一能施降的恩典,因此诗人才会告诫自己要"走进你自己的心,建造你的

---

[1] 刘小枫选编:《舍勒选集》,上海三联书店1999年版,第970页。
[2] 李永平编选:《里尔克精选集》,北京燕山出版社2005年版,第360页。
[3] 详见 Paul Tillich, *The Courage to Be*, New Haven & London: Yale University Press, 2000, pp. 171-190.
[4] 李永平编选:《里尔克精选集》,北京燕山出版社2005年版,第467页。
[5] 同上书,第471页。
[6] 同上。
[7] [德]施太格缪勒:《当代哲学主流》上卷,王炳文等译,商务印书馆1986年版,第26页。

艰难。……当它成熟,上帝将进入到你的艰难之中。除了在此,你难道还会在别处与上帝相遇吗?"[①]

三 视觉作品与心灵作品:由"物诗"到"思诗"

"走进自己的心",被"存在"牵引而行的里尔克由靠内心孤独冥思的"我言"道说"存在"(《时辰书》),外化到素描"存在"于"物"中所显现的"影像"(《图像书》)以及写生"物"给出的"现象"(《新诗集》),最终回转到了内心。这种内心已不是早期那种内心,而是一种由"存在"融贯"物、思、言"三位一体的内心——此种巨大转折的朕兆被表达在《转折》一诗中[②]:

> ……
> 视觉的作品已经完成,
> 现在请做心的作品
> 关于你心中的那些图像,那些被囚禁着的;因为你
> 克服了它们;但现在你还不认识它们。
> 看哪,内在的人,请看你内心的少女,
> ……
>
> (1914年,绿原 译)

由视觉作品向心灵作品的转折,即由中期物诗向晚期思诗的转变,"存在"本身中的诸要素——那无形的生、死、爱、欲、语言等成了诗思之域。里尔克在《转折》 诗的题记中虽已挑明"由诚挚到伟大之路必经牺牲",但他自己都远未料到这种牺牲竟需十载之久。1922年,在十首哀歌临近杀青时,里尔克曾在一封书简中如是回忆创作哀歌的十载甘苦:

[①] [奥]里尔克:《永不枯竭的话题:里尔克艺术随笔集》,史行果译,东方出版社2002年版,第320页。
[②] 如若借用《坛经》中的典故来类比,里尔克早、中期切问近思"存在"("存在"仿佛是"他者"),颇似神秀和尚偈语"身是菩提树,心如明镜台,时时勤拂拭,勿使惹尘埃"的境界;晚期思诗如"歌唱是存在"(奥:A.3.),颇似慧能大师偈语"菩提本无树,明镜亦非台,本来无一物,何处惹尘埃"的境界。

我年复一年何等渺小地待在这里，枯守着我打算做或委派我做的工作，我也就立刻为此所遮蔽，而且更严重。鉴于必须做的本来早在 1914 年前后就可以做了，现在这必须做的虽然没有变大，因为它当时已经成形，况且原本无从比较，但是险恶的岁月已经把我像卵石一样卷入滚滚波涛之中，几乎磨破了我的心，使得它现在已过度贫乏，枯守着它（历来）最重大的使命（［德文编者注］指《杜伊诺哀歌》）。①

在此期间里尔克只有"挺住"，因为对一个视"存在"为上帝的求真诗人"挺住即意味着一切"，而所谓"挺住"就是以充沛的存在勇气"去……存在"。

---

① ［奥］里尔克：《穆佐书简：里尔克晚期书信集》，林克、袁洪敏译，华夏出版社 2012 年版，第 48 页。

第三章

存在何为与思的经验：里尔克晚期诗学思想（上）

第一节 题解："哀歌"与"杜伊诺"

里尔克晚期"思诗"的峰顶为《杜伊诺哀歌》，他最终选定"哀歌"这一体裁为运思载体实谓用心良苦。

据考，哀歌这一体裁可能源于小亚细亚，原始之义为以悲哀的呼号为内容的歌调，后传入古希腊和古罗马而演变为一种固定的诗歌体裁，其代表人物为爱情哀歌三巨头——卡图鲁（Catullus，前87—前54），提步鲁（Tibullus，前48—前19）和奥维德（Ovidius，前43—16）。但一时的辉煌过后，竟是中世纪几百年的中断，直到文艺复兴时期才又复兴，此时的西欧哀歌诗人竞相以亚历山大体哀悼诗为效法典范。与西欧其他各国相比，德语哀歌出现较晚，迟至18世纪方渐渐成熟，主要受惠于英国哀歌。[①] 此一时期的哀歌被文学史家称为"感伤的哀歌"，以歌德的组诗《罗马哀歌》（1788—1790）[②] 与席勒的长诗《希腊的群神》（1788）[③] 为翘楚之作。正当德语世界感喟自歌德与席勒后，恐再难有哀歌佳作之时，荷尔德林不期而出，他用哀歌将现代人因诸神退隐而深感无家可归的哀恸之情表露无遗，其代表作为《面包与酒》。然而高峰过后，又是低谷，自荷尔德

---

① 如托马斯·格雷（1716—1771）的《墓畔哀歌》。
② 见《歌德精品集——抒情诗·西东合集》，杨武能译，安徽文艺出版社1998年版，第168—191页。
③ 见张玉书选编《席勒文集》卷一，人民文学出版社2005年版，第38—44页。

林以降的整个 19 世纪，德语哀歌呈日渐式微之势。可以说，此种颓境直到 1922 年里尔克《杜伊诺哀歌》的横空出世才得以回转。①

以上只对哀歌体裁的历史演进给出了一简扼梳理，那么究竟何谓"哀歌"？顾名思义，哀歌是充溢着哀伤情思的诗歌：对尘世之情与永恒之爱的追悼和渴念，以及对生与死的幽思冥想和旷远慰藉是西方两千多年以来哀歌体裁的恒久主旨。正是在此种意义上，里尔克由物诗转入思诗后，最终决定选取哀歌这一体裁为运思载体。那么诗人为何将这首"披阅十载，增删数次"的"哀歌"冠上"杜伊诺"呢？实乃因里尔克在《布里格随笔》中对"存在"进行了一番探幽索隐后，虽明确意识到诗歌创作应由视觉作品转向心灵作品，但他却未即刻寻获哀歌这一运思载体，故而深陷迷惘。恰逢此时，诗人的忠实读者玛丽公主邀他到自家的杜伊诺城堡做客。杜伊诺城堡在意大利境内的亚得里亚海旁边，据传昔日被流放的但丁就曾寓居于此，而本书第一章就已提到，里尔克早期所做的《现代抒情诗》讲座中曾明言新时代的抒情诗人应以但丁为榜样，可以说"传统与个人才能"的内在张力在《杜伊诺哀歌》中显现无遗。

从十首哀歌的主旨与排布，尤其是第十首哀歌的主人公在"悲愁女神"的引领下游历"悲愁王国"，颇似《神曲》主人公在维吉尔的引领下游涉地狱和炼狱、在贝缇丽彩引领下游观天堂来看，显然里尔克深信但丁曾寓居于杜伊诺。换言之，他欲在现代社会肩起书写伟大抒情诗的重责——就像但丁谱写出《神曲》为黑暗的中世纪迎来拯救之光一样，他欲为现代荒原之上的芸芸众生高唱此间赞歌。② 杜伊诺的神圣象征性，促使里尔克如有神助地写下了第一首哀歌（1912 年），因此当十首哀歌

---

① M. H. Abrams, *A Glossary of Literary Terms*, Beijing: Foreign Language Teaching and Research Press, 2004, pp. 72—73. Chris Baldick, *Oxford Concise Dictionary of Literary Terms*, Shanghai: Shanghai Foreign Language Education Press, 2000, p. 66. 学界称 1922 年是现代派文学的"神奇之年"，因为乔伊斯的《尤利西斯》、卡夫卡的《城堡》、普鲁斯特的《追忆似水年华》（第二卷）、T. S. 艾略特的《荒原》和瓦雷里的《幻美集》都发表于 1922 年。

② 由于但丁与里尔克所处的时代背景以及二人的思想背景存在着巨大差异，所以他们所给出的拯救方式是完全不同的，这点集中地反映在两部巨作的结尾处：《神曲》的主人公仰望并陶醉于能"动太阳而移群星"的上帝之爱，而《杜伊诺哀歌》的主人公虽"惦念着上升的幸福"却依然"当着幸福物沉坠"向大地。本书中《杜伊诺哀歌》与《致奥尔弗斯的十四行诗》的中译文均采用林克先生译文（见［奥］里尔克《杜伊诺哀歌》，林克译，同济大学出版社 2009 年版），改动处以黑体字标出。为方便计，本书将采用以下方式标注：哀歌第 3 首第 15 行标示为——哀：Ⅲ.15.，两部《致奥尔弗斯的十四行诗》分别名为 A 和 B，如第一部第 5 首标示为——奥：A.5.。

(1922年)全部完成后,他将之名为《杜伊诺哀歌》,以示对玛丽公主本人和神圣的杜伊诺城堡的感激。

第二节　隐喻的天使与奥尔弗斯的歌唱:"思诗"中的存在之思(一)

一　存在的隐遁——哀歌之一

据载,《杜伊诺哀歌》的开篇颇有神示意味。一日,里尔克在杜伊诺古堡中为如何回复一封来信而焦躁踱步,忽感门外布拉风劲吹。他便起身出屋,爬到高出亚得里亚海的波涛约200英尺的地方,蓦然间听见在那呼啸的风中有一个声音如闷雷般响彻大地,向他宣谕道:"究竟有谁在天使的阵营倾听,倘若我呼唤?"里尔克匆匆记下此语,便返回屋内像着了魔一般开始写作。到晚上,他没费什么气力就鬼使神差似地续下了一连串的诗句,第一首哀歌就诞生了。[①]

无疑,有如神示的开篇之问是里尔克良久思"存在"的主旨之问,即对诸神隐退后人类的存在境遇进行追问[②]:

一

1　究竟有谁在天使的阵营倾听,倘若我呼唤?
　甚至设想,一位天使突然把我攫向他的心;
　他更强悍的存在令我晕厥,因为美无非是
　可怕之物的开端,我们尚可承受,
5　我们如此欣赏它,因为它泰然自若,
　不屑于毁灭我们。每一位天使都是可怕的。
　所以我抑制自己,咽下阴暗悲泣的召唤。

[①] [德]霍尔特胡森:《里尔克》,魏育青译,生活·读书·新知三联书店1988年版,第170页;[美]拉尔夫·弗里德曼:《里尔克:一个诗人》,周晓阳、杨建国译,华东师范大学出版社2014年版,第411—414页。

[②] 当然,《杜伊诺哀歌》中的叙述者并不一定就是里尔克本人,但为了表达方便,姑且以里尔克代之。

啊，我们究竟能够求靠谁？天使不行，
人也不行，机灵的动物已经察觉，
10　在这个被人阐释的世界，我们的栖居
不太可靠。也许有一棵树为我们留在山坡，
我们每天看见它；昨天的街道
为我们留驻，一个习惯培养成忠诚，
它喜欢我们这里，于是留下来不曾离去。
15　哦，还有黑夜，黑夜，当携满宇宙空间的风
耗蚀着我们的脸庞——，夜岂不留驻人寰，
让人渴望，又令人略感失望，
哪一颗心不是艰难地面对它。恋人会轻松一些？
啊，他们不过相互掩蔽他们的命运。
20　你难道还不相信？那就从怀中抛出虚空，
抛向我们呼吸的空间；或许飞鸟
以更内向的飞翔感觉到更辽阔的天空。

"谁在天使的阵营倾听，倘若我呼唤？"一个现代人难以规避的问题被抛出。诚如海德格尔所云，"问乃思之虔诚"。此处，需要厘清的三点是：谁在呼唤，呼唤谁，以及缘何呼唤。显然，发问者是"我"，即诗人等能对自身存在的境域进行追问的先知先觉之人。此一呼唤的朝向对象为天使，可天使能否成为"听者"，全赖问者能否叩开存在之门，使天使之耳因其"呼唤"而敞开。紧要之处在于，能"倾听"是行进上沟通之途的第一步。呼唤的发出者与朝向者都已明晰，那呼唤之因由为何？因由乃是：里尔克在历经早、中期近20年的切问存在后，虽然最终确定要在"心灵作品"的思诗中去道说"存在"，但他仍对此种道说的真确性存有犹疑："我言"（呼唤）真能切近"存在"吗？因为"我言"之道说的完成有赖于天使（听者）的"在听"而非置若罔闻的"不听"，以及天使（听者）能准确"听到"而非"误听"。但开篇之问，非但未能给出"听"的确定性，反而使人看到呼唤之迷惘与倾听之无望。倘若"我言"之"呼唤"不能抵达"存在"寓居其中的天使"阵营"，那此种"呼唤"的存在意义何为？由此，开篇之问便为整组哀歌奠定了上不见听者、下不见知音的大悲哀基调。

诗人"呼唤仰望心茫然"后开始设想:"一位天使突然把我攫向他的心。""攫向"一词凸显出天使是一种"强悍的存在",强悍得甚至让人觉得有些"可怕"。天使之所以可怕,乃因诗人向之发问的天使

> 作为一种存在承担着一种责任,就是在不可见的事物中识别出一种更高级的现实。——因此对于我们来说是"可怖的",因为我们这些他的恋爱者和变形者们,还依然倚仗着可见物。——宇宙的所有各界都跌入那不可见的,仿佛跌入较之更深的现实里。①

由此,可将本节诗中所给出的"天使、美、人"三者的强力关系表征如下:人≤美<天使。因此,当天使"突然把我攫向他的心"时,人会晕厥实乃自然之事。首先,万物只有在我们承受范围之内才有"美"可言,因为"谁恐惧着,他就根本不能对自然界的崇高作出判断,正如那被爱好和食欲所支配的人也不能判断美一样。前者回避去看一个引起他畏惧的对象;而对一种被认为是真正的恐怖是不可能感到愉悦的"②。其次,陶醉于美中会使人失却理性而坠入迷狂,甚至毁灭自身。一言以蔽之,跃过"美"的心智界限,只会进入"可怕之物"。所谓可怕皆因其神秘不可知与不可说,天使即寓于此种不可言说之中,所以诗人惊悚道"每一位天使都是可怕的"③。

既然呼唤无门,倾听无天使,那么诗人唯有"咽下阴暗悲泣的召唤",别寻他路。如若上穷碧落("天使不行"),下穷人寰("人也不行")均无出路,那人类存在的确定性与言说的确定性"靠谁"担保呢?求助神界与人界的失败,使里尔克将目光投向亘古如斯的万物(先是动物后是植物)。人不像"动物、植物"那样能亲密牢靠地栖居于世界,而是无家可归地疏离游荡于世界,原因何在呢?正所谓当局者迷,旁观者清,"机灵的动物"都已知悉答案,人类的"栖居不太可靠"。令人万万想不到的竟是,"不可靠"乃因人类生活在一个"被人阐释的世界"中。怪

---

① [奥]里尔克:《杜伊诺哀歌》,刘皓明译,辽宁教育出版社2005年版,第184—185页。
② [德]康德:《判断力批判》,邓晓芒译,杨祖陶校,人民出版社2002年版,第100页。
③ 我们可以把"美"比作上古时期的黑夜,而把"天使的阵营"比作井然有序的星空。我们的先人同样对"黑夜与星空"充满了敬畏,直至火的发明,才使无尽的黑夜被局部去魅,而成为"可承受"的歌颂对象;但黑夜的大部和灿烂的星空对于有限的人类始终是"可怕的"膜拜对象。

哉！语言自古就被视为人类优于其他动物的显著特征之一，为何语言非但未能为人类的存在赢得家园，反而会使人产生"栖居不太可靠"的惶然之感？这是因为，在里尔克看来人对世界进行的诸种理性"阐释"，不过是将语言视作一种控制世界的工具，出于算计之心的"命名"如何作保"词与物"之间真为此种联系呢①？因此，语言的工具性使用方式非但使人忽略了不能被语言以命名的方式来把捉的、更为本源的"存在之域"，反而使人自认为触及了万物的存在，而最终倨傲自得竟至不想回返那"前阐释"的本源世界。里尔克进一步例证人出于功利目的而使用语言所阐释的世界仅是一种不牢靠的"约定俗成"：

> 也许有一棵树为我们留在山坡，
> 我们每天看见它；昨天的街道
> 为我们留驻，一个习惯培养成忠诚，
> 它喜欢我们这里，于是留下来不曾离去。

我们之所以相信树与街道的当下存在，乃依赖于自身"以前"的一种空间（"山坡"）与时间（"昨天"）的惯常性重复经验，而"经验"是靠不住的，因为世界时刻在变迁。经验世界的不确定性将诗人抛入混沌无涯的"黑夜"中，他惶然问道：

> "哦，还有黑夜，黑夜，当携满宇宙空间的风
> 耗蚀着我们的脸庞——，夜岂不留驻人寰，
> 让人渴望，又令人略感失望，
> 哪一颗心不是艰难地面对它。"

"夜"此处代喻"神秘之物"，与昭然若揭的"昼"相比，它能为人开启谛视无限的心眼，有此"心眼"我们方"能看到最模糊的繁星之外——无需光亮即可望穿一颗挚爱的心灵的深底——这目光以不可言说的

---

① 如在莎士比亚的《罗密欧与朱丽叶》中，朱丽叶对罗密欧说道："换个姓名吧！姓名本来有何意义？/我们叫做玫瑰的这一种花，要是换了个名字，它的香味同样芬芳；/罗密欧要是换了别的名字，他的可爱的完美也决不会有丝毫改变。" William Shakespear, *Romeo and Juliet*, edited by G. Blaemore Evans, Cambridge: Cambridge University Press, 2003, pp. 107–108.

情欲充实一个更高的空间"①。当人面对无尽的黑夜时，会因纷纭万物被夜色遮蔽，而更能静观自身、反求诸己，渴望并静候思想之风来袭，思想之风虽无形却能横袭、思入一切。里尔克曾坦言自己"喜欢这风的声音和它旷远的姿态，它横穿一切物，仿佛它们皆不存在"②。与光天化日之下的外在性暴露境遇不同，"夜"是一个使"此在"遭遇自己的绝对内在的时刻，但置身黑夜之中的人们升起上述希望的同时，又会因夜中光明（真理）着实难觅而"略感失望"。进而言之，里尔克因置身的时代是一个诸神退隐的"黑夜"，而能对人的"存在"境遇进行运思、作诗是一件幸事，但他亦会为此种艰卓运思时常无果而失望。

难道就无意外吗？里尔克由"夜"首次引入了恋人，尤其是他所钟爱的意象——恋爱中的女人："恋人会轻松一些？/啊，他们不过相互掩蔽他们的命运。""掩蔽"指恋人们在"温柔的夜色"中陶醉于彼此间的情话悄悄与爱意绵绵，似乎全无众人面对黑夜时的渴望与失望俱有的矛盾感。然而，"不过"一词挑明了此种"掩蔽"只是对夜（未知物、如死）和"自身命运"的一种掩耳盗铃式的自欺与逃避——他们只是不敢直面尴尬的人生困境。当"掩蔽"的美梦一旦随对方的离去而破灭，恋人们便会醒察到怀中所存的不过只是些只能自己肩承的不确定的"虚空"而已。

诗人意外地发现，与人类双臂终余"虚空"相比，"飞鸟"却因从未与世界疏离而能本真地栖居于世界——飞鸟因舒展的双翼时时刻刻"以更内向的飞翔感觉到更辽阔的天空"而充盈且充实着。③ 无疑，诗人将飞鸟双翼的充实与恋人双臂的虚空相比，是想反问当人沉浸于尘世之情时，又

---

① 刘小枫主编：《夜颂中的革命和宗教——诺瓦利斯选集》卷一，林克等译，华夏出版社2007年版，第33页。本段诗中的"夜"颂，让笔者想起德国作曲家理查德·瓦格纳的名歌剧《特里斯坦与伊索尔德》的第二幕第二场中，主人公特里斯坦与伊索尔德夜间相会时的著名唱词，"反抗白昼！反抗白昼！反抗恶意的白昼，/反抗这个最残酷的敌人/怀着仇恨，提出控进诉！/……我欲避开/白昼的阳光，同你一起/逃入黑夜。/……谁爱看死寂的黑夜，/就了解夜的深层的秘密：/白天的谎言，/荣誉和名声，/权力和金钱/尽管发出明亮的光辉，/都会像太阳中的空虚尘埃，/在知情人面前烟消云散！/在白天的空虚幻象中/只留存着唯一的渴望——/渴望去/那神圣的夜，/只有在夜里，/一切都真正永恒。见高中甫、张黎主编《瓦格纳戏剧全集》上卷，中国文联出版公司1997年版，第594—603页。

② ［奥］里尔克：《永不枯竭的话题：里尔克艺术随笔集》，史行果译，东方出版社2002年版，第305页。

③ 里尔克在《倾慕：真实的词……》一诗中有类似说法，"或鸟儿丰盈的飞翔必赐予我们/心的空间，使未来变成多余"。见［奥］里尔克《杜伊诺哀歌》，林克译，同济大学出版社2009年版，第181页。

焉能踏上通往追问存在之意义的思想之途？

最终，"天使、语言、爱情"等人类存在的确定性赖以证实的东西，如多米诺骨牌般——坍圮，确定性的寻求似乎注定要遭遇一场虚无。那么作为一个如此"贫困时代"的诗人，究竟何为？首先，里尔克认为诗人不能如常人一样深陷难填的欲壑中，而应承担起歌吟万物的重责：

二

是的，春天大概需要你。某些星辰
大概要求你察觉它们。从逝去的事物
25　曾经涌起一朵波浪，或者当你路过
敞开的窗门，一阵琴声悠悠传来。
这一切皆是使命。但你是否完成？
你不是始终分心于期望，仿佛一切
向你预示了一个爱人的来临？
30　（你让她何处藏身，既然伟大而陌生的思想
在你身上进进出出，时常留在夜里。）
倘若渴望爱情，你就歌唱恋人吧！
他们闻名的情感远未达到不朽。
那些被遗弃的恋人，你几乎妒忌她们，
35　似乎她们比被满足者爱得更深。
始终重新开始不可企及的赞美吧；
你想：英雄与世长存，纵使毁灭
也只是他存在的凭藉：最终的诞生。
衰竭的大自然却将恋人收回自身，
40　仿佛没有力量，再次完成这种业绩。
你对加斯帕拉·斯坦帕究竟有过
足够的思考吗，以这个恋人为典范，
某个少女也会因爱人的离去
有此感觉：我可能像她那样？
45　难道这些最古老的痛苦竟不能
让我们开窍？难道这个时刻依然遥远，

第三章 存在何为与思的经验：里尔克晚期诗学思想（上）

我们在相爱中相互解放，震颤地经受：
就像箭经受弦，以便满蓄的离弦之箭
比自身更多地存在。因为留驻毫无指望。

春日方至，万物复苏的大地生机勃发，蒸腾迷散着春之气息，万物"需要"诗人去倾听与解读；遥挂辽阔深邃夜空中的奕奕星辰"要求"诗人去"察觉"——察觉出森罗密布的群星中映射出的人类道德律令的崇高之美。春天可谓寓意非凡，因为它令人陶醉的并不是"缤纷的色彩、欢快的音韵和温馨的清风，而是那无限希望之灵，它在悄悄预言，而是一种预感：对天性各异的人们的许多欢乐日子和充实生活，对更高的、永恒的花朵和果实，而是与那个友好展露的世界神秘契合"①。在诗思之春到来之前，诗人唯有忍耐，"如果春天要来，大地就使它一点点地完成，我们所能做的最少量的工作，不会使神的生成比起大地之于春天更为艰难"。②

在万物复苏的春日，诗人或是在追忆"逝去的事物"时心海"涌起一朵波浪"，进而思若泉涌、下笔万行③；或是思索"陌生的提琴"时"一阵琴声悠悠传来"对听者诉说"生活重于任何事务的份量"④。春天的"需要"、大地的"要求"、心海的微澜以及"琴声悠悠"等情景的共性是吁使诗人去言说——言说其中的存在显现，是一个求真诗人不可推卸的"使命"。意识到被选中后，里尔克反问道"你是否胜任这一使命"，"是否完成"这一使命？里尔克之所以反问自己，是因为置身尘世之中的诗人同样受着"食色之性"的困扰，他亦会因每日高强度运思"存在"而深感孤独，从而期望"一个爱人的来临"。在致露·安德烈亚斯—莎乐美的一封信中，他如实坦露了这种渴望感："如果我告诉你，我在鲁昂的静寂的大街上，见到一个女人走过身旁时，心中是那么激动不安，我甚至看不

---

① 刘小枫主编：《夜颂中的革命和宗教——诺瓦利斯选集》卷一，林克等译，华夏出版社2007年版，第125页。
② 〔奥〕里尔克：《给青年诗人的信》，冯至译，上海译文出版社2005年版，第38页。
③ 此即为华兹华斯在《〈抒情歌谣集〉序言》中所持的观点，"诗是强烈感情的自然流露，它起源于在平静中回忆起来的情感"。见刘若端编《十九世纪英国诗人论诗》，人民文学出版社1984年版，第22页。
④ 〔奥〕里尔克：《里尔克诗选》，绿原译，人民文学出版社1996年版，第87页。

见其他什么东西，竟不能专心做事，你会相信吗？"① 幸而里尔克深知对于一个求真诗人而言在爱与孤独这二者中他只能选择后者，因为孤独是走上运思之路的必要条件。显然，"伟大而陌生的思想"一般只会在艺术家独处的"夜里"不期而至，所以从事艺术就要选择忍耐孤独：

> 艺术品都是源于无穷的寂寞……以深深的谦虚与忍耐去期待一个新的豁然贯通的时刻：这才是艺术的生活，无论是理解或是创造，都一样。不能计算时间，年月都无效，就是十年有时也等于虚无。艺术家是：不算、不数；像树木似的成熟，不勉强挤它的汁液，满怀信心地立在春日的暴风雨中，也不担心后边没有夏天来到。夏天终归是会来的。但它只向着忍耐的人们走来；他们在这里，好像永恒总在他们面前，无忧无虑地寂静而广大。我天天学习，在我所感谢的痛苦中学习："忍耐"是一切！②

既然"生活和伟大作品之间／从来存在着某种古老的敌意"③，那么置恋人于何处呢？诗人曾不厌其烦地告诫那些意欲成为诗人者，要"爱你的寂寞，负担那它以悠扬的怨诉给你引来的痛苦。你说，你身边的都同你疏远了，其实这就是你周围扩大的开始"。④ 当然，里尔克从荷尔德林和尼采等诗哲因不堪过于慑人的孤独之光的照彻而最终疯癫的遭遇中，明晰保有孤独却又不能使其重到难以负荷，"多亏了单身独处，我干了那么多

---

① Rainer Maria Rilke, *Duino Elegies*, translated by J. B. Leishman & Stephen Spender, London: The Hogarth Press, 1939, p.106.
② ［奥］里尔克：《给青年诗人的信》，冯至译，上海译文出版社2005年版，第17页。此种忍耐孤独的艺术观，更多地源自问师罗丹的启发，"罗丹年复一年地走在这条生活的道路上，作为一个学习的人和谦恭的人，他视自己为一个初学者。没有人知道他的尝试，他没有知心人，很少有朋友。在维持生计的劳动背后隐藏着他那成长着的作品，等待着他的时代"。见《奥居斯特·罗丹》一文，载［奥］里尔克《艺术家画像》，张黎译，花城出版社1999年版，第117页。1908年9月3日，置身巴黎的里尔克在一封给妻子克拉拉的信中曾如是描述过给罗丹朗读"贝多芬对贝蒂娜·阿尼姆所说的话"，"我（贝多芬）没有朋友，我只能与自己生活；可是我很清楚，上帝也离我更近，就像跟我这门艺术中的其他人一样；我同他交往没有畏惧，每次我都认出他，理解他，我也从不为我的音乐担心，它不会遭受厄运；一旦谁领悟了他，谁必定解脱别人不堪忍受的一切悲苦。"罗丹十分喜欢贝多芬的话。见［奥］里尔克《穆佐书简：里尔克晚期书信集》，林克、袁洪敏译，华夏出版社2012年版，第268页。
③ 周濂：《缪斯的痛苦与激情：尼采、里尔克与萨乐美》，社会科学文献出版社1998年版，第170页。
④ ［奥］里尔克：《给青年诗人的信》，冯至译，上海译文出版社2005年版，第26页。

事，但是我住所中厚重的孤独却又有变得太过分之嫌，有可能变成了威胁"。① 因为诗人也只能忍受适度的孤独，他们也同样"渴望爱情"，那么就暂时从思与爱的艰难抉择中逃逸而出，而以诗去"歌唱恋人"吧。但一个更大的困惑旋即袭来——尘世易逝的情感如何能不朽？②

日升日陷，多少不为后世所知的人相爱、相守、死去，消逝于默默无闻的日常美好幸福中，而与此种圆满易忘的恋情相比，那些历尽悲欢、破镜难圆的恋情却能代代流传不朽。"那些被遗弃的恋人"因能在作品中出现并被千古传颂而遭受着他人的"妒忌"——爱因不完满而未封闭，反倒敞开了无穷书写的可能性。③ 由此，当读者沉浸于爱情的悲欢离合时，时常会产生未被满足者"似乎比被满足者爱得更深"的错觉④。对无限与不朽的渴望，引入与"未满足的爱情"一样能被千古传颂的"英雄"形象：英雄"毁灭"（死）之前只能算是前英雄，从死的那一刻起，前英雄才赢获不朽的英雄名号，所以"毁灭"是"英雄"存在的凭借。英雄因毁灭而"诞生"，犹如凤凰之涅槃，死为其新生，并且英雄无须他人主动传颂，亦会不朽。然而大自然对于"恋人"却是"衰竭"的，它不能实现像对待英雄那样不刻意赞美却能得大名的业绩——若无作家的歌颂，恋人们会像来自尘土，复归于尘土一样被自然收回，不遗余物而被遗忘。出于对爱情永恒性的护持，里尔克要"始终重新开始不可企及的赞美"，他以加斯帕拉·斯坦帕为例来深究被"遗弃的恋人"何以会如英雄一般不朽：

41　你对加斯帕拉·斯坦帕究竟有过
　　足够的思考吗，以这个恋人为典范，
　　某个少女也会因爱人的离去

---

① 见［法］茨维坦·托多罗夫《走向绝对：王尔德、里尔克、茨维塔耶娃》，朱静译，华东师范大学出版社2014年版，第108页。

② 里尔克的同时代思者尼采也面临着同样的困境，"我的境遇与我的生存方式之间的矛盾在于，作为一个哲学家，我必须摆脱职业、女人、孩子、祖国、信仰等等而获得自由，然而，只要我还是一个幸运地活着的生物，而不是一架纯粹的分析机器，我又感到缺乏这一切"。见周国平《尼采——在世纪的转折点上》，上海人民出版社1986年版，第9页。

③ 未完成之爱产生了如此众多的伟大作品，如但丁因与贝缇丽彩的不圆满之爱所写就的《新诗集》。

④ 请注意，里尔克在"你几乎妒忌她们，似乎她们比被满足者爱得更深"中的用词——"几乎"与"似乎"。从这两个词中可以看出诗人渴望的仍是"满足者"的爱情，尽管这与艺术家的孤独相冲突。

有此感觉：我可能像她那样？
45　难道这些最古老的痛苦竟不能
让我们开窍？难道这个时刻依然遥远，
我们在相爱中相互解放，震颤地经受：
就像箭经受弦，以便满蓄的离弦之箭
比自身更多地存在。因为留驻毫无指望。

　　意大利女诗人加斯帕拉·斯坦帕出生于米兰的贵族家庭，据同辈人讲她受过"精致"的教育，26岁时与年轻的柯拉尔托公爵柯拉尔蒂诺热恋于威尼斯。几年的幸福生活后，柯拉尔蒂诺前往法国为亨利二世而战，最终忘记了加斯帕拉·斯坦帕而与其他女人交往。柯拉尔蒂诺回国后，出于责任感而暂时不与加斯帕拉·斯坦帕分开，她起初感到幸福，后来渐渐知晓了真相。最终，柯拉尔蒂诺离弃了她而与其他女人结婚，加斯帕拉·斯坦帕则在其情人们的照看与献身宗教中度过余生，死时年仅31岁①。她遗留下的上百首十四行诗中突出地抒发了自己对一个威尼斯贵族男人的"无回报之爱"，而正是这种"无回报之爱"驱使女诗人创作出了大量充溢着思恋之苦的诗作。最终，她自己因诗作而实现了立言式"不朽"。

　　　　几百年来，她们操持着全部的爱情，爱情对话中的两个角色始终都要由她们一个人来扮演。（她们）日日夜夜地坚持着，她们的爱和她们的悲哀与日俱增。在这种无穷无尽的灾难重压之下，她们变成了强悍的爱人：她们呼唤男人时就征服了男人；一旦男人离开她们不再回来，她们也就超越了男人，就像卡斯帕拉·斯坦帕或者那个葡萄牙女子一样——她们坚持不懈，直到她们的痛苦转变成一种再也无法挽留的不可触犯的坚冰似的壮美。②

----

①　Rainer Maria Rilke, *Duino Elegies*, translated by J. B. Leishman & Stephen Spender, London: The Hogarth Press, 1939, pp. 107–108.

②　李永平编选：《里尔克精选集》，北京燕山出版社2005年版，第396—397页。引文中"那个葡萄牙女子"指的是《葡萄牙女教徒信札》的作者玛丽安娜·阿尔戈弗拉多（Mariana Alcoforado）。阿尔戈弗拉多在被男友抛弃后，曾给该男人写过五封信，信中说到"（分手后）爱情不再取决于你对待我的方式"，爱情达到了"一种苦涩冰冷的伟大，从此没有什么可以战胜它"。见［法］茨维坦·托多罗夫《走向绝对：王尔德、里尔克、茨维塔耶娃》，朱静译，华东师范大学出版社2014年版，第104页。

第三章 存在何为与思的经验：里尔克晚期诗学思想（上）

显然，加斯帕拉·斯坦帕如古希腊女诗人萨福一样赋予了爱情和心灵之苦以新尺度，所以人们才会认为"她的死和那些被上帝鼓动着献出爱情而不求回报的人的死是一样的"，就本质而言她"不为某个拒不接受她的拥抱的人而哀怨，而是为那个她没有可能找到的配得起她爱的人而悲叹"①。然而，尘世中的普通"少女们"会以加斯帕拉·斯坦帕为典范深思"爱"的本义吗？她们投入爱河时，可会料到自己"可能"会像加斯帕拉·斯坦帕一样被遗弃吗？使里尔克感慨的是，如此爱的生离死别，"这些最古老的痛苦竟不能让我们开窍"，正所谓日光之下了无新事，尘世间类似加斯帕拉·斯坦帕的爱情悲剧竟会反复上演。两个"难道"给出了两个反问：首先是诗人希望人们从加斯帕拉·斯坦帕的先例中得到肯定的"开窍"，其次是他希望人们"开窍后"，呼唤一种伟大的真爱"时刻"早日到来，在那种"时刻"：

> 我们在相爱中相互解放，震颤地经受：
> 就像箭经受弦，以便满蓄的离弦之箭
> 比自身更多地存在。

里尔克认为，相爱双方的恰切关系应该像箭与弦的关系——他们虽彼此相依却又相互独立，彼此相依是为了"满蓄"射向更远的能量。因此，相爱就像箭上弦，非但未消弭自我忘却自身之存在，反倒比未相爱前（未上弦前）赢获了更多的存在。诗人曾在《致奥尔弗斯的十四行诗》中，称这种相爱者为"极乐者"和"至福者"：

> 哦，你们极乐者，哦，你们至福者。
> 你们仿佛是心灵的开端。
> 箭矢之弓与箭矢之的。

（奥尔弗斯：A. 4.）

---

① 李永平编选：《里尔克精选集》，北京燕山出版社2005年版，第462页。里尔克对斯坦帕曾多次赞誉，她的"事例如此纯净，令人赞叹，只因她并没有让自己情感的激流继续涌入幻境，而是凭无限的力量将此天赋之情感引回到自身：忍受着它，仅此而已"。李永平编选：《里尔克精选集》，北京燕山出版社2005年版，第689页。

诗人曾在新婚后不久写给妻子的一封信中，冷静地阐明这种极富启示性的恋爱观，"结婚的重点并不在于撤除所有的界限及拆除所有的关卡，建立一个共同生活。真正伟大的婚姻，应该是当事人认定双方是保护自己的孤独值班人，自己又能以身证明愿给对方最大的信任，这种婚姻才是美满的婚姻。"[1] 因为：

> 爱的要义并不是什么倾心、献身、与第二者结合（那该是怎样的一个结合呢，如果是一种不明了，无所成就、不关重要的结合？），它对于个人是一种崇高的动力，去成熟，在自身内有所完成，去完成一个世界，是为了另一个人完成一个自己的世界，这对于他是一个巨大的、不让步的要求，把他选择出来，向广远召唤。[2]

总之，真正的婚姻乃是一种无限的结合，它标示着"一个崭新的、更高的爱的阶段——无拘束的爱——强迫的爱——有活力的爱"[3]，"思"会随这样的婚姻一道产生。既然在相爱中我们的"留驻毫无指望"，那么就应不停地超越自身，担负起第29行所提及的伟大"使命"——去言说万物的存在，而言说存在的前提是倾听到由神秘的存在源域所传诉出的诸种"声音"：

三

50 声音，声音。听呀，我的心，
这种倾听非圣者莫属：强大的呼声
从大地抬起他们；可他们继续跪着，

---

[1] 林郁编：《在时间的岁月中永远没有自己的故乡——里尔克如是说》，中国友谊出版公司1993年版，第167页。

[2] ［奥］里尔克：《给青年诗人的信》，冯至译，上海译文出版社2005年版，第41页。再如，里尔克在写给内弟的一封信中再三次强调孤独之于爱的重要，"克拉拉和我，亲爱的弗里德里希，达成了共识，即一切共同体只有在对两个毗邻的孤独的强化中形成，而通常被称为奉献的，就其本质来说是于这个共同体有害的：因为一旦一个人离开了自己，他便什么都不是了，而一旦两个人都放弃了自己以便走向对方，他们的脚下就失去了立足点，他们的共同存在就是一种不断的坠落"。见［奥］里尔克《杜伊诺哀歌》，刘皓明译，辽宁教育出版社2005年版，第206—207页。

[3] 刘小枫主编：《夜颂中的革命和宗教——诺瓦利斯选集》卷一，林克等译，华夏出版社2007年版，第140页。

不可思议，他们不曾留心于此：
他们就这样倾听。这绝不是说，
55 你能承受上帝的声音。但倾听吹拂之物吧，
不绝如缕的信息产生于寂静。
此刻，它从那些年青的死者向你传来。
不管你走进哪座教堂，在那不勒斯，
在罗马，他们的命运不曾向你静静诉说？
60 或者一段碑文对你有所寄托，
你觉得崇高，譬如在圣玛利亚·福莫萨
刚刚见到的墓碑。他们有何企求？
我应当轻轻抹去这不合理的假想，
有些时候，它稍稍妨碍了
65 他们的灵魂的纯粹运动。

显然，本首哀歌的开篇困顿之境终因思与问的虔诚而获得稍许改善。作为"运思"的众圣徒之一的里尔克，觉得这"声音"就是"存在"对自己思与问的一种回音，沟通存在之域似乎开启了某种可能性，于是他近乎狂喜地感叹道，"声音，声音。听呀，我的心"。虽然"这种倾听非圣者莫属"，然而不宣而至的"强大的呼声"照旧会"从大地抬起他们"。圣者也只能"跪着"倾听这种"强大的呼声"，这里的"强大的呼声"无疑来自"存在"源域。① 里尔克意识到人应弃绝承受这种强音的奢望，应去"倾听吹拂之物"，去倾听"产生于寂静"的"不绝如缕的信息"。此处的"寂静"喻指死之冥界，寂静中有希声的大音存焉；倾听寂静，即在"先行去死"中倾听死之启示，所以这些不绝如缕的信息会自年轻的死者传诉而来。

诗人由"年青的死者"自然联想到那次难忘的罗马之旅，"譬如在圣玛利亚·福莫萨刚刚见到的墓碑"。圣玛利亚·福莫萨是威尼斯的一座教

---

① 此处迷狂式呼唤情景让人想起 1900 多年前，在南欧爱琴海，距小亚细亚西岸不到 80 公里的拔摩孤岛上，被放逐的使徒约翰在《圣经·启示录》中所说的话，"当主日我被圣灵感动，听见在我后面有大声音如吹号说（1∶10），我一看见，就扑倒在他脚前，像死了一样"（1∶17）。

堂,诗人曾先后两次参观此地。① 墓中深埋的那些年轻死者,究竟在向生者"诉说"什么呢?"诉说"显然指人们在凭吊墓碑教堂等遗迹时,会被其中所隐含的诸种事迹所吸引打动而感喟不已——仿佛这种感喟是在听到"年青的死者"的"诉说"后所获得的。里尔克追问的是,年轻死者的"诉说"是否在向生者传达着某种关于"存在"的意义呢?但诗人并未要求我们去迫近死者,而是警示我们"应当轻轻抹去"仿佛年轻的死者对我们生者有所企求"这不合理的假想"。因为年轻死者诉说与生者倾听,这一生者与死者的沟通会妨碍"他们"(死者)的灵魂运动之纯粹性。死界是如此神秘,以致诗人要用三个"这很奇异"与五个"不再"来表达其难言的惊叹:

四

诚然这很奇异,不再栖居于大地,
不再练习几乎学成的风俗,不再赋予
玫瑰,以及其他独特允诺的事物
人类未来的意义;不再是人们从前所是,
70 在无限恐惧的手掌之中;甚至抛弃
自己的姓名,像抛弃一个破烂的玩具。
这很奇异,不再寄予期望。这很奇异,
目睹一切相关的事物在空间
如此松散地漂浮。死之存在是艰难的,
75 犹须太多弥补,以致人们渐渐感觉到
一丝永恒。——可是一切生者
犯有同样的错误,他们太严于区分。
据说天使常常不知道,他们行走在
生者之间,抑或在死者之间。

---

① 本首哀歌写于参观教堂的次年,据天主教神学家罗曼诺·瓜尔蒂尼考证,"这座以明净严禁的形式而超过其他威尼斯教堂的教堂,在神坛右侧,我发现了里尔克可能曾铭记在心的那块墓碑。碑文写道:'我在世时为他人而活,我死后并非泯灭,而是在冰冷的石棺中为自己而活,我叫赫尔曼·威廉。弗兰德斯为我哀悼,亚得里亚海为我叹息,贫穷呼唤着我'"。见 Rainer Maria Rilke, *Duino Elegies*, translated by J. B. Leishman & Stephen Spender, London: The Hogarth Press, 1939, p. 109.

80 永恒的潮流始终席卷着一切在者
　　穿越两个领域，并在其间湮没它们。

　　"不再"就是去阐释化、去符号化的过程。里尔克在第10—15行中借"机灵的动物"之口发出"在这个被人阐释的世界，我们的栖居不太可靠"的感叹后，并未在接下来的诗句中给出"未被人阐释"的世界究竟是何等情况，此时有了答案："不再栖居于大地"，即不再执着于尘世中的有限之物；"不再练习几乎学成的风俗"，即祛除第13行中说的"一个习惯培养成忠诚"；"不再赋予玫瑰，以及其他独特允诺的事物人类未来的意义"，即不再对世界进行人为化的理性的意义建构与区分；①"不再是人们从前所是，在无限恐惧的手掌之中"，是说人们整日碌碌忙忙操持、算计却因命运掌握在上帝手中，时时刻刻都深感恐惧焦虑，而死者就全无生者的上述诸种烦神事。"抛弃自己的姓名"是为一系列去阐释化的终结，因为"姓名"本为我之权有，而非实我，名是最大的区分，弃除名象，才可与万物同体，名有如此多弊，理当弃之若敝屣。②经过五次"不再"的否弃式陈述，诗人邀请我们走近了一种不寻常——在一系列的去"人为阐释化"后，人便可目睹一个大自由的空间场域，其中的事物是如此自由，让人不禁感叹"这很奇异，目睹一切相关的事物在空间如此松散地漂浮"。在此一空间场域中，因无人为的阐释也就失却了人为的关联性，事物得以大解脱，而处于一种"松散地漂浮"的逍遥之境。

　　当然，里尔克虽赞美死界是想为打量生界寻觅一个参照物，所以他才会说"死之存在是艰难的/犹须太多弥补，以致人们渐渐感觉到/一丝永恒"。我们要想明白这一看似矛盾的表达，需要引入诗人独异的生死观，"对生与对死的肯定在《哀歌》中显示为同一个。承认一个而不承认另一个会是种——正像这里所经历的和所庆祝的那样——最终把所有无限的都排除在外的局限。死是生背向我们、为我们所照不到的那一面；我们必须试图对我们的存在持有最大的意识，这种意识要在这不受局囿的两界中都

---

① 里尔克十分钟爱"玫瑰"意象，他在其法语诗集《玫瑰集》中以24首诗歌咏"玫瑰"，见《里尔克法文诗》，何家炜译，吉林出版集团有限责任公司2007年版。此外，里尔克还为自己撰写了以玫瑰为核心意象的墓志铭："玫瑰，呵，纯粹的矛盾，欲望着/在众多的眼睑下作无人的睡眠。"大体而言，"玫瑰"的层层花瓣象征着人类那层出不穷的欲望所勾连出的诸种矛盾。
② "玩具"喻一切区分之假名，应像儿童抛弃破烂的玩具那样决然而毫不吝惜。

自如、为这两界所共同滋养"。① 但是我们生者却"太严于区分"——现代人不仅分出生界和死界、此岸和彼岸、主体和客体等众多的二元对立概念，并且总会看重上述二元对立概念中的一元。既然"区分"是人远离整全存在的根本原因，那么为了破除此二元区分之弊，所以里尔克在整部哀歌中在为"死"申言时，也从未忘却过"生"的价值。②

在上述生死一体观的牵引下，整部哀歌的核心意象"天使"出场了。天使因"不知道"生死区分，故能"行走在生者之间，抑或在死者之间"。齐生死的状态方是一种"真正的生活状态"，"延伸到这两界中的，血液在其最大循环中将两者都驱动着：既没有此岸也没有彼岸，而是有一个大一体"③。永恒的"时间"湍流"席卷着一切在者"并穿越生死"两个领域"，而后湮没一切"在者"甚至湮没生存与死亡本身。但是，不需要生者的死者之终结，仅是生者需要死者的开端：

五

那些早早离去的人终归不再需要我们，
人们轻柔地断离尘世，就像人们
平和地脱离母亲的乳房。可是我们，
85 我们需要如此伟大的秘密，极乐的进步
常常发源于我们的悲哀——没有他们
我们能够存在吗？这个神话并非无益：
在利诺斯的哀悼声中，第一声无畏的音乐
曾经穿透枯萎的僵化；在被震惊的空间——
90 一位酷似神的少年突然永远离它而去，
虚空第一次陷入震荡，一直到今天
那种震荡仍在吸引、慰藉和帮助我们。

---

① ［奥］里尔克：《杜伊诺哀歌》，刘皓明译，辽宁教育出版社2005年版，第180页。里尔克的生死观让人想起歌德《西东合集》中《幸福的渴望》（Selige Sehnsucht）一诗的那个著名结尾"什么时候你还不解／这'死与变'的道理，／你就只是个忧郁的过客，／在这黑暗的尘世"。（杨武能译）"死与变"（Stirb und werde）又可译作"先死而后达成"。

② 如若说诗人过于迷恋死和未知神秘世界，那是对常人过于迷恋生和已知世界的一种矫枉过正——他不得不用惊人之语以儆醒世人远离因"严于区分"而带来的诸种弊症。

③ ［奥］里尔克：《杜伊诺哀歌》，刘皓明译，辽宁教育出版社2005年版，第180页。

第三章　存在何为与思的经验：里尔克晚期诗学思想（上）　　71

　　从上述"生死齐一观"来看，年轻的死者当然不会悲恸不舍地死去，而是"轻柔地弃绝尘世"，因为"死"只是他们在"死界"的另一种"新生"。所以他们的死"就像人们平和地脱离母亲的乳房"一般自然——"脱离母亲的乳房"只是人类迈出自我成长的第一步。死者不需要生者，生者却不时需要以死者为参照，即人类要在向死而生的价值观中赢获存在的意义。里尔克进而强调"我们需要"这个"如此伟大的秘密"，它是一切智慧的"极乐的进步"。换言之，我们对生之意义的锲而不舍的追问，"常常发源于我们"对死者等易逝之物的"悲哀"之情。

　　接下来里尔克以利诺斯神话进一步言说死亡对于生存的价值，尤其是对于诗思的永恒价值。利诺斯原是"古希腊自然崇拜时期的一个神，他曾为夏日的消逝创作了被视为歌曲与音乐之源的哀歌——利诺斯之歌（荷马的《伊利昂记》第18章曾提及）。据说利诺斯被嫉妒他的阿波罗杀死，利诺斯的猝死使在场的人们惊得呆若木鸡，当奥尔弗斯的歌声响起后受惊的人们才回过神来"。[①] 换言之，里尔克是在从"神话的角度，肯定了死对于生，特别是对于诗歌艺术的意义"[②]，即诗产生于人类对悲伤的强烈体验。奥尔弗斯这位诗人的先祖用其"第一声无畏的音乐"唤醒被利诺斯之死吓得麻木的人们——人们那枯萎僵化的身体因被音乐"穿透"而得以苏醒。奥尔弗斯哀悼少年（利诺斯）——这一古老的悲伤经验，所产生的"第一声无畏的音乐"之惊人效果，同样可视作诗歌所产生的惊人效果：

　　　　虚空第一次陷入震荡，一直到今天
　　　　那种震荡仍在吸引、慰藉和帮助我们。

　　死亡的极限体验自古及今时时刻刻都"吸引"着人们去叩问"死"的意义，"帮助"人们去正视"生"的艰难，并给予人们的存在以"慰藉"。简而言之，人为的"区分"造成了生与死的巨大隔离，以致诗人的呼唤不能上达永恒的存在域。因此，唯一解救之道便是祛除诸种人为的"区分"，最终在整全世界中生死齐一，而这一切的前提就是人们首先要

────────
　　① Rainer Maria Rilke, *Duino Elegies*, translated by J. B. Leishman & Stephen Spender, London: The Hogarth Press, 1939, pp. 110–111.
　　② ［奥］里尔克：《杜伊诺哀歌》，刘皓明译，辽宁教育出版社2005年版，第46页。

能够领会"死"之意义的真示,此一关键点在整部哀歌结尾处还将会被提及。

二 暧昧的存在境遇——哀歌之二

在第一首哀歌中,里尔克曾短暂搁置对天使的追问,转而道说似乎能通往"存在"源域的"恋人与年轻的死者",但该诗结尾处给出的"虚空的震荡"使人感到此种"慰藉和帮助"依然不确定。因此,如何方与能沟通超感之域的"天使"相联系的大问题就变得更加迫在眉睫。那么,究竟以何种方式让天使意象再次出场呢?答曰:借助神话模式。在里尔克看来,采用神话模式修辞能使那些不能用理性方式把捉的东西,在感性和精神的方式观照下现身,因此现代文学若想取得并超越古典文学的成就应借用神话模式修辞。当然,并置神话与现实,还能在与神话的共时性对照中定位流动消逝的历时性意义,① 从而为混乱的现实赋予一种象征性的诗意秩序,用奥地利作家胡戈·冯·霍夫曼斯塔尔(Hugo von Hofmannsthal,1874—1929)的话说,"作诗"就是要从"过去和现在,野兽和人,从梦幻和事物……中'创造出'关系的世界"。②

本首哀歌即是通过神话与现实的三组对照来展开的:神话中天使对人的眷顾对照现实中天使的可怕,神话中创世时的纯净永恒对照现实中人的易逝性,现代人的盲目冲动对照古希腊人的克制。③ 里尔克开篇即引入了第一组对照——神话中天使对人的眷顾对照现实中天使的可怕:

---

① 此一特征在四部现代派名作——里尔克的《杜伊诺哀歌》、乔伊斯的《尤利西斯》、艾略特的《荒原》、瓦雷里的《海滨墓园》中表现得尤为突出,如里尔克的天使、乔伊斯的尤利西斯、艾略特的西比尔以及瓦雷里的米奈芙(雅典娜)。需要区分的一点是,古代神话与现代神话有着很大的不同,"古代神话里到处是青春想象初放的花朵,古代神话与感性世界中最直接、最生动的事物联系在一起,依照它们来塑造形象。而现代神话则相反,它必须产生于精神最内在的深处;现代神话必须是所有艺术作品中最人为的,因为它要包容其他一切艺术作品,它将成为载负诗的古老而永恒的源泉的容器,它本身就是那首揭示所有其他诗的起因的无限的诗。……然而,恰恰只是混乱所具有的美和秩序,即那只期待着爱的触动、以便让自己发展成为一个和谐世界的混乱,以及古代神话和古代文学的那种混乱所具有的美和秩序,才是最高的美,最高的秩序。因为神话和诗,这二者本来是一回事,不可分割"。([德]弗·施莱格尔:《关于神话的谈话》,载孙凤城编选《德国浪漫主义作品选》,人民文学出版社1997年版,第402页。)要之,古代神话是原初先民对混沌万象的一次感性描摹,而现代神话则是理性人使理智短路,从而释放出被压抑的想象轴来对混乱万物进行一次人为造神式的意义赋予。
② 袁可嘉等编选:《现代主义文学研究》上卷,中国社会科学出版社1989年版,第55页。
③ 第二首哀歌妙喻迭出,可以毫不夸张地说就是凭这几个妙喻,第二首哀歌足以不朽。

第三章 存在何为与思的经验：里尔克晚期诗学思想（上）

一

1　每一位天使都是可怕的。可我多么不幸，
　我歌咏你们，几乎致人死命的灵魂之鸟，
　我熟谙你们。何处寻多比雅的岁月，
　那一刻，一位神采奕奕的天使斜倚荆扉，
5　略略换了行装，不再令人恐惧，
　（他新奇地朝外窥视，恍若身边少年的伙伴。）
　而今天，倘若危险的天使长从星辰之后
　向下跨出一步：我们直冲云天的心
　就会击死我们。你们是谁？

开篇里尔克再次发出与第一首哀歌（哀：I.6）相同的感喟，"每一位天使都是可怕的"。依里氏的天使观，天使作为"一种存在承担着一种责任，就是在不可见的事物中识别出一种更高级的现实。——因此对于我们来说是'可怖的'，因为我们这些他的恋爱者和变形者们，还依然倚仗着可见物"。[①] 无疑，究竟如何以"我言"去道说居于无形的存在源域中的"天使"仍是一个悬而未决的难题。诗人认识到自己因"熟谙天使"而负有向人类道说的使命，但又深为"我言"的有限性而不安，他将可怕的天使喻作"几乎致人死命的灵魂之鸟"，此一譬喻其来有自，在古希腊哲学家柏拉图的《斐德罗篇》中曾如是述说道：

虽然灵魂的形式不断变化，但所有的灵魂都关照缺乏灵魂之物，并在天堂穿行。若灵魂的羽翼处于完善之境，它就飞下高天，主宰全宇宙；但灵魂若失去了羽翼，它就四处飘游，直至碰上坚固之物，便栖居在这个凡俗之躯上——凡俗之躯因有能动的灵魂置入而看起来像能自动一般。我们称这种灵与肉的结合物为生灵或动物。……因羽翼具有带着沉重之物向上飞升，抵达诸神居住之域的本性，所以它较身体其他部分含有更多的神性——羽翼拥有美、智、善等优点。[②]

[①] ［奥］里尔克：《杜伊诺哀歌》，刘皓明译，辽宁教育出版社2005年版，第184—185页。
[②] John M. Cooper, ed., *Plato: Complete Works*, Indianapolis/Cambridge: Hackett Publish Compay, Inc., 1997, pp. 524–525.

"灵魂之鸟"这一绝妙比喻道出了天使的可怕之因:"灵魂"于人类而言恰如飞鸟一般神秘,它能栖息于大地上,穿梭于虚空中,升入"天庭"内。换言之,对于负载着沉重肉身的人类来说,灵魂之鸟能如天使一样"行走在生者之间,抑或在死者之间(哀:I.78—79)"。"致人死命"一词强调第一首哀歌中天使"更强悍的存在令我晕厥"(哀:I.3)的悍人力量,"几乎"一词意味着此种强悍的程度在人"尚可承受"(哀:I.4)的范围内。"可怕的天使"正如第一首哀歌I.4—6中所指的"美"一般,如若人在某种观审(美)界限外,天使(被观照物)是美的,而当人一越过雷池半步,就会被其毁掉。今日天使的可怕,令诗人追忆起天使曾经对人类满是眷顾的昔日岁月:

何处寻多比雅的岁月,
那一刻,一位神采奕奕的天使斜倚荆扉,
5 略略换了行装,不再令人恐惧,
(他新奇地朝外窥视,恍若身边少年的伙伴。)

多比雅典出一个犹太虔信教徒的故事:出生在以色列北部的多比自幼虔信宗教,即使在流放中亦不改其信念,后来他因燕子的热屎落在眼中而失明。老年将至的多比,派同样虔信宗教的儿子多比雅取回寄存在家住玛代的甘比尔处的钱,但多比雅却不认识去甘比尔家的路。当多比雅出门寻找既熟悉去玛代的路又肯陪他前往之人时,天使拉斐尔以常人形象现身。拉斐尔不仅引导多比雅成功收回寄款,而且指导他娶回出嫁七次、丈夫皆在新婚之夜暴死的远房亲戚撒拉为妻;尔后,拉斐尔又治好了多比的眼病。最终,拉斐尔在多比的赞歌声中现示出天使的本来身份。[1] 显然,在

---

[1] 对此故事的记载:"于是多比雅就出去找人,这人要熟悉去玛代的路,还要愿意陪他同去。几乎是在他刚一出门,便迎面碰上了拉斐耳。因为多比雅并不知道拉斐耳是上帝的使者,所以才问他何方人氏。'我是以色列人,'拉斐耳回答说,'是你们的远亲,我到尼尼微来找工作。''你认识去玛代的路吗?'多比雅问。'是的,我知道,'拉斐耳回答说,'那里我去过多次,所有的路我全熟悉。我去了就住在亲戚甘比尔家里,他就住在拉格斯城里。从首都伊克巴他拿到拉格斯至少有两天的路程,因为拉格斯在高山上。'……当他们来到玛代境内,正向伊克巴他拿进发的时候,拉斐耳说道:'多比雅,我的朋友。……多比,当你和撒拉向主祈祷的时候,是我将你们的祷告传达到他的宝座前。你每次埋葬死者,也都是由我传达的。那天你为着埋葬尸体,没有吃饭就站起来离开了饭桌,上帝派我考验你。然而他也派我医治你,并将你儿媳撒拉从灾难中营救出来。我名叫拉斐耳,是站在宝座前侍奉主的七个天使之一。"见《圣经后典·多比传》,张久宣译,商务印书馆1996年版,第15、19、32页;亦可参见天主教《圣经·多俾亚传》,第5—12章。

虔信的多比雅眼中，天使丝毫不"可怕"，他完全能够经受住天使的现身。可以说，虔信使多比雅秉性单纯，"单纯不是田园牧歌，而是既伟大又平凡，既强悍又谦卑的态度，它能够经受与超人遭逢，符合'开始'的时代"①，然而今非昔比：

    倘若危险的天使长从星辰之后
    向下跨出一步：我们直冲云天的心
    就会击死我们。你们是谁？

"倘若"一词显明，天使与人相会乃是诗人的假想情景："天使长"从高踞象征存在源域的"星辰"之后"向下跨出一步"而逼近人界的同时，常人若是"直冲云天"与之相向而行，人类必然因跃过审视（美）距离而被"击死"。无疑，"直冲云天"一词表达出人类对神秘物兼有恐惧与渴望、想一探其究竟的矛盾之情。本诗的妙处在于，里尔克并未在第3行后，即写出第7—9行，而是荡开一笔，先写昔日天使与人的和谐相处，再写今日二者的对峙，在此种震人心魄的对比中，呈现出一个回环结构：由今日天使可怕（哀：Ⅱ.1—3），到怀念昔日天使的亲近（哀：Ⅱ.3—6），再到感叹今日天使之可怕（哀：Ⅱ.7—9）。第一组对照完结后，旋即引入第二组对照——创世之初的纯净永恒对照现实中人的易逝性：

二

    10 你们，早期的杰作，造化的宠儿，
        一切创造的巅峰，朝霞映红的山脊，
        ——正在开放的神性的花蕊，
        光的铰链，穿廊，台阶，王座，
        本质铸成的空间，欢乐凝结的盾牌，
    15 暴风雨般激奋的情感骚动——顷刻，唯余，
        明镜：将自己流逝的美

---

① 刘小枫选编：《〈杜伊诺哀歌〉中的天使》，林克译，华东师范大学出版社2005年版，第215页。

重新汲回自己的脸庞。

  无疑,此处为《圣经·创世记》的诗性表达。如众所知,《创世记》作者用极为精简的文字述说了神造万物的过程:先是一片"空虚混沌",然后是将光和暗(1∶7),天和水(1∶7),陆地和海洋(1∶9)分开,接着是万物布满天、地、海洋。日月星辰开始运转[1∶(14—19)],创造飞禽、走兽和水中生物[1∶(20—26)],最后,上帝按自己的形象创造了人类(1∶27)然后安息。里尔克则以同样雄壮的道说给出了创世之初时的壮观景象。天使是"早期的杰作","早期"即略晚于《创世记》的"起初"时刻,名之为"杰作"以示其纯净完满性。需要注意的一点是,诗人并未说天使是上帝的杰作,而是"造化的宠儿",因为他对基督教上帝深感怀疑。里尔克深感两个抽象比喻远未穷尽天使之伟大,于是又将其形象地喻作"一切创造的巅峰,朝霞映红的山脊"。天使这种特殊被造物,最为接近存在源域,因此他们比其他被造物更显完满。在存在之光的普照下,万物一一成形("群山"、植物等)。①

  显然,这一伟大的创世过程是在光的普照之下进行的,因为"光的本性是恒久普照、射入黑暗,上帝凭借此普照从物质中创生世界"。②《圣经》中曾多次对光的作用进行描述,大体可概括如下:赋予生命(约翰福音1∶4—5),彰显真理(林后4∶6),纯化环境(传道书11∶7),洁净心灵(约翰福音1∶5—7)等。光是上帝创世的创造第一步,它使虚空出现秩序和规律,它出现于日月星辰被创造之前,且在日月星辰出现后永存。无疑,诗人给出的是一个伟大的"存在巨链":被造物彼此紧密连接如环环相扣的"铰链",如神殿的"穿廊"和"台阶",秩序森然的延伸到最高处,矗立着象征权力顶峰的"王座"——造物之王的宝座。存在的巨链是如此坚固欣悦,仿佛就是一个"本质铸成的空间"和"欢乐凝结的盾牌"③。当然,紧迫的创世中先是涌动着"暴风雨般激奋的情感骚动",而后才是近乎安息日的平

---

  ① 早期植物保有"正在开放的神性的花蕊",即震颤开放的花蕊中"神性"昂然,诚如诺瓦利斯所言花具有一种象征性,"花乃是我们的精神秘密之象征"。见刘小枫主编《夜颂中的革命和宗教——诺瓦利斯选集》卷一,林克等译,华夏出版社2007年版,第156页。

  ② Wilhelm Windelband, *A History of Philosophy*, translated by James H. Tufts, New York: Harper & Brother Publishers, 1958, p. 249.

  ③ "盾牌"在《圣经》中曾被用来比喻耶和华的大能("耶和华是我四围的盾牌。是我的荣耀",见《圣经·诗篇》和合本3∶3)。

静,诗人将此种永恒的平静喻作"明镜"。"明镜"的映与照同时成就,"照"即是以永恒的美投射进万物,"映"即将"自己流逝的美重新汲回自己的脸庞","存在"在瞬间造物的同时,"美"也被持存于永恒之镜中。当然,我们虽然也可以将本诗中的创世看成柏拉图的理念世界与现实世界的伟大沟通①,但"脸庞"一词的出现将"明镜"拟人化,让人不得不联想到《圣经》中上帝那造物后平静自足的"脸庞"。②

三

需要显明的一点是,上述诗性造物过程有新柏拉图主义思想的影响痕迹,该思想认为"从最初的源头,以下降等级的形式产生了存在物的多样性;形成越晚,距离源头越远,作为媒介的中间等级越多,也就差别越大,内涵越贫乏,越致密,越黑暗。一旦生成物获得本来的形象,在它内部便苏醒了返回起点的要求,它就会争取回归"。③ 依此观念,天使的永恒性相比人类的生命因紧紧束缚于单向度的时间链上,是一种有限的存在,所以永远渴求复归无限的存在源域。接下来,诗人将以诸多意象来确证"有限"的不幸:

---

① 这一节诗让人想起了公元5世纪早期的马克罗比乌斯(Macrobius)假借评论西塞罗的著作时对普罗提诺学说进行的简洁概括,"从至高的上帝之心灵开始,从心智、灵魂出发,由此轮流创生下面之物,并使之全都充满生命,由于这单一的光辉像一个单一之脸能被系类设置的镜子反射一样——既照亮一切,又反射每一个体;由于一切事物前后相随,逐一退化到系列最底端,细心的观察者会发现诸部分间有一个联结——从至高的上帝到下面存在的残渣之间,相互勾连没有断裂。这就是荷马所说的金链——神从天国下垂尘世"。Arthur O. Lovejoy, *The Great Chain of Being: A Study of the History of an Idea*, Massachusetts: Harvard University Press, 1963, p. 63. 马克罗比乌斯所使用的链条与镜子的隐喻,深深影响了自中世纪以降的众多作家,里尔克无疑也是其中之一。

② 不论如何,仍能从这节诗中看出新柏拉图主义的影子:普罗提诺的形而上学是"从一种神圣的三位一体,即太一、精神与灵魂,而开始的。但这三者并不是平等的,象基督教的三位一体中的三者那样:太一是至高无上的,其次是精神,最后是灵魂。……灵魂虽然低于nous,但它却是一切生物的创造者;它创造了日月星辰以及整个可见的世界。它是'神智'的产物。它是双重的:有一种专对nous的内在的灵魂,另有一种对外界的灵魂。后一种灵魂是和一种向下的运动联系在一起的,在这种向下的运动里'灵魂'便产生了它的影像,——那便是自然以及感觉世界"。见[德]文德尔班《哲学史教程》上卷,罗达仁译,商务印书馆1987年版,第363、366、367页。

③ 刘小枫选编:《〈杜伊诺哀歌〉中的天使》,林克译,华东师范大学出版社2005年版,第217页。

因为当我们感觉时，我们也同时消散；
啊，我们呼出自己，一去不返；
20　柴火一炉炉相续，我们散发的气息一天天衰竭。
也许有人说：是的，你已溶入我的血液，
这房间和春天因你而充实……有何裨益，
他不能挽留我们，我们消失在他身上和身边。
哦，那些红颜佳丽，又有谁挽留她们？
25　不绝如缕的容光在她们脸上焕发，消隐。
我们的生命从我们身上飘逸，如朝露作别小草，
如热汽从华宴上蒸腾。哦，微笑，今在何方？
哦，仰望：心灵簇新，温馨，逃逸的波浪——；
我多么悲伤：我们就是这样。
30　我们溶入宇宙，它可有我们的滋味？
天使果真只收容他们的，从他们流失的本质，
抑或偶尔也收容些微我们的本质，
譬如由于疏忽？我们渗入他们的容貌
不过像一丝暧昧渗入孕妇的面孔？
35　在他们返归自己的喧嚣中
他们毫无察觉。（他们怎么可能察觉。）

　　不仅人类的感觉随时间流逝而变迁，而且人类自身亦随时间流逝而衰颓。因此，"呼吸"一词，不光指生理意义上的呼吸行为，因为"呼出"的不只是空气，而且是生命的气息。可悲之处乃在于，人类的呼吸不能像前面提及的明镜那样在完成映一射过程时而丝毫无损自身之美。因为人那已逝的生命再也不能如空气一样被"被吸回"了，他唯有静候一"息"不存的死日降临；人类"散发的气息一天天衰竭"甚至不及自然界的"柴火"，柴火因有"一炉炉"木柴不停填续而永远不灭。当然，也许有人"会安慰我们说"，不必如此悲观，"你已溶入我的血液，这房间和春天因你而充实"——我将在心中永远铭记你，每当回忆起你的谈笑，这"房间和春天"里你的音容宛然，从而"充实"这一"虚无"。但只要我们稍一细想，这看似永恒的感人安慰本身亦是消逝的，"有人"自身尚在消逝之中，如何能"挽留我们"？因此，人只能"消失在他身上和身边"；

消失在他所居住的"房间"（空间）以及他所度过的春天（时间）之中，即消失在他的"时空"中。"有人"这诚挚的表达只能是一种不确定的"也许"，只能用以"相互掩蔽"（哀：I. 19）人类终有一死的"命运"。诗人进一步将此种"人生易逝"的悲剧情景化——昔日光艳照人的美人终将迟暮：

> 不绝如缕的容光在她们脸上焕发，消隐。
> 我们的生命从我们身上飘逸，如朝露作别小草，
> 如热汽从华宴上蒸腾。

少女那洋溢着灿烂容光的脸上，青春"不绝如缕"焕发的同时，亦在"不绝如缕"地"消隐"着，她们的脸被（哀：I. 15—16）岁月耗蚀着。随后此种易逝的感伤由人波及万物，诗人给出了一幅清晨草色新，露光胜珠珍，朝日平地起，唯余唏嘘人的感伤画面。① 画面惊人的闪现端呈出一个不争的事实：人类的存在是如此易逝！里尔克不由发出了与法国诗人维庸（François Villon）的名句"去年之雪今安在"类似的感慨："哦，微笑，今在何方？"微笑已逝，唯余悲愁，人似乎只能"仰望"着上天的永恒之物，看着从内心涌出的一切"心灵簇新，温馨，逃逸的波浪"变得触不可及，承受被抛入不知所终的虚无之中的宿命。我们所能做的也只能是"悲伤"地如维庸一样感慨"我们就是这样"（"难追，难追，永难追！"），诗人曾在别处更为详尽地感喟人的易逝性：

> 民众，你们已化作云烟，帝王，你们已成坟冢、山峦和雕像，女人，你们死去后谁会知道你们。还将持续多久，人们将忘却历史，有朝一日，记忆会来次大清洗，一切都像从旧抽屉里翻出来的一样扔进火堆，信件、照片、丝带、鲜花。伟大的事件、战役与和解，命运与巧合、相逢、姿态、遥远的形象，你们皆已逝去，如同客人眼前的盛宴、汇聚种种不快的庆典和信徒习以为常的晚祷。你们像舞台上演的戏一样在众人眼前进行，到了规定时间就必须结

---

① "热汽从华宴上蒸腾"，珍馐美味已冷，有道是天下没有不散的筵席。

束，成为虚无。①

面对人这种易逝的存在，需要探问的是：有形的人究竟如何方能"溶入"无形的存在源域之中呢？当人死去时，宇宙中会残留有其存在过的些微痕迹吗？（"它可有我们的滋味？"）由此，存在的焦虑推使诗人开始问询能自由往来存在源域与存在者世界之中的天使。当"存在"如明镜一样映—射时，果真会对人类存在之困境全然不理，而自私到只收容自己"流失的本质"（"将自己流逝的美重新汲回自己的脸庞"）？天使是否会由于某种"疏忽"（哀：II.33）"偶尔"垂青于人类而"收容些微我们的本质"？事关"存在"的大问题——呈出，可答案却不尽如人意。"偶尔"一词是说天使对人类的眷顾全随天使的自身意愿而定，"疏忽"一词意味着眷顾人类并非其本职，两词一道表明里尔克对人能否沟通天使依旧深感怀疑，他将这种沟通的"不确定性"喻作：

我们渗入他们的容貌
不过像一丝暧昧渗入孕妇的面孔？

孕妇脸上混杂着因受孕而来的诸事不便的痛苦以及因孕育生命而满怀欣悦的"暧昧"复杂之情：

当女人们怀了孕，站在那儿，纤细的双手情不自禁地放在圆鼓鼓的肚子上，这将赋予女人一种怎样悲伤的美啊。在她们的身体里藏着两个果实：一个孩子和一个死亡。她们光洁的脸庞上发出浓郁的，甚至是滋养般的微笑，难道不是因为她们有时会意识到这两样东西在同时成长吗？②

同样，人类从天使脸上的暧昧表情中，很难断定自己是否真能渗入天使。因为天使忙于"返归自己的喧嚣"，没有闲暇来"察觉"人类存在的

---

① ［奥］里尔克：《永不枯竭的话题：里尔克艺术随笔集》，史行果译，东方出版社2002年版，第305—306页。
② 李永平编选：《里尔克精选集》，北京燕山出版社2005年版，第327—328页。

困境，诗人以反问来确证天使对人类之存在的忽视——"他们怎么可能察觉"?① 天使对人类的不"察觉"态度，令诗人再次求助于他眼中可达乎神秘的存在源域的二者（年轻的恋人与死者）之一——恋人：

四

倘若知晓谜底，恋人或可在夜风里
娓娓絮语。因为万物似乎瞒着我们。
看呀，树在；我们栖居的房屋还在。
40　我们只是路过万物，像一阵风吹过。
万物对我们缄默，仿佛有一种默契，
也许视我们半是耻辱，半是难以言喻的希望。

恋人们在叩问爱情之永恒性时，或许能超越常人固有的局限，或许他们在"夜风里"（神秘氛围）中的"娓娓絮语"能叩开天使的耳朵，从而获悉人类存在之谜的"谜底"。然而此处"倘若"与"或可"两词的使用，意味着恋人们亦难以完成这种"艰难的沟通任务"。显然，人类存在的可靠性之寻求不能求助于天使与恋人，于是诗人将目光转向其他更为可靠的存在物。他看到"树"和"房屋"等物因有稳固大地的护持而能坚定地"存在"，而无根的人类却只能"像一阵风吹过"那样

---

① 里尔克研究专家瓜尔蒂尼据此就说："里尔克的天使与圣经内容相距多么遥远。它们对人类毫不在意。这些庞然大物高高在上，对地球的生命不屑一顾。《旧约全书》的天使仿佛也是这样。……《新约全书》的天使更富有人情味，更接近单个的人；它们'无时不再察看天父的脸色'，一直关心到那个最终的忧虑，并以它来守护孩子的心灵。哀歌的天使对这一切全不知晓。它们并不关心人类。……里尔克的天使同样不需要这件'东西'——对热爱它们的人类情感的同情。"见刘小枫选编《〈杜伊诺哀歌〉中的天使》，林克译，华东师范大学出版社2005年版，第222—223页。

看似雄辩的论述中隐含着前后矛盾：瓜尔蒂尼先说"《旧约全书》的天使仿佛也是这样"，又说"里尔克的天使与圣经内容相距多么遥远"，言外之意《旧约》不属于《圣经》。在第二首哀歌开始之时，里尔克引入的《圣经后典·多比传》中（中译文亦可参见天主教《牧灵圣经·多俾亚传》），天使是眷顾人类的（尽管眷顾中暗藏着危险），是人类不再"秉性单纯"，失去"平凡谦卑"态度。深究其因，是走入现代性社会之后，理性主义高涨带来了人之主体意识的过度膨胀，使认知、实践、审美三大领域各自获得了自主性，并分别以真理、正当、真诚为价值标准，造成了西方社会长久以来信仰至上之价值观的断裂。而所谓的"后典"今天仍包含于天主教的《圣经》——它们在中世纪后期被基督新教教徒从《圣经》中删除了。

飘无定所地"路过万物","只是"一词饱含无奈之叹。当然,人不能将自身的无根状态归咎于"万物"——现代人因使用理性对万物进行了过度的"去魅"而使自身与万物疏离,最终的结果便是"万物似乎瞒着我们","对我们缄默,而不对我们敞开诉说"。当然,最令人沉痛的一点是万物在如何待人的问题上似乎形成了一种默契——"沉默"不语。那么,万物缘何如此待人呢?答曰:人在目的—工具理性的驱策下为自身发展而无穷尽地逼索万物,使万物沦为人类实现自己欲望的对象物;最终,万物似乎因人类自命为万物灵长的狂傲之气而视人为"耻辱","仿佛"一词表明万物对人类尚能返归"倾听万物,融入万物"的伟大统一体仍"存有"希望。可以说,第四节因"倘若""或可""似乎""像""仿佛"和"也许"等大量富有暧昧含义的虚词之采用,而显出一种骇人的不确定性。当然,读者不必因此种"不确定性"而悲观,因"暧昧"最终会转向何种"确定"(悲观或乐观),完全有赖于人类今后的抉择。至少,人类已然明晓自身处境"暧昧"本身就确定无疑地暗含着希望——意识到哪里有危险,哪里才会有拯救发生。接下来,诗人将"存在的暧昧"之火烧向自以为"相互满足的""恋人",看看能否在他们身上索得常人的存在意义:

五

你们恋人,相互满足的人,我向你们
询问我们。你们相互把住。你们有证据吗?
45 你们看,我可以让我的双手十指交叉,
或者让我被风蚀的脸庇护于
手掌之中,这会给我一丝感觉。
可是谁敢说因此而存在?
而你们,你们在对方的狂喜中增长,
50 直到他降伏,向你们乞求:
别再——;你们在手掌下
相互愈加丰满,好像葡萄丰收年;
你们有时晕厥,只因对方过于充盈;
我向你们询问我们。我知道,

55　你们如痴如醉地相互触及，因为爱抚可屏护，
　　因为你们在温柔乡揾住的那个地方
　　不会消失；因为你们在手掌下感觉到
　　纯粹的延续。于是你们几乎以拥抱
　　相互允诺永恒。可是，当你们经受了
60　初次见面的畏怯，窗前的期待，
　　初次相偕漫步，穿过一次花园：
　　恋人，你们仍是这样吗？当你们相向上升，
　　嘴贴着嘴——甘露兑甘露：
　　哦，多么难以思议，啜饮者逃离了行动。

当恋爱双方相互拥抱（"把住"彼此）时，能清晰地感觉到对方存在的"真实"，以致自以为找到了某种确定性。然而，这种确定却是奠基在"存在即被感知"的论断上，身体感（被感知）真能作为"存在"与否的牢靠证据吗？众所周知，"存在即被感知"的观念源于英国哲学家乔治·贝克莱（George Berkeley，1685—1753），他认为"物体是能被准确感知的东西，不比这多也不比这少，只有哲学家在被感知之物背后追求某种他们自己也说不清究竟是什么的神秘、抽象的东西。对于一个不误入歧途的头脑而言，物体就是一个人所视、所触、所尝、所嗅、所听到的东西。物体（的存在）就是被感知（esse is percipi）。因此物体不过是观念的复合体"。[①] 无疑，里尔克不认可此种观念，他以一种经验丰富的智者姿态对"恋人们"进行解构式布道：恋人们，"你们看"，我也可以"双手十指交叉"，左手因感知到右手而确信右手的真实存在，右手亦会因感知到左手而确信左手的真实存在。显然，此种看似"确凿"的双重确信中暗藏着一个循环论证。由此，结果只能是要么双手同时存在，要么双手同时不存在。同理，尽管我可以"让我被风蚀的脸庞护于手掌之中"，却不能因为手掌与脸之间存有的"一丝感觉"就确信手掌与脸"彼此"存在着。"感觉"之确定性被一步步质疑后，最终导出了人对自身"存在"之可靠性的质疑。

当然，在颠覆激情涌动的相爱境遇前，诗人首先给出的是一幅恋人们以

[①] Wilhelm Windelband, *A History of Philosophy*, translated by James H. Tufts, New York: Harper & Row Publishers, 1958, p. 470. 参见 [英] 乔治·贝克莱《人类知识原理》，关文运译，洪谦校，商务印书馆2010年版。

对方为镜像来照见自身存在，进而升向爱情巅峰的诱人画面。你看，狂喜的恋爱双方好像"不是一天天衰竭"（哀：II. 20）着，而是日渐"增多"着；但"狂喜"毕竟是不能久长的，"增长"最终会为燃烧的激情所"降伏"，被迫向恋人们"乞求""别再——"，"别再"让盲目的激情冲动下去。一个破折号将乞求的声嘶力竭延宕至虚无中，接下来又是一个关于恋情的妙喻：

你们在手掌下相互愈加丰满，好像葡萄丰收年。

恋人们在彼此温柔手的轻抚下，相互的温存感觉渐浓渐强而至丰满，爱的累累硕果收获之期似乎触手可及。里尔克将这种超过限度的情感，在对方"手掌下，相互愈加丰满"，同样会"充盈"地使对方晕厥（如天使"更强悍的存在"一样，I. 3），比喻成"葡萄丰收年"中，种植者会被意外丰收的欣喜弄得无所适从——这是一种"无备而患"的不知所措。由此，恋人们在"对方的狂喜中增长"而非如众人一样"一天天衰竭"（II. 20）只是一种假象。这样，当诗人再次向恋人索问常人的存在境遇（"我向你们询问我们"）时，尽管与本诗第43—44行所用语句相同，却回荡着一股毫不留情的悲壮语气。

诗人清醒地看出恋人们"如痴如醉"地相拥相吻时，是强烈的冲动使他们确信感知到了对方的真实存在，自以为能永浴爱河之中而逃离了众人"一天天衰竭"（哀：II. 20）的宿命。恋人们在对方温柔手的"爱抚下"，快感阵阵袭来，仿佛有一个以"爱抚"来"屏护"、永不会消失的"温柔乡"存在。以致在这个由二人构建的小乌托邦中，似乎全无时空感而诞生了一个永恒的超时空世界。恋人想当然地认为，彼此"放手的地方逃避了消逝，衰老，及一切我们本质属性的不停腐烂——几乎可以这样说；它就在他的手掌下延续存在"①。换言之，在爱情体验中会呈现一个自我与他者以及自我与世界等诸种二元区分瞬间消弭的融合之境，恋人们在彼此相抚的手掌下似乎能感觉到纯粹时间的绵延，以致因忘情而自不量力地以有限的存在者身份说出一些诸如地老天荒等无限的"允诺"，清醒的里尔克偏要用一个"可是"将此美梦搅醒。

---

① 刘小枫选编：《〈杜伊诺哀歌〉中的天使》，林克译，华东师范大学出版社2005年版，第231页。

众所周知，处于恋爱初期的双方可能会因全身心投入爱情之中而意乱神迷，以至暂时失却理智而不能觉察"永恒"（存在）的永恒缺失，但当他们历过"初次见面"时的低头娇羞和"畏怯"；窗前搔首踌躇的"期待"，人约黄昏后的绸缪；初次如愿以偿地相偕漫步于月下柳荫畔的缱绻，穿过一次象征青春与爱情的姹紫嫣红开遍的"花园"后，他们必将从爱的迷狂中醒来，开始睁大眼睛重新审视彼此的庐山真面目，结果只能是近乎苛刻地相互指责。① 换言之：

> 人们也只能独自和分别地使其充分发展，并在一定程度上加以完成；之所以如此，乃是因为彼此情投意合如胶似漆，便有一股喜乐的激流奔涌而出，席卷恋人，最终在某处将他抛出，上述情况发生于此时：对封闭于自己情感之中的恋人而言，爱情成为一项专注于自身的日常工作，成为不断向对方提出大胆而超俗的要求。如此相爱的恋人自会招致无限的危险，但可免受侵蚀并瓦解了许多伟大的情感开端的琐碎的危害。②

诗人带着着对爱情的失望，追问道"恋人，你们"真会像开始一样认定对方是完美无瑕的，并认为缔结的契约（婚姻）是永恒不变的吗？不幸的是，回答又是一个否定：婚后双方最终会因"原形毕露"，而埋葬掉看似"永恒"的爱情本身。

恋人们的亲吻（"嘴贴着嘴"）情状，恰如盛宴上甘露琼浆、觥筹交错的"啜饮"一般醉人；然而就像华筵必散一样，恋爱双方在亲吻时的

---

① 墨西哥著名诗人帕斯对爱情的体验过程曾有极为真确的描述，"爱情和爱情的欢乐是对人的本质的揭示"，等待情人到来会使我们"忐忑不安，心神不定，丧失理智。一分钟以前我们还在自己的世界中，在各种事物和生灵之间行动自如，无任何距离感。现在，耐心越来越小，渴求越来越强，景物离人远去，面前的墙和物件远去，互相重叠，时钟放慢了脚步。……世界变得与我们无关。只剩下我们自己。……你在这里，在我面前，你是世界的体现，我自身的体现，存在的体现。……（当情人们相互触摸示爱时）世界消失了，什么都不存在了，任何人都不存在了：万物及它们的名称、号码、符号统统落在我们脚下。我们已无话可说。我们忘掉了自己的名字，我们的代称互相交织、融为一体：我即你，你即我。……我睁开双眼：一个陌生的躯体。本质重新将自己掩饰起来，我再次被表象包围"。见［墨西哥］奥克塔维奥·帕斯《帕斯选集》上卷，赵振江等编译，作家出版社2006年版，第359—360页。

② ［奥］里尔克：《穆佐书简：里尔克晚期书信集》，林克、袁洪敏译，华夏出版社2012年版，第271—272页。

自我独立意识非但不会消失反而一步步高扬（"你们相向上升"）。这样，当"自我意识之清醒强度"超越"爱情迷狂"（双方一体）的强度时，必将出现一个惊叹："哦，多么难以思议，啜饮者逃离了行动。"换言之，最终双方由"主客一体"复归了"主客二分"：华筵散后，"啜饮"双方停止了"啜饮"（亲吻等示爱行为）本身（"逃离了行动"），不再迷恋于客体（对方），重新开始思索主体（自我），这里展现的仍是里尔克所持有的那种爱情观。① 爱欲迷狂剧匆匆上演后没多久便匆匆收场，悲剧性的结局促令诗人直面人类存在的确定性。他像众多西方思想家一样将重大问题的答案锁定在"回到古希腊去"，由此便自然开始了第三组对照——现代人的盲目冲动对照古希腊人的克制：

六

65　当你们看见阿提卡墓碑上人的审慎手势，
　　你们能不为之惊讶？那轻轻搭在肩上的
　　难道不是爱情与离别，仿佛出自
　　与我们不同的材料？记住那些手吧，
　　它们毫无压力地扶着，尽管躯干里储蓄着力量。
70　这些克制的人知道：只要我们是这样，
　　如此相互触及，这是我们的事，
　　众神更强烈地支撑我们，但那是众神的事。
　　但愿我们也能找到一种人的存在：
　　纯粹，隐忍，菲薄，一片自己的沃土
75　激流与峭壁之间。因为像古人一样，
　　我们的心始终在超越我们。我们再也不能
　　目送它化入使它平静的画面，或者化入
　　神的躯体，在那里它更能节制自己。

在诗人看来，古希腊人的墓碑雕像颇能给人以启发——"克制"是爱欲迷狂的唯一解毒剂。与现代人动辄生死相许的情感夸张化表达不同，古

---

① 对此种爱情观的分析，参看第一首哀歌第五节的阐释。

希腊人在面对生死爱欲时是如此的"克制"。体魄强健、"躯干里储蓄着力量"的古希腊人非常懂得克制与隐忍之道，他们在面对"爱情与离别"时双手不会像现代人那样"紧抓不放"，而是泰然任之。古希腊人的双手或是"轻轻搭在肩上"，或是"毫无压力地抚着"彼此；原本盲目的感情冲动能因克制而呈现出一幅"高贵的单纯和静穆的伟大"（温克尔曼语），这是一种近乎神界的"永恒"境界。① 古希腊人之所以"克制"，乃因他们深谙此理："只要我们（人类）是这样"——既保有激情又自我克制地去"相互触及"彼此，爱欲就不会以悲剧收场。尽管众神（天使们）更强烈的存在"支撑着我们"，并时刻引诱着人类幻想飞腾入永恒的神界（存在源域），但人究竟能否切近那一世界，则全赖不可预知的众神之意。换言之，作为有限性存在者的人，只能"豁达"地听天（使）由命。

这种泰然任之的豁达，可能源自诗人的一次意大利之旅的启示，"记得有次在那不勒斯，在一些古代墓碑前，我闪过一个念头，再也不应当以比那里的描绘更强烈的动作触及别人。我确实相信，有时可以从容不迫地表达内心冲动，只要我把一只手轻轻搭在肩头"。② 在古希腊人生活态度的启发下，里尔克开始定位何谓人的纯粹存在：

七

但愿我们也能找到一种人的存在：
纯粹，隐忍，菲薄，一片自己的沃土
75　在激流与峭壁之间。因为像古人一样，

---

① 当然，这一境界在尼采看来是日神精神对酒神精神的胜利，是一种颓败，"在人生中，必须有一种新的美化的外观，以使生气勃勃的个体化世界执著于生命。我们不妨设想一下不谐和音化身为人——否则人是什么呢？——那么，这个不谐和音为了能够生存，就需要一种壮丽的幻觉，以美的面纱遮住它自己的本来面目。这就是日神的真正艺术目的。……在日神的形象中同样不可缺少：适度的克制，免受强烈的刺激，造型之神的大智大慧的静穆。……关于日神的确可以说，在他身上，对于这一原理的坚定信心，藏身其中者的平静安坐精神，得到了最庄严的表达，而日神本身理应被看做个体化原理的壮丽的神圣形象，他的表情和目光向我们表明了'外观'的全部喜悦、智慧及其美丽。……在狄奥尼索斯的醉之中有性欲和情欲，阿波罗的方式中也不乏这些。在这两种状态之中必定还有一种节奏的差异……某种醉感的极端平静（确切地说，时间感和空间感的变缓）特别反映在最平静的姿势和心灵行为的幻觉之中。古典风格本质上表现着平静、单纯、纯洁和凝练，——最高的强力感集中在古典范型之中。拙于反应，一种高度的自信，无争斗之感"。见［德］尼采《悲剧的诞生：美学论文集》，周国平译，北岳文艺出版社2004年版，第99、340页。

② 刘小枫选编：《〈杜伊诺哀歌〉中的天使》，林克译，华东师范大学出版社2005年版，第233页。

我们的心始终在超越我们。我们再也不能
　　目送它化入使它平静的画面，或者化入
　　神的躯体，在那里它更能节制自己。

　　显然，这是一种恪守中道的生活态度——隐忍而不张扬，菲薄而不奢华，虽看似无激情喷涌之快感，实乃人类"自己的沃土"。人类切问无限的存在源域从未终止过，但现代人若是不能习得古希腊人的那份克制，就断不会享有古希腊人超越自身时（或是"化入使它平静的画面"，或是"化入神的躯体"）的那份平静自足，因为伟大并非过度紧张而是自然而然的。最终，日益傲慢、奢华（不同于古希腊人的"隐忍、菲薄"）的现代人在"激流与峭壁之间"甚至连一片"菲薄"的沃土也不会得到——因为"菲薄"从来只与"隐忍"结伴而行。现代人应承认自身的有限性，放弃种种"理性臆想"，要像古希腊人那样懂得"深省"与"敬畏"，恪守古希腊德尔菲神殿的铭文"凡事勿过度"，而不要过度拔高自身的力量，① 因为理智与精神高度平衡的"中庸之道"乃是抵达幸福的唯一途径。②

三　精神分析此在——哀歌之三

　　里尔克认识到，若是以诗言利器剖解第二首哀歌中的反复出现的"爱欲"主题，无疑会使人能更加清醒地直面人的存在的问题：

---

　　① 参见布尔特曼《耶稣基督与神话学》，载刘小枫选编《海德格尔式的现代神学》，孙周兴等译，华夏出版社2008年版，第8页。无疑，本首哀歌乃至整部哀歌中神话修辞都起着至关重要的作用，可以说创作晚期"思诗"时的里尔克像乔伊斯和艾略特一样，"返回到了激发他们灵感的古代神话、史诗那样的古代形式或者古代宗教仪式之上，因而文学上的现代主义本身，也可以被看成是一种晚期风格的现象。与其说现代主义最终悖论性地显得是一场新奇的运动，倒不如说是一场老化的和终结的运动"。见［美］爱德华·W. 萨义德《论晚期风格——反本质的音乐与文学》，阎嘉译，生活·读书·新知三联书店2009年版，第134页。

　　② 里尔克曾在一封信中如是剖白爱之艰难："恋人是一种特别的人，在他们的关系和接触中没有一刻相同于另一刻。发生于恋人之间的，永远不是什么寻常的、一度出现过的事情，而是全新的遭遇，闻所未闻，难以预料。也有这类男女关系——想必是一种几乎无法承受的极大幸福，但只能出现在非常丰富的人们之间，即这种人之间，他们每个皆为自己，丰富，准备就绪而且走到了一起，只有两个辽阔、深邃、独特的世界能使他们结合。——显而易见，年轻人不可能获得这样一种关系，但只要真正懂得了生活，他们能够慢慢向此幸福增长，为此做好准备。如果彼此相爱，他们不能忘记自己是新手，生活中的半吊子，爱情的学徒——必须学习爱情，为此（任何学习亦然）则需要沉静、忍耐和专心！"见［奥］里尔克《穆佐书简：里尔克晚期书信集》，林克、袁洪敏译，华夏出版社2012年版，第263页。

一

1　一件事，歌唱爱人。另一件不幸的事，
　歌唱他，隐藏的负罪的血河之神。
　少女老远认出她的少年，而少年自己
　何曾识得情欲之主。啊，深不可测，
5　他常常从孤独者心底，在少女慰藉之前，
　也常常无视她的存在，抬起神的头颅，
　唤醒黑夜，让它永无休止地骚动。
　哦，血之尼普顿，哦，他可怕的三叉戟。
　哦，海螺吹送他胸腔阴森的风。
10　悄悄听吧，夜正凹陷，形成空穴。
　星辰，恋人的情欲不是从你们发源
　趋向他爱人的脸？他倾心窥入
　她纯粹的容貌不是缘于纯粹的天体？

　　诗人称"性欲"满溢于每个细胞分子中为"不幸的事"，"不幸的事"得以降临，大抵指称那些超乎人类规划之外的诸种飞来的横祸。随冲动而来的不确定性犹如坦塔洛斯的巨石①，让人整日为自身存在的艰难而焦灼不安。不宣而至的冲动实为"隐藏"在人类体内的一座休眠火山，它随时都会喷发并烤灼人为灰烬。"血河"一词喻指纯生理性冲动的主宰力量之强大，而"血河之神"一词因"神"光加冕，也透出"血河"主宰的权威性与杳不可测。里尔克以一个"当局者（少年）迷，旁观者（少女）清"的冷眼道说，挑明了相爱中的男女本质上处于一种极不谐和的斗争状态中。因此，第1、2行的"歌唱"并不是流俗意义上的赞颂，否则诗人要赞颂"不幸的事"就成为一个矛盾语了，此处的"歌唱"即为诗人的"言说"，里尔克试图通过"言说"驱走性欲之弊，发出开启返回本真存在之境的呼唤。
　　爱欲之开端是"少女老远认出她的少年"。简洁有力的"认出"一

---

① 坦塔洛斯（Tantalus），古希腊神话中宙斯和自然女神普洛托之子。他起初深得宙斯的宠爱，后却因得罪众神而被拘留在冥界里一座摇摇欲坠的危岩下，终日生活在随时可能会被滚落的巨石砸死的恐惧之中。

词，表明少女自认为觅得可终生厮守的"那一个"而坠入了爱情中。这本是件值得快慰的事，然而诗人偏偏在幸福地"认出"前加上一个修饰词"老远"。"老远"不仅指空间距离的远，还指本诗第70行中将要提及的"太古的汁液"（远古的冲动）以及少女因这种不切近（老远）的冲动而遮蔽了自己的识见。因为随时间流逝，"老远认出"终会因切近而嬗变为"眼前熟识的陌生"。此种宿命式的悲观皆因少年在面对少女时不能"识得情欲之主"——是情欲鼓动着他去行事。

这种不知所起的性冲动是如此地"深不可测"，它时常在少年尚未有"少女慰藉之前"，独耐孤独时莫名地涌来。在一个为性冲动所主宰的少年眼中，少女仅是一个泄欲对象，因此他会"无视少女的存在"。"抬起神的头颅"中的"神"，无疑是指第2行中象征性欲的"血河之神"，"抬起头颅"形象地道出性冲动已开始蠢蠢欲动，反映到少年身体上同样是"抬起神的头颅"——少年生殖器的勃起。欲望之海（无限的黑夜）被掀起的"永无休止的骚动"不安，可以类比尼普顿对大海的为所欲为。

尼普顿是古希腊神话中海神波赛冬的罗马称呼，他与自身所掌管的大海一样勇猛残暴，缺少其他神的亲切近人。依照古希腊神话记载，当尼普顿用象征其权力的三叉戟刺向大海时，便会巨浪滔天，不仅能击碎船只、淹没大片田地，甚至能引发地震，使山崖倒塌和海底深处的岛屿露出水面。[①] 当尼普顿在人类体内的血海中兴风作浪时，便会使茫茫黑夜"凹陷"而"形成空穴"。里尔克认为，这一本不可见的过程唯有通过"悄悄听"体内的"凹陷"方能感知，而感知到"凹陷"是阻止其进行的前提。"悄悄听"带来了解放的希望，它是正在凹陷的无边黑夜中唯一闪烁的"星辰"之光，这便为结尾处"少女能够抑制少年的情欲"埋下了伏笔。诗人以两个反问传达出自己对少年能战胜情欲抱有希望：

　　星辰，恋人的情欲不是从你们发源
　　趋向他爱人的脸？他倾心窥入
　　她纯粹的容貌不是缘于纯粹的天体？

---

① 关于尼普顿的详细介绍，见［德］奥托·泽曼《希腊罗马神话》，周惠译，上海人民出版社2005年版，第120—124页。

情欲中不仅有非理性的性欲，尚有理性的爱欲存在，所以里尔克才会说少年真正"倾心"爱上（窥入）少女的灵魂（纯粹的容貌）是缘于纯粹爱的指引，"天体"喻指这种爱的崇高。当然，这仍是一种暧昧不明的希望——恋人们即使在颇有隐喻义的星辰之光下相爱，但微弱的"星辰"光要想驱走欲望黑夜也绝非易事：

二

你不曾，唉，他的母亲不曾
15　让他满怀期望绷紧弯弯的眉毛。
你在感觉他，少女，他的嘴唇
不曾贴近你，弯曲成更丰富的表达。
你像晨风拂来，你真的以为，
你轻轻的出场就让他心旌摇曳？
20　纵然你惊动他的心；可是更古老的惊惧
一触击他，他已身心震撼。
呼唤他……你怎能唤醒他，他陷入阴暗的遭遇。
诚然，他愿意躲避；他习惯轻松地藏入
你温暖的心里，把握并开始自己。
25　但他何时有过开始？
母亲，你使他有了小，是你给了他开端；
你觉得他新，你让亲切的世界
垂顾新的眼睛，你挡住陌生世界。
啊，何处寻那些岁月，你单凭苗条的身影
30　为他掩蔽翻涌的混沌？就这样
你为他隐去许多；朦胧可疑的房间，
你使它安然无恙；在他的夜之空间，
你掺入更有人情的空间——出自你的心，
满是庇护的心。夜的灯烛，
35　你不是置入黑暗，不，你置入
你更近的亲在，恍若友情之光。
没有一种声响，你不曾含笑解释，

> 好像你早就知道，楼板何时迸裂……
> 而他聆听着，松弛下来，你轻柔的起身
> 40　竟有这般威力；他的命运从高高的大氅
> 退到衣橱背后，他的不安的未来
> 悄悄隐退，藏入窗帘的皱褶。

怪哉！相爱明明是少年与少女之间的二人之事，缘何诗人会"突兀地"引入"母亲"形象呢？引入"母亲"形象，预示接下来里尔克将会对"母亲"在二人相爱中的作用进行言说，并且母亲的作用一定如少女一样——自以为能降伏少年却终会失败；这一结构已由"母亲不曾"中的"不曾"一词决定，因此可以说"母亲"形象是对少女形象的同结构延伸变奏。在相爱的期望中，恋人（你）和母亲都不能引起少年"绷紧弯弯的眉毛"的冲动不安。因为当少女自以为在"感觉"少年时[①]，少年看似投入的亲吻等示爱行为，是如此的心不在焉：少年的嘴唇并未真正因爱欲的升起而无间地"贴近"少女，因此他的嘴唇表情并不比性欲冲动时"更丰富"。归根结底，少年的体内涌动的不过是源自血河之神的性欲，因此温柔吻中暗藏着杀机。[②]

少女以绵绵不尽的爱意对少年的柔抚就像和爽的晨风阵阵拂来，当少女自以为已成功征服了少年的心（使他全身心地投入爱中）时，里尔克以一个反问将脉脉含情的氛围撕破："你真的以为/你轻轻的出场就让他心旌摇曳？"也即是说，少年并未因少女的诗意"出场"而心旌摇曳以至沉湎爱中。诗人又通过虚构场景"纵然你惊动他的心"，来反衬此种冲动力量的"深不可测"。换言之，即使少女之爱强大到足以惊动少年的心，亦不能真将少年体内那股源自集体无意识（"更古老"）的强力冲动消解。里尔克通过对比用词来展示少女的失败，"可是更古老的惊惧/一触击他，他已身心震撼"，这股强力刚一出场，少年可怕的身心震撼就"已完成"。此时，能将"深心震撼"的少年唤醒的似乎唯有少女的声声慢呼。少年的性冲动迷失有待于少女通过声声慢呼来觉醒，这样，"呼唤他"后面的省略号就是响荡着的声声呼唤——呼唤他，呼唤

[①] 参见第二首哀歌第五节。
[②] 见哀：II. 63—64。

他，呼唤他……

然而，令人失望的一点是少年早已身溺欲海，完全为手执三叉戟的尼普顿控制，全无上岸之可能——"他陷入阴暗的遭遇"。我们完全可以说，性欲之于少年犹如巨石之于西绪福斯（Sisyphus），少年唯有选择承担。当然，就像古希腊神话中西绪福斯推石抵达山顶时会有片刻轻释一样，少年亦有因少女伟大而温暖的"呼唤"而醒来的时刻。此时的少年，因"躲避了"性欲的煎熬而"习惯轻松地藏入/你温暖的心里"，尝试"把握并开始自己"；但这感人的努力瞬间就像西绪福斯的巨石会再次滚下山去一样很快结束。因为少年的自我就从未真正"有过开始"，性欲巨石在少年孕育之初就已负上，由孕育自然引入对第14行一笔带过的"母亲"的赞颂：

> 母亲，你使他有了小，是你给了他开端；
> ……
> 悄悄隐退，藏入窗帘的皱褶。

对母亲的赞颂由一句颇具《圣经》修辞风格的呼告开启："母亲，你使他有了小，是你给了他开端"，"你"一词指的是在幼儿眼中母亲那如上帝般全知全能的形象。母亲（上帝）先是出场创造（"垂顾新的眼睛"）少年——生育了少年（"使他有了小"），给了他"新"生和"开端"。"陌生的世界"因母亲的在场而亲切化，她能为少年"挡住陌生世界"。一句喟叹"啊，何处寻那些岁月，你单凭苗条的身影/为他掩蔽翻涌的混沌？"传达出对"小"时岁月的无尽缅怀。①

然而此种脉脉温情里实则暗含着一丝不祥，因为母亲"单凭苗条的身影/为他掩蔽翻涌的混沌"，使人想起第一首哀歌中的那句恋人们"不过相互掩蔽他们的命运"（哀：I. 19）。显然，母亲与恋人的作用只能是一种对命运的暂时"掩蔽"，并不能真正祛除"翻涌"，即"深不可测"的"混沌"终将翻涌而出，母亲的全知全能只是一种假象而已。里尔克在此处还只是些微透露一下不祥，他在撕毁母爱的全能之前，先为读者呈现一

---

① 如果注意到"何处寻那些岁月"与第二首哀歌"何处寻多比雅的岁月"的相同用词，我们便不得不说这又是一次隐喻：通过单纯的儿童受到母亲的庇护隐喻着早期单纯的人类受到过上帝的眷顾，来追忆儿童与人类早期时，世界之于我们是处于亲切状态的。

幅幅伟大的母爱画面——母亲用自己"满是庇护的心"把儿童周遭的陌生空间亲切化的"大能"过程：

> 你为他隐去许多；朦胧可疑的房间，
> 你使它安然无恙；在他的夜之空间，
> 你掺入更有人情的空间。

诗人将母亲用"满是庇护的心"普照"陌生的世界"比作灯烛穿透黑夜，可怖的黑夜因母亲"亲在"的"友情之光"照彻而"安然无恙"。比喻过后是再现安全感的实例，"没有一种声响，你不曾含笑解释，/好像你早就知道，楼板何时迸裂……"省略号略去的是诸如此类的事件，它透露出幼儿对母亲的无限崇拜。牙牙学语的幼儿所发出的诸如"楼板何时迸裂"以及因何而迸裂等诸多问题，母亲均能"含笑"解释。一个如此简单的事例中倒映着每个读者的童年影子，让人读后不由得会心一笑。幼儿因静静聆听着母亲的权威解释，从而会对外界的种种"声响"不再惊惧，世界的警戒也"松弛下来"，母亲那"满是庇护的心"竟（"而他聆听着，松弛下来，你轻柔的起身/竟有这般威力"）使不安的命运退避三舍。但切不可高兴过早，因为诗人用词是"隐退"，"隐退"意味着是一种对命运的"掩蔽"，"不安的未来"迟早会来——母亲不可能庇护幼儿终生。人必须自己面对"存在"的宿命由两个比喻给出：首先，"不安的未来悄悄隐退"被比作大氅"退到衣橱背后"。无疑，"大氅"喻指强大的命运，幼儿终将因长大而脱去"襁褓"（母亲的庇护）挥别童年，穿上成人的"大氅"，担起全然属己的不安命运。其次，"不安的未来"悄悄隐退被比拟为"藏入窗帘的皱褶"，以示幼儿未来何以不安：窗帘因风的吹动而陷入飘摆不定的被抛状态，形成了起伏不停的"皱褶"；而身穿"大氅"的成人之命运亦将如被抛的窗帘一样飘摆不定，并像窗帘的"皱褶"一般满是坎坷。

显然，这些诗句满含着诗人的自况意味。里尔克的母亲菲娅·里尔克因自身婚姻的不幸而将满腔热情倾注在唯一的儿子身上；她为纪念早夭的女儿，甚至时常将六岁前的里尔克打扮成女孩，"我（里尔克）不得不穿着美丽的长裙，一直到上学前，我都穿得像个女孩子。我想，母亲准是把我当成个大洋娃娃来摆弄"。① 里尔克每忆起这段不正常的童年时光，都有一种既"亲密"又"恐惧"的难言况味。"亲密"乃因儿童尚无自我意识，故而能与万物融为一体（即体验到存在的整全状态），所以他会喜欢被母亲庇护；但完全被庇护就本质而言也是一种毫无庇护，因它会伤及儿童长大所不可或缺的孤独感，而没有孤独感人不会形成自我意识。因此，里尔克虽然从母亲那近乎盲目的溺爱中接受了"不计其数的教诲、神话和传奇"，但甫一长大便对这种溺爱避而远之。②

显然，诗人描述母亲时所选动词的强度呈递减趋势（"有""让""为""使""置入""化入"），这一变迁展现出"母亲"在少年眼里由全能的上帝递降为普通人的过程，而伴随这一递降过程的就是少年自身"力"的生长过程，它最终生长到冲出了母爱的笼罩。因此，"不安的未来"的隐退，带来的只是山雨欲来风满楼的虚假"宁静"：

三

于是他躺着，轻松地躺着，
睡眼蒙眬，你轻盈的身影
45 蜜一样化入可咀嚼的浅睡——：
他觉得自己像一个被保护者……
可是内部：谁在他内部抵挡并阻止
本源的浪潮？啊，睡者无审慎；
睡着，更梦着，更在迷狂中：他何等投入。

---

① ［美］拉尔夫·弗里德曼：《里尔克：一个诗人》，周晓阳、杨建国译，华东师范大学出版社2014年版，第10页。

② 里尔克日后曾如是追述童年时光："哦，母亲，你是我童年时唯一为我驱赶这些寂静的人。你把一切寂静都承担过去，说：别怕，是我。你在寂静的深夜里勇敢地为那个恐惧的孩子、那个吓得魂不附体的孩子而存在。你点燃了灯，一听这声响我就知道是你。你把灯举在眼前，说：是我，别怕。然后你放下灯，动作柔缓，毫无疑问，这就是你，你就是灯，环照着周围那些熟悉亲切的事物，令它们失去了隐秘的深意，显得美好、单纯、确定无疑。如果墙上什么地方发出不安的声响，或者楼上地板传来脚步声，你就微笑，只是微笑，对着那张紧盯着你的惊惶的脸微笑，笑容在你明亮的脸庞上是那么清澈，就好像你跟那声响是一道来似的。尘世的统治者中，有谁的力量可以和你的力量相比？……但是你来到我身边，把可怖的怪物挡在身后，挡得那么严实，完全不像那些到处都可以掀开的窗帘。你好像总是不等别人呼救就已经到来，好像永远赶在一切可能发生的事之前，你身后留下的，好像总是你匆匆赶来的步履，是你永远的道路，是你爱的飞翔。"见李永平编选《里尔克精选集》，北京燕山出版社2005年版，第362页。

50　这个新生者，畏怯者，他已被卷入，
　　内心事件的卷须不断蔓延，
　　他已被缠进图案，窒息性的生长，
　　兽类追猎的形式。他何等沉醉——。
　　他爱，爱他的内心，他内心的荒原，
55　他体内这片原始森林，他嫩绿的心
　　长在这哑寂的朽环之上。他爱。
　　告别他的心，脱离自己的根，
　　他进入强大的本原，他小小的诞生
　　早已在此度过。怀着爱，他走下去，
60　进入更古老的血，进入深谷，谷里卧着
　　可怕之物，依然餍足于先辈。
　　每个恐怖物都认识他，眨着眼睛，
　　好像知道他会来。是的，怪物在微笑……
　　你很少笑得这样温柔，母亲。
65　你怎能不爱它，当它向他微笑。
　　他爱它在你之前，因为你怀他的时候，
　　它已经溶入托护胎儿的羊水。

幼儿眼中母亲是如此可亲，她有"苗条的身影，轻柔的起身，轻盈的身影"以及一种绝对的安全感。因为"不安的未来"时刻会袭来，所以诗人选取了精确的措辞"浅睡"和"像"（"可咀嚼的浅睡""像一个被保护者"）。母亲那"轻盈的身影"虽如蜜样醉人，但幼儿并未因此而酣畅眠去——他只是"浅睡"着。"浅睡"随时都会被梦魇搅醒，短暂的宁静也随时都会被风暴击毁。里尔克紧接着用一个破折号来加强浅睡中所深藏的不安——儿童在母爱的庇护下，自以为（"他觉得"）"像一个被保护者"。但诗人未用"是"，而用"像"一词点明"被保护者"身份同"浅睡"情景一样随时会失却。"被保护者"之后的省略号意味着迷失于被保护状态之中的幼儿有种不可言说的幸福——一种混杂着意味深长的追缅感伤，当然其中还隐含着对幼儿全然不知所处困境的微讽。显然，诗人真切希望幼儿的浅睡能无尽地迁延下去，梦魇能无限延迟或永不降临。但必须显明的一点是：幼儿那看似纯净的眸子中，同样深埋着骚动不安的欲望，

而对于一个尚无行动力的幼儿来说，欲望的唯一宣泄渠道便是"梦"：

> 可是内部：谁在他内部抵挡并阻止
> 本源的浪潮？啊，睡者无审慎；
> 睡着，更梦着，更在迷狂中：他何等投入。

幼儿一旦睡去，母亲那迷人的身影便不再浮现于眼前，此时无意识深渊的尼普顿便开始骚动不安地挥舞起"那可怕的三叉戟"来兴风作浪。幼儿在梦中因没有母亲的庇护而全无能力"抵挡并阻止"那"本源的浪潮"的力量，就进入了一种无警戒状态（"睡者无审慎"）——他早已全身心投入梦的"迷狂"状态中，梦一步步沉降而至：

> 这个新生者，畏怯者，他已被卷入，
> ……

梦中的幼儿（"新生者"）因独面"世界"而感到"畏怯"。在幼儿与强大且怪异的"梦"进行着的较量过程中，"梦"始终居于主导。因此，我们可以说说并非儿童在做梦，而是梦让儿童不停梦着，梦成了儿童无意识中的绝对主宰。里尔克将梦中事件在幼儿脑中的接连闪现，喻作植物卷须那种前牵后挂的勾连状态，它们不停地蔓延直到密集地将幼儿全然"缠进"梦的"图案"之中为止，欲望"窒息性"蔓延反映到梦中就如野兽相互追猎般残酷血腥。此时的幼儿因忘我地"投入"梦中而沉坠进无意识的深渊中，欲望的厮杀争斗使幼儿内心深处如既繁茂又荒凉的原始森林一般，全无人迹。但恰是在这片欲望的原始森林中，生长着幼儿那满是生机的"嫩绿的心"，虽然其生长基地是历经久远年代沉积而成的层层"哑寂的朽坏"，但幼儿因拥有"嫩绿的心"而有醒觉的希望。这便为少年能被拯救埋下了第二次伏笔（第一次伏笔见哀：III.11—13），但在被拯救之前，幼儿唯有行进在沉降之途中：

> 长在这哑寂的朽坏之上。他爱。
> 告别他的心，脱离自己的根，
> 他进入强大的本原，他小小的诞生

早已在此度过。怀着爱,他走下去

  与第二首哀歌中的"节制"欲望能引向"沃土"不同,此处不能克制欲望的我们终将会被引向血之"深谷"。这座深谷中卧藏着因吞噬一代代先人而壮大的"可怕之物"。一代代先人不管起初如何"新生""嫩绿",终逃不脱欲望魔口,被欲望吞噬似乎就是人类的宿命。在深谷中,欲望世界的本貌在幼儿眼中得以呈现:

每个恐怖物都认识他,眨着眼睛,
好像知道他会来。是的,怪物在微笑……
……

  前面被赞颂不已的母亲微笑竟不及怪物的微笑迷人,怪物的"微笑"如黑洞一样吞噬一切,省略号使用得可谓恰到好处。显然,幼儿被"欲望恐怖物"吞噬是在完全自愿状态下进行的,因为欲望的微笑唤起了他体内的"集体无意识",因此当怪物向他发出致命的微笑时,他竟不能不爱它。我们可以说,欲望怪物早已先母亲而存在于幼儿体内,它是幼儿自身不可割裂的一部分,所以幼儿"爱它"就是爱自身,因此这种爱的行为会发生在爱母亲之前。诗人不禁发出了一个近乎生理决定论的感叹,"它已经溶入托护胎儿的羊水"——性欲冲动是人的先天本能。似乎拯救儿童于性欲已了无希望,但读者若不忽略此处的用词(幼儿"怀着爱"走下欲之深谷的),就知道依然存有希望,它只是隐而未彰罢了。诗人接下来以植物为参照物,剖析性欲的确源自一种集体无意识:

四

看吧,我们爱,不是像花儿一样
发自唯一的一年;当我们爱的时候,
70 太古的汁液升上我们的胳臂。哦,少女,
这一点:我们在体内爱,不是爱一个物,
一个未来之物,而是无数汹涌之物;
不是爱一个单独的孩子,而是一代代父亲,

第三章 存在何为与思的经验：里尔克晚期诗学思想（上）　　99

　　他们像群山的残骸铺垫在我们的根基；
75　而是一代代母亲的干枯的河床——；
　　而是整个沉寂的风景，在阴晴变幻的
　　厄运之下——少女，这已先你而存在。
　　你哪里知道——，你自己在恋人体内
　　诱发远古。哪些情感自遁去者
80　翻腾而起。哪些女人在彼处
　　忌恨你。何等阴沉的男人
　　为你激动，在少年的血脉里？
　　死去的孩子要找你……哦，轻点，轻点，
　　对他做一件可爱的事，趁白天还在，
85　一件可信赖的事，——引他
　　靠近花园，夜里给他
　　优势……
　　抑制他……
　　看吧，我们爱，不是像花儿一样
　　发自唯一的一年；当我们爱的时候，
　　太古的汁液升上我们的胳臂。

　　人类的相爱不像花儿那般在一年中就完成从萌芽、成熟、开放、结果、凋零这一岁一枯荣式的代序循环，因为人类相爱时，遗传自人类祖辈的集体无意识原型塑造并影响着他们：

　　　　个人无意识所依赖的更深一层称为集体无意识，集体无意识并非来源于个人经验，亦非后天获得，而是先天地存在着。选择集体一词是因为这部分无意识不是个别的，而是普遍的；它与个体心理相反，具有了所有地方和个人皆有的大体相似的内容和行为模式。换言之，由于它在所有人身上都相同，因此它就组建成一种超个性的心理基础，并体现在每一个人身上。①

---

①　C. G. Jung, *The Archetypes and the Collective Unconscious*, translated by R. F. C. Hull, Princeton: Princeton University Press, 1969, pp. 3-4.

集体无意识一词的关键之处乃在于，它的内容"从未出现在意识之中，因此也就从未为个人所获得，其存在完全来自遗传"[①]，可以说"过去时代的人以我们做梦也想不到的程度活在我们身上"[②]。显然，里尔克对集体无意识的存在深信不疑：

>　　去世已久的人的意志，他们在某个重要时刻张开手掌的动作以及他们立在某扇遥远的窗前时面带的微笑，——我相信，寂寞者的这所有体验都以不断变换的形式存在于我们之中。它们存在，也许被我们挪到靠物的那一边去了，但是，它们存在，如同物存在一样，它们同是我们生活的一部分。[③]

里尔克将这股"完全得自于遗传"的强大力量喻作"太古的汁液"。就像植物开花授粉时要吸取着广袤大地数万年所累积起来的营养一样，人类相爱拥抱时伸出的"胳臂"中同样涌上了先祖们的无限冲动与期待。找到少年冲动的源泉后，诗人开始向少女解释爱上"太古汁液"的实质：当少女爱上某个少年时（"我们在体内爱"），回应她的是少年体内那股遗传自先人的集体无意识，因此少女爱上的不是"一个单独的孩子"。此处，诗人显明人类体内实际存有两类先祖：一是"一代代父亲"（"他们像群山的残骸铺垫在我们的根基"），他们是人类的存在基础；二是"一代代母亲"，"干枯的河床"喻指被父辈们不可遏制的冲动所耗尽的母辈们。显然，父辈与母辈的形象有种生殖图腾意味——群山与河谷分别象征男性生殖器与女性生殖器。这样，当少女爱上少年时，真正回应她的是少年体内层层累积的群山父辈与河床母辈所共筑的"沉寂风景"，它以少年难以掌控的冲动形式施展身手，最终将少年牢牢控制在一种"阴晴变幻的厄运之下"，即少年的命运因自己不能做主而险象丛生。在三个"不是"和四个"是"的时破时立地陈述之后，等待少女的是一个让她寒心却清醒的判语："少女，这（一切）已先你而存在。"少女在少年身上所诱起

[①] C. G. Jung, *The Archetypes and the Collective Unconscious*, translated by R. F. C. Hull, Princeton: Princeton University Press, 1969, p. 42.

[②] Ibid., p. 47.

[③] ［奥］里尔克：《永不枯竭的话题：里尔克艺术随笔集》，史行果译，东方出版社2002年版，第309页。

的看似源于少年自身的爱情，不过是唤起了少年身上那无数先辈的性欲复活（"诱发远古"）。

少年的每个先人所保有的诸种爱恨情仇，都会以自己的形式在少年的血脉中涌动。"情感自遁去者翻腾而起"实乃对本首诗开篇处"隐藏的负罪的血河之神"的呼应。少年体内的先辈力量具体表现为异性相吸和同性相斥：男性先辈拥有亡魂的"阴沉"力量，他们为少女的出现而"激动"；女性先辈则因少女的出现会夺走少年而"嫉恨"少女；并且"死去的孩子"也不甘寂寞，也要来找"少女"。此处的"死去的孩子"指的是早夭者，他们因未在有生之年享受到爱果，只能在死后通过少年的梦来达成自己未享的期望。眼见如此阴森可怖的场景，诗人不由发出了一声饱含逆时间无限之流而上，行进在漫长幽冥之旅中的无言感叹（省略号的应用效果）。当人类目瞪口呆于先人的阴森骚动时，谁还敢说自己"有过"真正的"开始"呢？谁还敢说自己真正地爱上了某人，或自己被某人真正地爱着呢？

当然，看似悲观至极的情景中同样有希望存在，诗人告知他所钟爱的少女们拯救少年于先辈仍有希望，那就是"克制"，"轻点，轻点"的克制。"趁白天还在"，趁无边的黑夜还未控制少年，理性的"白天"还处于绝对优势时，引少年靠近"花园"①，即让他永葆初恋时的忘情与投入。引领少年升华入精神"花园"，生长出坚固牢靠的"克制"力。这样，即使与白天相比"能带给少年冲动优势"的"夜"对少年也将束手无策，"克制"足以令翻滚的血河退潮而去。夜（欲）的优势是如此强大，所以抑制的征程将会无比漫长，里尔克以两个省略号表示这一夜正长路也正长的征程，本首诗最终在一种充满希望的斗争收尾。人类不像花儿那般（"发自唯一的一年"）相爱当然是一种不幸，亦可以说是一种幸运——"太古的汁液"使人类免却了花儿那种集生死爱欲于"一年"的刻板单调，而增添了"诱发远古"的丰富与丰富的痛苦，这种体验本身就值得人类去存在。

四 此在的时间性——哀歌之四

在第三首哀歌中，里尔克通过对"此在"进行精神分析，得出常人

---

① 见哀：II.61："初次相偕漫步，穿过一次花园。"

会因深陷欲望之中而想过一种流俗生活，会为一种庸常时间观所困扰；在本首哀歌中，诗人则通过对比人与动物的时间观，给出一种本真性时间观。全诗由一句对人类非本真性时间观的感喟切入①：

一

1 哦，生命之树，哦，何时入冬？
我们不和谐。不像候鸟
熟悉四季。我们已经落伍，
这才迟迟地突然投入风中，
栖息在冷漠无情的湖面。
5 我们同时意识到开花与枯萎，
而在某个地方，狮子仍在行走，
只要雄风犹存，便不知何为孱弱。

诗人在其晚期诗作中，十分钟爱根扎大地、枝干向天的"树"，"树木好像是一切植物中最高贵的，因为它们的无数个体只是还很间接地依附于大地，仿佛已是植物之上的植物"。② 无疑，"树"象征着那种既踏着坚实大地，又不忘向上超越的"人"，树"这道粗实的垂直线一直将这片田园朝上引，赋予它高度和本原"③，因为立足大地的人也应该如树一般是某种被超越之物：

那里升起过一棵树。哦，纯粹的超升！
哦，奥尔弗斯在歌唱！哦，耳中的高树！
万物沉默。
（奥：A：1）

---

① 本诗引入童年的木偶戏后，诗人发出对父亲"似赞实贬"式的感叹，这便与第三首哀歌中他对母亲"似贬实赞"形成对照，最终以第三首哀歌中已经提及的童年之死收场。

② 刘小枫主编：《夜颂中的革命和宗教——诺瓦利斯选集》卷一，林克等译，华夏出版社2007年版，第158页。

③ ［奥］里尔克：《穆佐书简：里尔克晚期书信集》，林克、袁洪敏译，华夏出版社2012年版，第5页。

第三章　存在何为与思的经验：里尔克晚期诗学思想（上）　　103

　　"超升"即"超越"，作为诗人之象征的奥尔弗斯在朝向"超越"之域时，不禁对崇高且神秘的超越域和超越状态发出由衷的歌唱——这是真正的"思"诗。当人身处超越状态时会以心耳谛听，便可闻见沉默的万物中传来的绵绵不绝的希声之大音，而作为对"大音"的回应与体察，心耳中无疑会生起象征更加富有超越感的"高树"。同样，本首哀歌的首句中的"生命之树"喻指人类自身的存在——"生存"，"入冬"于群树而言不仅是凋零，更意味着为来春能更繁茂地生长蓄积能量。因此，人类若能如群树一样真切地感知到自己生命之冬的步步迫临，便领会到了向死而生的真谛。

　　第一首哀歌中诗人曾多次指出诸种人为的理性"区分"使人与万物疏离而"不和谐"，本首哀歌他则进而指出人不能像群树（植物）一样真切领悟时间的真意，亦不能像"候鸟"（动物）那样"熟悉四季"的变迁。总之，与植物和其他动物相比，人迷失在一种做这做那的庸常时间观中。与人相比，候鸟则能像群树感知春、夏、秋、冬那样，识察气候的冷暖迁变，以适时迁徙来应和季节轮奏。候鸟的迁徙活动看似一种有意识的筹划，但却全无人类所倚重的气温计等工具的帮助——它们全凭自身敏锐而精确的感知能力适时地进行这一活动。[①] 显然，在里尔克看来，现代人随着工业化和城市化进程的展开而日益丧失了体悟周遭世界的能力，他们就像一群"落伍"的候鸟必将遭受厄运[②]那样有朝一日会被"突然投入风雨"中。里尔克认为，比候鸟更能应和时间律动的动物是百兽之王狮子。狮子只要能"行走"，就"不知道何为孱弱"，即它们临死前依旧能"雄风犹存"地有尊严地生存。与狮子相比，现代人因不能与自然"和谐"共处，只能生存在对未来或希望或恐惧的焦虑中，其中尤以对老（死）之将至的恐惧为甚。因此，可悲之处在于人虽能"同时意识到开花（壮年）与枯萎（老年）"，但却未能以死为向度来筹划生，反而整日为老死所焦虑。接下来诗人进一步阐明正是因为人类不能专注于一件事（不视环

---

　　① 当然候鸟的迁徙之旅亦是一次对其感官敏感性与生理健康性的检验，不能完成与四季轮换相和谐适应的候鸟只能因"落伍"而死亡，这一点被集中展现在法国导演雅克·贝汉（Jacques Perrin）所执导的纪录片《迁徙的鸟》（*Le Peuple Migrateur*，2001）中。

　　② 那些落伍的候鸟，因身体觉察的迟钝而"迟迟"开始迁徙，并且这种迁徙因没有进行未雨绸缪式的早早筹划，难免会遭遇"突然"地进行在风雨中的厄境。候鸟"落伍"的结果是栖息在早已为冰雪所覆盖的湖面，终因无食可觅而饥寒交迫地死去。无疑，诗人的言外之意乃是人类因日益依赖外在工具生存而造成自身感官的日渐钝化，有朝一日很难免沦为与"落伍"候鸟相似的命运。

境为一个统一整体），从而整日割裂地看事物，最终造成了"我们不和谐"的现状：

二

可是，当我们瞩目于一个，
就已经察觉另一个的耗蚀。
10　最近的敌视我们。合二为一的恋人，
曾相互允诺旷远，追猎和故乡，
不是也常常濒临绝境。
此刻，为了某个瞬间的图画，
有人涂抹相反的底色，这很难，
15　让我们看见画；因为他要我们
看得很清楚。我们不认识
感觉的轮廓：唯此轮廓的外部构因。
谁不曾惶然面对自己心灵的帷幕？
它徐徐开启：离别的场景。
20　不难理解。熟悉的花园
微微晃动：随后戏子出场。
不是他。够了！虽然他做得很轻松，
他不过化了妆，仍将是一个市民，
穿过他的厨房走进住宅。
25　我不要这些半虚半实的假面，
宁愿要木偶。实心的木偶。
我愿意忍受填塞的身躯，牵引线，
给人看的脸。在此。我在戏台前。
即使灯已熄灭，即使告诉我：
30　散场了——，即使虚空
随灰色的气流从台上传来，
即使不再有沉寂的先祖
与我同座，不再有女人，
甚至不再有棕色斜眼的男童：

36　仍然在此。观看永无终止。

"可是，当我们瞩目于一个，／就已经察觉另一个的耗蚀"，即本首哀歌第5行中所提及的人瞩目于"开花"时，"就已经察觉"到"枯萎"，这种冲突使人的心灵整日处于撕扯状态，所以离人类"最近的"情状是一种"敌视我们"存在方式。此种流俗时间观念的危害是如此之深，就是那些最有希望抵达神秘之境的二者（恋人和年轻的死者）之一的恋人也难以幸免。因为恋人们是"合二为一"的人，他们的一体是由"合二"得来，所以也早就隐匿下了分裂的种子。由此，在恋人们相互允诺的恋爱事件中，才会既有地老天荒的"旷远"和安宁温暖的"故乡"，也有冲突争斗不停的冒险式"追猎"行为。此处的用词排序颇有深意，里尔克故意将"追猎"置于"旷远"与"故乡"之间，这意味着二者中早已存在着"追猎"——这同样是对"当我们瞩目于一个，／就已经察觉另一个的耗蚀"的证明，所以恋人们也难免"濒临绝境"。为让读者进一步觉悟到对立观念之弊，诗人给出一个比喻：就像在一幅素描（"某个瞬间的图画"）中，若是涂抹了"相反的底色"，而非以纸张的自然色为背景，那么观者的视线就会被整幅背景颜色所吸引，而难以在短时间内看清素描图案本身。同理，如果人类的意识始终忙于对立区分，就不能辨识自身感觉的真正"轮廓"（素描图案），而只会看到"轮廓的外部构因"（素描背景），最终便不能对自身感觉做出明确的判断。一言以蔽之，分裂意识使人在审视自身时常常会焦虑不安——每个人莫不是"惶然面对自己心灵的帷幕"。

徐徐开启的"心灵的帷幕"后，上演的是一出"离别"（分裂而非聚合）的悲剧。此处的"离别"不是指人生中的离别场景，而是指前面曾提及的人类自身的两种正反不一的意识交错行为，所以演员和场景的出现便俱在意料之中（它们是"不难理解"的）。布景"微微晃动"，幕布是"熟悉的花园"，出场的演员是"戏子"。[①] 因为"戏子"不会以严肃态度对待舞台演出（"做得很轻松"），他们给出的一切都过于虚饰（"他不过化了妆"），因此不管"戏子"扮演角色时如何克制自己，谢幕后他们终将恢复一个庸常"市民"的本来身份，开始其无所节制的世俗生活。占

[①] 据考，本首哀歌中的"戏子"形象，受西班牙艺术家巴勃罗·毕加索的画作《戏子》（Less Baladins, 1904—1905）的启发。

据"戏子"生活的全是些不能切近本真存在的庸常琐事，也即是说他们终日被一些本能欲望所左右（如食欲和睡欲——穿过"厨房走进住宅"），因此生活中的戏子全无舞台上的那种节制和优雅。换言之，里尔克此处想传达的观念是：庸常大众的市民生活就和戏子一样，是一种未意识到生命的本真存在的沉沦状态，因此：

> 我不要这些半虚半实的假面，
> 宁愿要木偶。实心的木偶。

我们如果用"真实性"来衡量"戏子"那真假俱有的生活，便会发现他们远不如虽无生命却也无丝毫伪饰的木偶①。因为"木偶只有一张面孔，它的表情永远保持不变。有恐惧的木偶，虔诚的木偶和幼稚的木偶。每种木偶在脸上只有一种情感，但这种情感确是以最极端、激烈的方式表达出来"。② 可以说，存在之美只在"这样一种人的身体上显现得最为纯净，这个身体要么根本没有，要么有一个无穷尽的意识，即在木偶或上帝身上"③。因此，诗人宁愿忍受始终如一地生活在一副面孔之下的木偶的演出，也不要戏子那真假俱有的生活方式。

诗人对此种真实的生活状态异常神往，以致用了四个"即使"与两个"不再"给出了自己的抉择：即使舞台上表演已结束（"灯已熄灭"）；即使被告知已经散场；即使舞台上只剩下演出后"灰色的气流"袭来的虚无；即使不再有第三首哀歌诗中所提及的"沉寂的先祖"（男人，集体无意识）和女人与儿童（"棕色斜眼的男童"）。④ 总之，就算没有他人相伴，诗人亦会独自观看"真与美"的现身（"观看永无终止"），这是一股求真诗人必须要忍耐的巨大孤寂。求真诗人的巨大孤独感，由被他人牵引而动的无自由的木偶演出所触动，他不禁想到了早已去世的父亲：

---

① 此处心灵舞台上那些半虚半假的演员无疑影射着每日在人间大舞台上"你方唱罢我登场"，戴着多种面具（多重身份）演戏的芸芸众生。
② [奥]里尔克：《永不枯竭的话题：里尔克艺术随笔集》，史行果译，东方出版社2002年版，第140页。
③ [德]海因里希·克莱斯特：《论木偶戏》，载刘小枫选编《德语诗学文选》，华东师范大学出版社2006年版，第307页。
④ "棕色斜眼的男童"指里尔克的表弟埃贡·封·里尔克，参见奥：B.8。

三

难道我错了？父亲，你曾围绕我
如此苦涩地咀嚼我的生命，品尝它，
一再品尝我最初的浑浊的汤剂，
我必须这样，因为我在成长，
40　你掂量如此陌生的未来的回味，
审视我那迷蒙的仰望，——
正是你，我的父亲，自从你死后，
常常在我的希望中，在我的心中，
怀着恐惧，为我渺茫的命运
45　失去镇定，死者所富有的镇定，
难道我错了？而你们，难道我错了，
正是你们为此而爱我，为回报之爱
那小小的开端，我总是回避它，
因为我觉得，你们脸上的空间
50　当我爱它的时候，化入宇宙空间，
你们在那里化为乌有……：若我有心，
在木偶戏台前等待，岂止等待，
我凝神观望，最终必有天使
扮成演员上场，他高高牵动
55　木偶的身躯，以报偿我的观看。
天使与木偶：这才终于是看戏。
我们生存时，那始终被我们割裂的，
这才合为一体。我们的四季
这才形成完整的代序循环。
60　天使的表演这才越我们而去。
瞧，垂死者能不如此揣测，
我们在此所做的一切
何其虚假。一切皆非本真。
哦，童年的时光，那时的人物身后
65　不只是过去，我们的前方

>   不是未来。我们固然在生长，
>   有时候急于快快长大，
>   一半是为了取悦成人，除了大，
>   他们别无所有。可是我们，
>   70　在我们独行期间，陶醉于恒常，
>   我们处在世界与玩具的空隙，
>   处在某个位置，从一开始，
>   它已为一个纯粹的事件而奠定。

少年时代的里尔克就像一个只能任由他人摆布的木偶，完全处于自己父亲的控制下。当然，让诗人最为反感的一点是，诗人的父亲要求他以军官或法学家为职业，而只能附带地从事艺术，而里尔克却自认为从事艺术是命中注定的。这使被"存在"击中的里尔克感到"怒不可遏、坚持不懈地进行了反抗"，为了在艺术上真正起步，"我必须从家庭和故乡的条件中脱离出来。我属于这一类人：他们到后来，在第二故乡，才能验证自己血液的强度和承受力"。[①] 无疑，日后运思的孤独感与无家可归感，让里尔克明白了父亲昔日为何不想让他成为一位诗人，于是他满含愧疚地反问道："难道我错了？"接下来便是对人类史上恒久不绝的父子冲突（"生前反抗，而死后愧疚"）的简洁叙述，里尔克将父亲接受儿子的反叛形象的称作：

>   如此苦涩地咀嚼我的生命，品尝它，
>   一再品尝我最初的浑浊的汤剂，

"一再"显出父亲的良苦用心与儿子的强烈反叛，少年认为自己的一切反叛都是正确的（"我必须这样，因为我在成长"），因为"青春期过程导致了一个必要而合法的事件，即摆脱父亲"[②]。面对儿子如此强大的独立意识，父亲感到儿子的未来不在自己的掌控之内而深觉陌生，他不禁

[①] [奥] 里尔克：《穆佐书简：里尔克晚期书信集》，林克、袁洪敏译，华夏出版社2012年版，第47页。
[②] [美] 赫伯特·马尔库塞：《爱欲与文明——对弗洛伊德思想的哲学探讨》，黄勇、薛民译，上海译文出版社1987年版，第52页。

"审视我那迷蒙的仰望"。可以说，在人类史上"父亲的功能逐渐从其个人方面转至其社会方面，转向他在儿子心中的形象（良心）、转向上帝、转向那些教导他的儿子成为社会上安分守己的成员的各种机构及其代理人"。① 在终日无家可归的诗人眼中，父亲死后依然会对自己那"陌生的未来"深深担忧。因为若是后代能如死者所愿而成功旺达，死者自会安息镇定，但里尔克恰恰放弃了父亲眼中的生活稳定的军官职业，而选择一种难免会遭遇贫困漂泊的诗人志业。里尔克曾对一位通信者说，父亲虽无法理解自己的选择，但他却始终将儿子的生活当作"时刻操心的对象"②。里尔克认为，父亲即使死去亦会为儿子那渺茫的命运而忧烦，从而失去了"死者所富有的镇定"，但一名求真诗人的天职让诗人十分明晰自己爱欲的真正朝向应是无限的存在源域，而非有限的尘世幸福。③

里尔克认定唯有在宇宙空间中，人方能安宁栖居。因此，他不仅放下了因背叛父意而走上诗思之路的愧意，并且坚信生死得以弥合的伟大时刻终会因自己的诗言祈祷而降临。于是他抱定信心，"在木偶戏台前""凝神观望"地"等待"着——他不想因自己的片刻懈怠而错失目睹这一伟大时刻来临的机会，这一伟大时刻的意义可谓非凡：

> 我凝神观望，最终必有天使
> 扮成演员上场，他高高牵动
> 55　木偶的身躯，以报偿我的观看。
> 天使与木偶：这才终于是看戏
> 我们生存时，那始终被我们割裂的，
> 这才合为一体。我们的四季
> 这才形成完整的代序循环。

---

① ［美］赫伯特·马尔库塞：《爱欲与文明——对弗洛伊德思想的哲学探讨》，黄勇、薛民译，上海译文出版社1987年版，第51页。
② ［美］拉尔夫·弗里德曼：《里尔克：一个诗人》，周晓阳、杨建国译，华东师范大学出版社2014年版，第13页。
③ 里尔克觉得自己仅对众亲人（"你们"）付出了极少的爱，而他们却因这"小小的开端"之爱而充满无限回报之爱；但是诗人却只能"回避"这种爱。因为，求真诗人的爱之对象只能是自己有责任去道说的神秘之境（无形的"宇宙空间"），而非有形的"脸上的空间"。由此，宇宙空间中那些真正为里尔克所爱的存在物，在其诗句中便完成了从有形向无形的转化（"你们在那里化为乌有……"），这种无形的宇宙空间超乎语言表达之力，所以只能以省略号略之不谈。

最终，能沟通存在源域的天使成为心灵帷幕拉开后的演员，了无生气的木偶亦因天使的牵动而散发出无尽活力——这才是真正演出与真正的观看。天使的现身使被人为"区分"的世界万物，回复到了创世之初的存在巨链式的关联状态中。整合分裂的存在者的目的既已达成，天使自会"越我们而去"。此时的人类亦因完成了向真正无形之境转化，而不再需要呼唤天使。诗人引出垂死者和儿童作为证人，来确证自己于心灵帷幕前的守望有深意存焉，因为里尔克认为"人的生命之中只有两个完美的无挂和纯净的时刻：出生和死亡。唯有新生儿和垂死者的对上帝的敬爱方式能不亵渎神圣"。①

垂死者因处于弥留之际，而能真切地体验死亡的切近以及全然知悉向死而生的真谛。垂死的时刻，人会深切领悟到"任何事情，只要它超逾一种美好的、就本质而言陷于停顿的常度，就必须完全独自地、等于由一个无限孤单的人（几乎唯一的人）去接受，去承担，去了结"。② 换言之，垂死者能以澄明透彻的"垂死之眼"审视人们"在此（世）所做的一切"都有一种戏子式的"虚假"，而无生存的本真性。此外，儿童与垂死者一样能做到思行一致的本真③：

> 哦，童年的时光，那时的人物身后
> 65　不只是过去，我们的前方
> 不是未来。我们固然在生长，
> 有时候急于快快长大，
> 一半是为了取悦成人，除了大，
> 他们别无所有。可是我们，
> 70　在我们独行期间，陶醉于恒常，
> 我们处在世界与玩具的空隙，
> 处在某个位置，从一开始，

---

① Simone Weil, *Gravity and Grace*, translated by Emma Crawford & Mario von der Ruhr, London & New York, Routledge, 2002, p. 37.
② 李永平编选：《里尔克精选集》，北京燕山出版社2005年版，第683页。对垂死状态的描述以托尔斯泰的中篇小说《伊凡·伊里奇之死》最为精彩，里尔克曾在一封给友人的信中激赏这部小说"纯粹、沉静和伟大"。该小说的中译文参见［俄］托尔斯泰《托尔斯泰中短篇小说选》，吴育群、单继达译，花城出版社1983年版，第197—261页。
③ 这是对第34行"棕色斜眼的男童"的补充。

它已为一个纯粹的事件而奠定。

儿童眼里的时间"不只是过去，我们的前方/不是未来"，即时间还未被人为割裂，儿童自然而然地在时间湍流中"生长"着，他们不会为了将来的某种不确定期许而忽略当下的每一体验瞬间的确定性——即使儿童"有时候急于快快长大"也是"为了取悦成人"①。总之，因为"儿童"不具有独立的自我意识与时间意识，所以他们反倒能全身心浸入当下情景中——而成人因为大而生存会总感觉时间流逝，儿童因为此刻生存却居于永恒：

可是我们，
70　在我们独行期间，陶醉于恒常，
我们处在世界与玩具的空隙，

在里尔克看来，儿童这一刻（现在）还异常珍视的玩具，下一刻却能弃之如敝屣。②换言之，儿童能自然而然地进入（"要求变化"和时间有内容的）感性冲动与（要求废弃时间，不求变化的）形式冲动相结合的游戏冲动状态中：

童年时伟大的正直与深切的爱的王国，在孩子手中，一切都平等无二。小孩子玩弄一枚金质胸针或一朵白色的野花，当他累了的时候，他会不经意地把这两样东西都丢在地上，并且忘掉，在他的欢愉的照耀下，这两样东西是怎样闪闪发光，在他看来没什么不同。他没有损失的恐惧。世界对于他尚是个美丽的碗，里面的东西什么也掉不了。而且他觉得一切都是他的，他所见、所感、所想、所听到的都是他的财富。③

---

① 那些时刻只会为了追逐未来（大）的人，除了终日奔波不停的繁忙外，便再无其他（"别无所有"）。
② 并且我们这些只知道"大"的成人也常会以未来的种种期许来诱骗儿童放弃当下的投入。
③ ［奥］里尔克：《永不枯竭的话题：里尔克艺术随笔集》，史行果译，东方出版社2002年版，第87—88页。

唯有在此种状态中，人类方能"在时间中扬弃时间，使演变与绝对存在、变与不变合而为一"①。换言之，只有当人游戏的时候，他才是完整的人。儿童"陶醉"于每个当下瞬间的充实体验中，在某种意义上亦可以说他们生活在一种"恒常"中。但儿童终将会长大而挥别玩具世界，走入成人"世界"，因此他们也仅是处在（成人）"世界与（儿童）玩具"世界之间的"某个位置"。显然，童年时光是一段连接玩具世界与成人世界的短暂恒常期，此种恒常虽短却足以为成人提供反思自身的参照，对儿童存在方式的赞颂引出了一系列追问：

四

谁展示一个儿童，一如他之在？
75　谁置他于天体之中，把距离的尺度
交于他手中？谁造就儿童之死，
用变硬的灰色面包，——或让他死
在圆圆的嘴里，如一只美丽的苹果
含着果核？……凶手一目了然。
80　但这样：早在生之前如此柔和地
包含死，整个死，并且毫不介意，
这不可形容。

里尔克反问道，谁能真正领会儿童"存在"的启示性意义呢？仿佛儿童置身于象征存在源域的"天体"中，他们不仅持有度量成人世界的"距离的尺度"，他们不仅可以轻易抛弃自己所挚爱的玩具等物，他们甚至能安然地接受成人眼中最为恐怖的事件——死亡本身，因为"一个必死无疑的儿童就像灰面包必然变硬一样，其过程自然得天衣无缝"②。换言之，儿童从不将死看做是异己之物——能像"美丽的苹果"含着"果核"那样自然而然地接受死。里尔克认为，昔日的人们面对死亡时采纳的就是

---

①　[德] 弗里德里希·席勒：《审美教育书简》，冯至、沈大灿译，上海人民出版社2003年版，第113页。

②　Hans Georg Gadamer, *Literature and Philosophy in Dialogue*: *Essays in German Literary Theory*, translated by Robert H. Paslick, New York: State University of New York Press, 1994, p.163.

第三章　存在何为与思的经验：里尔克晚期诗学思想（上）

与儿童类似的态度，"从前人们知道（或者人们能感觉到）：死亡就藏在人的身体里，就像果核藏在水果里。孩子的身体里藏着一个小小的死，大人的身体里藏着一个大的。女人的死藏在怀里，男人的死藏在胸前。人拥有死亡，这赋予人一种特殊的尊严和一种宁静的骄傲"。①但读者切不可误会里尔克此处是说人们应该爱死亡，诗人的本意乃是：

> 强化对死亡的亲近，而且是出自生命最深的喜乐和荣耀，使死亡重新变得较可认识和较可感觉，死亡绝非陌生者，而是一切生命的缄默的知情者。……人们应该宽怀大量地、没有算计和选择地热爱生命，以至于无意之中，人们经常将死亡（生命背面的一半）一同包括在内，一同爱它——在爱的不可抑止、不可限定的宏大运动中，这种情况每次也实际发生着！只因我们在一种仓促的考虑中排除了死亡，它才日益变成了陌生物，既然我们一直把它当成陌生物，它就成了一个敌对物。②

在里尔克看来，早夭的儿童面对死亡时，脸上始终洋溢着一种似乎是已然进入了游戏之境的优雅与从容，人类应该在他们身上领悟到"生"中包含着"死"——这种寓于"生"中的"死"是如此的"不可形容"。最终，诗人借由言说早夭儿童的垂死状态，给出了一种向死而生的本真的存在方式。

五　被抛的此在——哀歌之五

里尔克在第四首哀歌中，已然从正面言述了何谓向死而生的本真存在观，他在本首哀歌中则从反面言说人类若是不选择此种生死观，死之主宰对于人类世界究竟会意味着什么。③据考，本首哀歌的题材来源有二：一是里尔克曾在1906—1907年，在巴黎卢森堡公园细致观察过一群江湖艺

---

① 李永平编选：《里尔克精选集》，北京燕山出版社2005年版，第324页。
② ［奥］里尔克：《穆佐书简：里尔克晚期书信集》，林克、袁洪敏译，华夏出版社2012年版，第294、300页。
③ 由第四首哀歌中的木偶形象引出第五首哀歌中的江湖艺人形象可谓顺理成章，因为二者同样承受着被他人任意摆布的命运；本首哀歌中诗人对江湖艺人的叙述遵循由总貌到分状再到总貌的顺序。

人的表演①；二是1915年6—10月诗人寓居赫尔塔·柯尼希夫人家时，曾日夜观看屋中悬挂的西班牙艺术家巴勃罗·毕加索（Pablo Picasso，1881—1973）的真迹《江湖艺人》（*Family of Saltimbanques*，1905）一画，因此本首哀歌才会注明"献给赫尔塔·柯尼希夫人"。可以说，全诗开篇是里尔克现场观看江湖艺人的表演与品味画作的双重体验的重叠显现：

一

1　他们是谁，告诉我，这些江湖艺人，
　　漂泊无依略甚于我们，从早晨起，
　　被一个意志不停折腾，
　　它从不满足，究竟取悦谁？
5　岂止折腾，它扭曲他们，
　　纠缠并挥舞他们，
　　抛出并抓回他们；仿佛他们
　　从油浸而愈加光滑的空气中
　　分娩于被他们永恒的跳跃
10　磨薄的地毯，这张在宇宙之中
　　失落的地毯。
　　像铺上一张膏药，似乎市郊的天空
　　在此触痛大地。
　　刚刚落地，笔直，
　　定住并亮相：生存的大写起首字母……
15　恒动的手柄又已转动他们，
　　最强壮的汉子，以此取乐，
　　像强大的奥古斯特在宴席上

---

① 里尔克曾写下《杂耍艺人》一文来记述观感，中译文见［奥］里尔克《杜伊诺哀歌》，刘皓明译，辽宁教育出版社2005年版，第186—188页。当然，本首哀歌中"江湖艺人"的叠罗汉表演，亦可能受到歌德《威廉·迈斯特的学习时代》的启发，"还有所谓'强壮的赫尔库勒斯'表演——即在最底下一排男演员的肩上站住另一排男演员，这排男演员肩上再扛着些女演员和少年，如此这般最终形成一座有生命的金字塔，塔顶上则倒立着一个小孩子，算是作为装饰的尖头儿或是风信旗什么的"。见［德］歌德《威廉·迈斯特的学习时代》，杨武能译，安徽文艺出版社1999年版，第86页。

转动一只锡盘。

无疑，诗人在第一行诗中的发问不仅是追问自己那与江湖艺人十分相似的漂泊无依的存在境遇，它更是对现代人的日常存在境遇进行追问。现代人每天都像江湖艺人一样从早（幼年）到晚（老年）被一个从不"满足"的巨大"意志不停折腾"地抛来掷去，整日（终生）永无休止地演出（演戏）。人就"好像被不同的手操纵的玩偶"，当他们受"同一只手控制时，他们才被一种共同点驾驭，它迫使他们鞠躬或下蹲"。[①] 如果说江湖艺人是演员，而旁人是看客，那么人类整日的演出"究竟取悦谁"呢？显然，艺人的表演画面乃是对人类被抛掷状态的隐喻。艺人们跳上跳下的熟练技能并非他们心甘情愿地习得，因为他们不过是那个"意志"（上帝或生存意志）所抛来掷去的一个骰子罢了。为了揭示这种处境的被操纵性，诗人采取了被动式语态来叙述江湖艺人的表演过程。[②]

出于对人类被抛状态的关注，诗人对江湖艺人表演过程中的跳起与着陆行为尤为在意：艺人从空中落下的那一瞬间，无疑是他们在表演中最为轻松的短暂时刻，他们如鸟儿一般滑翔于"油浸而愈加光滑的空气中"，落地即完成一次跳跃表演。"分娩"一词挑明"落地"虽是一次表演（受孕）的结束，却又意味着一次新表演的开始（新生命的开始），（怀孕的难忍与）"分娩"的阵痛接下来一定会被提及。艺人落在"被他们永恒的跳跃/磨薄的地毯"上——"这这张在宇宙之中/失落的地毯"，他们触地时（分娩）脚的疼痛被扩大化为"市郊的天空"，也可以说伴随着他们的降落，自己与大地都会被"触痛"，破旧不堪"磨薄的地毯"被喻作能暂缓此痛的"一张膏药"。艺人双脚立于大地之上时虽痛不可言，但却稳固而可靠——着地是那么"笔直"。细而察之，我们会发现毕加索的画作《江湖艺人》中的人物排布形状，竟然是一个大写的字母 D。里尔克敏感地将其还原为起首字母均是 D 的两个德语单词：Dastehn（定位）与Dasein（生存、存在、此在）。由此，他才会将艺人落地称作"定住并亮相：

---

① [奥]里尔克：《永不枯竭的话题：里尔克艺术随笔集》，史行果译，东方出版社 2002 年版，第 76 页。
② 如果将这节诗改写成主动式语态叙述便更能看出此点：他们弯下腰（它扭曲他们），交叉起手臂（纠缠并挥舞他们），猛地跳起并落地（抛出并抓回他们），被动式表达呈现于读者眼前的是一种不可违抗的强力命令。

生存的大写起首字母……"（中译文"定住"一词也有"D"音）。

为了更好地入解本诗，我们先要对《江湖艺人》一画进行构图分析，唯其如此方能显明诗人究竟如何借毕加索之画来切问"存在"（见图一）：

图一 《江湖艺人》

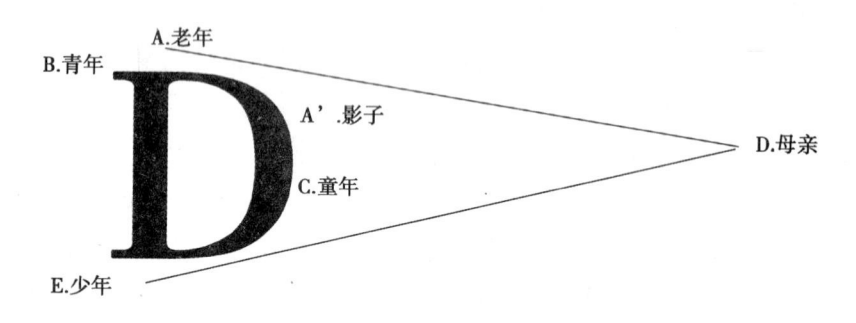

图二

显然，图一采用的是三角形构图，若是依照艺人在本诗中的出场顺序用英文字母 A—E 来排布途中人物就是图二。显然，里尔克并未依照从左到右或从右到左的顺序言说图一中的人物，他自己重构了一个人物的出场顺序。诗人首先选定的是图一中居于中心位置的老人（A），本首哀歌的第一节已然显明江湖艺人的存在是一种被抛状态，因此里尔克会第一个言说那位更切近死的老人（A）。究其本质而言，里尔克在本诗中给出的其实是一个"存在"构图：人物 B，A，A'，C，构成德语中 Dasein（存在）之起首字母 D 的形状（"生存的大写起首字母"，哀：V. 14）。人物 D（母亲）被排除在 D（存在）之外，原因是本首哀歌中的母亲象征着有限的现世存在之外的永恒存在,她在全诗中起一种过渡作用。换言之,诗人对画中人物的追问次序为溯时间湍流而上(逆时间):A(老年)→B(青年)→C(童年)→D(母亲)(生育)→回复到D的最高点B(青年)→E(童年)(少女)。人物的此种出场顺序意味着儿童(不论男童还是少女)在历经青年和老年后,只有一条出路——走入"死亡太太"的怀抱。

江湖艺人为存在的意志之手所抛的宿命,决定了他们的立稳脚跟也只能是一种无根的存在状态,他们暂时的"定住"换来的却是长久的"漂泊无依"。艺人的被抛厄运无疑能使读者对自身那难言的"生存"境遇省思,省略号意味着此种省思延宕着、艺人触地的痛拉长着和对短暂的休息渴望着……艺人在短暂的休息之后,又要开始新一轮的表演;在一轮轮的表演中就连"最强壮的汉子"也难逃被"恒动的手柄""取乐"的宿命。由此,第4行诗中的那个反问"究竟谁取悦谁"便有了答案——就是取悦"生存"意志本身。那个大能的"恒动的手柄"玩弄人类,就像"强大的奥古斯特在宴席上/转动一只锡盘"一样容易。奥古斯特一世(1670—1733)是萨克森选帝侯,他为取悦自己宴会上的宾客,曾用一只手将锡盘捏扁。里尔克想说的是,人类在强大的命运面前就像奥古斯特手里的锡盘一样会被任意玩弄,人类如艺人们一般忍受着生存的艰辛。诗人接下来将以接连的妙喻来再现表演与观看的互动过程:

二

啊,环绕此中心,
20 观看之玫瑰:
绽放复飘零。环绕
此踏夯,此雌蕊——被自己
花期的粉尘射中,孕育出
依旧反感之虚果,这反感
25 从未意识到自己,——它放光,
以最浅薄的表皮微微假笑。

观众围绕着表演的"中心",往来聚散,恰如玫瑰花瓣一样开谢

（"绽放复飘零"），全无存在的确定性。艺人翻来滚去，跳上跳下忙碌不停，落地如"踏夯"一样沉重。诗人将艺人践踏地面飞扬起的尘土喻作"花期的粉尘"——艺人们（雌蕊）如花盛开般的表演，只能笼罩在自己激扬起的尘土（花粉）中。可悲之处在于，这种"花期的粉尘"因未被"射中"（授粉）便不会孕出美丽的果实，结出的只能是日复一日机械重复的表演所累积起的"反感之虚果"。但艺人尽管"反感"这种机械性的表演，却为"生存"所迫而不得不强颜欢笑。他们"以最浅薄的表皮微微假笑"来取悦观众，甚至来不及在内心反思这种无结果的"反感"的虚无（"这反感/从未意识到自己"）。① 里尔克在对艺人进行了全景式呈现后，开始分而述之，先是老者：

三

> 瞧：那个枯萎多皱的力士，
> 他已衰老，只配击鼓，
> 缩进了虚张的皮肤，似乎它从前
> 30　包裹两个男人，一个已躺在
> 教堂的墓地；在鳏居的皮囊里
> 他活过了另一个，
> 这聋子，偶尔有些疯癫。

老者即图一中的人物 A，那个头戴尖帽全身"枯萎多皱"的人。老者曾是一位力大无穷的举重手，可如今的躯体竟已然衰颓瘦瘪到只有原先的一半——似乎他体内应该有"两个男人"存在才能撑起他那因岁月侵蚀而发皱的皮肤，此刻的他已经沦落到只能在表演时为他人应和节奏（击鼓）。无疑，昔日那个身强体壮的有尊严的举重手已然死去而被埋葬于"教堂的墓地"。因此，画面上呈现出的只能是既（身体）聋又（精神）疯的"苟活"在世的"另一个"人。里尔克在"力士"一词前，硬是加上了一个矛盾修饰语"枯萎多皱"来反衬举重手的今日惨状，"击鼓"一

---

① 如果联想到在常人的一生中，亦会如这些艺人一样不时在某些场合"以最浅薄的表皮微微假笑"（皮笑肉不笑），就不得不佩服此处的比喻之妙。

词顺便提及的是图中肩扛巨鼓的人物 A'。他有朝一日虽会成长到 A 年富力强时的样子，但他终将也会衰老成人物 A 的今日模样。可以说，A' 就是人物 A "躺在教堂墓地"中的那个躯体的年轻样子。接下来出场的是图一中的人物 B，他是人物 A 的年轻之貌：

四

　　而那个年青的汉子，
35　酷似莽汉与修女之子：魁梧雄健，
　　满是肌肉和单纯。

这是一个秉承了"莽汉"的"魁梧雄健"的身体与修女的"单纯"克制的精神的"年青的汉子"，从而与身体聋且精神"疯癫"的人物 A 形成了对照。年轻汉子现在是整个艺人团的真正核心，他是图一中"存在（生）与定住"起首字母 D 的真正支撑。里尔克继续逆时间湍流而上，人物 A、B 的幼年时期——童子（少女）出场，在分述之前诗人先要来一次总体抒情式勾画：

五

　　哦，你们，
　　某种痛苦在自己小时候，
　　在它无数漫长的痊愈的某一次，
40　经得到你们，像玩具……

里尔克想象图一中的少年艺人 C 和 E（"你们"）在"小时候"就开始饱尝流浪表演所遭遇的诸种"痛苦"，他们踏上实乃一条不归路。流浪表演的"痛苦"一旦开始，就如某种慢性痼疾般难以根治，艺人们唯有忍受痼疾那"无数漫长的痊愈"期的折磨，而别无他法。需要注意的是，此处的用词是"痛苦""像玩具"一样得到少女们，即少年会被痛苦长久地玩弄——"痛苦"只有将玩具（少年）玩弄得破烂不堪时才会将其丢弃，转而去寻找新的玩具。① 诗人在总言后再次进行特写，先是图一中的人物C，一个"硬着陆的童子"：

六

你，硬着陆的童子，
这种着陆果实最熟悉，尚未成熟，
每天从共同塑造的运动之树
坠落百遍（它比逝水更迅疾，
45　短短几分钟历尽春夏秋）——
坠落并撞击坟墓：
偶尔，在喘息的片刻，你想
露出一张可爱的笑脸，投向你
难得温柔的母亲；可含羞试探的脸
50　旋即失落于你的躯体，被躯体
蚀为平面……那汉子又拍掌，
重跳一次；贴近狂跳不已的心，
有一种痛苦你每次来不及细察，
脚掌的灼痛已抢先于它，自己的起源，
55　肉体的泪水随之夺眶而出。
可是，挡不住
微笑……

诗人将众艺人用身体叠搭成的金字塔比喻成一棵"共同塑造的运动之树"，将处于"运动之树"最顶端的"童子"喻为"尚未成熟"的"着陆果实"。童子每天都要从人树的顶点跳下数次（"坠落百遍"），机械反复的表演使他对表演最为"熟悉"，但是因为童子的生理与技艺均"未成熟"，所以他的表演充满了难测的危险。与果实成熟后的自然着陆不同，童子的每次跳下都是一种被迫行为。童子触及的是覆盖着一块

---

① 反映到画作中就是：痛苦把人物C、E玩弄成人物A、B，再去玩弄人物C、E的后代，永无止息。

"磨薄的地毯"、坚硬无比的地面——"童子"的降落真的是一次又一次的硬着陆。

诗人之所以说童子的快速降落"比逝水更迅疾",乃因他仿佛一颗从人树的顶端落地的果实。无疑,艺人的表演在"短短几分钟"内仿佛早已"历尽"春之萌芽(人树开始),夏之繁茂(人树形成)与秋之沉静(人树拆散)——童子沉静地降落。需要追问的是,里尔克在此处为何说这种跳跃"历尽春夏秋",而非"历尽春夏秋冬",①而我们在阅读时,语感却总会迫使我们在"春夏秋"后默念出人生的必然归宿——"冬"(死)。面对这一疑问,里尔克会说"少安毋躁",因为他会在接下来的诗行中回答我们的问题:少年"坠落并撞击坟墓",他每次着陆仿佛都是对死亡之门的一次敲撞。童子只能在"喘息的片刻"向在图一中置身"存在"之外的母亲(人物D)露出那张可爱的笑脸,然而母亲的心已全然为生活的艰辛坚硬化而再"难得温柔"——你看,她麻木不仁地疏离于"存在"。童子"含羞试探的脸"被身体的精疲力竭("旋即失落于你的躯体")和母亲的麻木表情击回后,最终被"蚀为"毫无表情的平面。令人触目惊心的是,对于童子来说这种看似冷酷不堪的母子情也只能是一种片刻的奢侈之物,因为人物B——那汉子又"拍手掌"示意新一轮表演开始了("重跳一次")。总之,童子虽处在反反复复的肉体表演的摧残中,但精神上都无暇"细察"和回味这种痛苦。因此,就其本质而言童子的脚掌因硬着陆而产生的灼痛,在少年意识的痛苦之先就存在。此种精神上来不及"细察"、全然为肉体牢牢控制的"灼痛"撕咬着少年因剧烈运动而"狂跳不已的心",少年的肉体尚保有拒斥疼痛的本能——他的眼睛应激反应式地流出了泪("肉体的泪水")。但"肉体的泪水随之夺眶而出",也终究"撑不住/微笑……"少年在进行了一次成功的表演后,他不仅有"肉体的泪水",还有"脚掌的灼痛"和"狂跳不已的心"。因为表演成功了,少年想到自己将免于挨骂,自己脸上流露出一种天真无邪的内在"微笑"——一种泪水中孕育的坚韧的微笑,这种微笑让诗人忍不住向天使呼告:

---

① 显然,不是因为毕加索的原画上只呈现出了人存在的三种状态——童年(春)、青年(夏)、老年(秋),而无死亡(冬)。

七

　　天使！哦，收获它，采撷它，小花的药草。
　　造一个花瓶，珍藏它！将其归入
60　那些尚未向我们公开的欢乐；
　　在迷人的骨灰坛里
　　誉之以遒劲的花体标记："舞者之微笑"。

　　诗人将童子的含泪微笑喻作"小花的药草"——药草本身虽苦涩不堪（如儿童的眼泪），但药草开出的花却如童子微笑一般香甜迷人，因为"小花的药草"（童子单纯的微笑）能医治心灵的深切苦痛。童子的微笑就像第三首哀歌中"嫩绿的心"（Ⅲ.55—56）一样是"磨薄的地毯"上仅存的希望。面对此种罕有的希望，诗人企盼大能天使能"造一个花瓶"，来"收获"珍藏"小花的药草"于"花瓶"里，最终将这种微笑归入那些会带给人类以希望的"尚未向我们公开的欢乐"中。就像药店里会为药品标名一样，诗人想在这个"迷人的（骨灰）坛"上，用"遒劲的花体"标示上"舞者之微笑"。无疑，长自死亡的微笑是足以让人自豪地用"遒劲的花体"大书特书的，但天使真的会听到诗人的呼告而去行事吗？诗人在疑问中边等待边推出图一中的人物E——"迷人的少女"：

八

　　还有你，迷人的少女，
　　你竟被最撩人的欢乐
65　默默忽略。你身上的饰缨
　　也许为你而感到幸福，
　　或光滑的绿缎
　　贴着柔嫩而丰满的乳房，
　　感觉无限娇宠，一无所失。
70　你，集市的镇定果实，一再别样地放上
　　一切摇晃的平衡天平，
　　公然扶于腋下。

无疑，每一位少女都应在豆蔻年华对未来满怀无限憧憬，因为那本应是一段不识愁滋味的梦幻时光，但卖艺少女却被这种普通少女都应享受的"最撩人的欢乐／默默忽略"了——她那天真无邪的身体（"柔嫩而丰满的乳房"）被缠绕上卖艺人的"饰缨"和"绿缎"。此处诗人说少女"也许"是"一无所失"以及说她"处于无限娇宠"中，分别以犹疑的语气和反面表达来凸显少女的处境之悲惨。你看，诗人将少女被置放于其他艺人晃动的"肩上"喻作"集市的镇定果实，一再别样地放上／一切摇晃的平衡天平"上，少女就像集市里那些无生命的果实一样木然（镇定）地被放于天平上。就像天平上的果实无权选择自己出售与否一样，少女自己亦无选择表演与否的权利，她只有在大人的强力下顺从的权利。卖艺人一一出场后再次是全景式抒情：

九

何处，哦，何处是那个地方（我承担于心中）：
75　那里，他们从前还久久无能，
　　还相互脱落，像交配而不太匹配的
　　牲畜；——
　　那里重量还沉重；
　　那里，他们的棍子
80　　徒劳搅动，碟子
　　还摇摇欲坠……

诗人从眼前的艺人表演，追忆他们尚未习得熟练技艺前的那与常人生活了无差别的岁月。那时的艺人因动作生疏尚不能互相配合，他们就像未觅得与自己真正"匹配"的牲畜一样，时常显出"久久无能"脱落。在"那里"，重量还"沉重"得举不起，艺人还不会用棍子熟练地搅动"碟子"（省略号略去诸如此类的场景）。无疑，这种早已不知处于时间之流的"何处"的昔日，只能是艺人"承担于心中"的永恒乡愁，此刻的艺人已被抛入生存的操心中——操劳于他物和操持于他人，而等待艺人的唯余曲终人散后的虚无：

十

> 可突然在此艰难的无处之中，突然
> 不可言喻的位置——纯粹的太少
> 在此不可思议地转化，转入
> 85 那种空无的太多。
> 多位数的演算在此
> 化解为零。

表演结束后，人聚人散的热闹场面亦随之消失，突然沉寂为"艰难的无处"——"观看之玫瑰/绽放复飘零"，上节诗中的"何处"不可思议地转化为"空无的太多"。在习得熟练的演技前，艺人们尚未为工作所异化、尚未沦为机械重复表演的奴隶——艺人们虽缺少演技却是在为自己而存在，所以他们处于一种幸福的"纯粹的太少"的境遇；而当艺人们熟练地掌握了"太多"的演技时，却因沦为表演的奴隶而失却了自由，故得到的只能是一种"空无"。进而言之，置身异化状态之中的艺人们看似每日都有收获（"多位数的演算"），实则过的是一种遗忘了存在的、非本真的虚无生活（"化解为零"）。显然，本首哀歌中江湖艺人的异化生活，隐喻的是丧失了自由的现代人的基本存在境遇。诗人唯恐读者还不能明了此一真谛，便引入了能让人充满恐惧与战栗的"死"，以期读者能对自身的非本真存在状态有所"思"——"死亡太太"以制帽女工身份出场了：

十一

> 场所，哦，巴黎的场所，无限的观看场所，
> 在那里，制帽女工，死亡太太，
> 90 卷绕并编织无休止的尘世之路，
> 无尽头的带子，以此发明
> 新的飘带，褶裥，花饰，帽徽，仿造的果实——
> 全染得不真实，——旨在
> 廉价的命运冬帽。
> 95 ……

无疑，本节诗中的无处不在的"死"源自里尔克的巴黎生活经验（详见本书第二章）。你看，在熙来攘往的巴黎广场上，死亡太太仿佛古希腊神话中的命运女神一般以无休止的"尘世之路"为"无尽头的带子"任意"卷绕"并编织着人们的命运。显然，广场上悲欢离合的众生相，不过是江湖艺人受存在"意志"支配而无休止表演的抽象化。死亡太太的现身使一切庸常观念中的确定性都显得"不真实"——当命运冬帽戴到头上时（死亡降临），谁能宣称自己还"存在"着呢？一个省略号显明了死亡降临后的难以名状感。面对死之虚无的诗人，再次（第七节中曾呼唤过天使）想起了能沟通存在源域的天使：

十二

天使！或许有一个场所，我们不知道，在彼处，
在不可言喻的飞毯上，一对恋人正展示
他们在此间从未达到的技能，
惊险高超的心震造型，
100　快感凝结的钟塔，
早已单凭彼此相倚的梯架——
绝无立足之地，颤栗着，——他们能，
面对周围的观众，无数无声的死者：
死者随后会不会抛出自己最后的，
105　一直节省的，直保藏的，永不失效的，
我们不认识的幸福金币，抛向
满足的飞毯上终于真正微笑的
恋人？

里尔克构想出了一个能超越世俗空间和能永恒地向死过渡的场所——"死界"。在死界中，死是束手无策的，它只在生界有效，所以"死亡太太"也对它毫无办法。换言之，死界也就是一个不再有死之终结的永恒界，而真正能抵达死界（"彼处"）舞台的是为诗人所钟爱的恋人与死者。在死界的舞台上，舞者与观众彼此会以欢悦的真心相待，表演也不会再像江湖艺人的表演那样"绽放复飘零"；舞台也由流浪艺人的"磨薄的地

毯"，变成了一块不可言喻的飞毯。飞毯上的恋人们也不必如艺人那样为"生存"而机械重复地表演，他们全凭"快感"随心所欲就能凝结成不同于艺人们的痛苦运动之树的"钟塔"，他们展示出的是"在此间从未达到的技能"。这种无"立足之地""惊险高超"得足以令作为观众的"死者"都身心震撼的造型，也毫无"硬着陆的童子"的灼痛不堪——因为在"彼处"恋人们"彼此相倚"地真正融为了一体。在死界的表演中，周围的观众也换成了从有形转化入无形、迈进永恒存在之境的"无数无声的死者们"。死者们向恋人们抛出的也不再是散发着铜臭味的肮脏钱币，而是"一直节省的，一直保藏的，永不失效的，/我们不认识的幸福金币"。最终，表演者发出也不再是流浪艺人们"以最浅薄的表皮微微假笑"，而是一种"真正的微笑"，这种微笑比童子那"舞者之微笑"更（满足的飞毯上）纯净自足，因为它是一种领悟到生死齐一的由衷的诗意之笑。

第四章

存在何为与思的经验：里尔克晚期诗学思想（下）

第三节 隐喻的天使与奥尔弗斯的歌唱："思诗"中的存在之思（二）

一 本真性的存在——哀歌之六

里尔克在本首哀歌中，将以能置生死于度外的英雄形象进一步探究何谓生死齐一的存在境遇。英雄身上展现着一种能自我抉择与筹划自身存在的激情，英雄这种充溢着激情的此在之现身，驱散了前五首哀歌中那挥之不出的焦虑，最终迎来了本首哀歌开篇中无花果树的芬芳①：

一

1　无花果树，从何时起我觉得这意味深长：
你几乎完全超越了花期，
不曾炫耀，把你纯粹的秘密
逐入早早决断的果实。
5　就像喷泉的喷管，你弯曲的枝条

---

① 无花果树在《圣经》中曾一再被提及，如耶稣就曾用无花果树的比喻来教导信徒们应该不慕虚华、刻苦忍耐，静候神的降临，"你们可以从无花果树学个比方；当树枝发嫩长叶的时候，你们就知道夏天近了"。（《圣经·马太福音》和合本 24：32）

驱使汁液向下再向上：它自沉睡涌出，
几乎尚未苏醒，涌入最甜蜜的结果之幸福。
瞧：就像宙斯化身天鹅。
……我们却留连不舍，
10　啊，我们炫耀花枝，直到泄露无遗，
才滑入有限的果实那延迟的内核。
谁如此强烈地渴望行动，寥寥无几，
他们蓄势待发，充盈的心炽烈燃烧，
当花期的诱惑像柔和的夜风
15　轻抚他们的眼睑，嘴的青春：
或许英雄如此，和那些注定早逝者，
死像园丁别样地弯曲他们的血脉，
他们奔涌而去：领先自己的微笑，
就像线条柔和的凯尔奈克浮雕上
20　驾辕的骏马领先凯旋的国王。

人与植物（无花果树）的对照再次映入读者的视野，所谓"几乎完全超越了花期"，是说无花果树不经过花期，就能直接结出累累硕果。显然，无花果树不以姹紫嫣红的绚烂花朵来招蜂引蝶、争奇斗艳和博取众人的赏玩赞叹，而是将全部的力量都直接孕育在果实中：

不曾炫耀，把你纯粹的秘密
逐入早早决断的果实。

在无花果树那先向下降、再向上升的如喷水管一样弯曲的"枝条"中，流淌着来自丰沃的大地深处的营养汁液。无花果树拥有强大的决断意志（"早早决断"），它"驱使"着汁液流淌，可以说其整个生长和结果过程完全在其自身得掌控之下。诗人将无花果树这种能掌握自身"存在"的幸福感，比喻为"宙斯化身天鹅"：

驱使汁液向下再向上：它自沉睡涌出，
几乎尚未苏醒，涌入最甜蜜的结果之幸福。

第四章　存在何为与思的经验：里尔克晚期诗学思想（下）　　129

　　古希腊神话中的天神宙斯，因看上了美女丽达（Leda）而化身作了一只天鹅去接近她，二者最终成就了好事，里尔克曾专门写就《丽达》一诗来描述此事。① 诗人认为，现代人缺少的正是无花果树这种内在隐忍与筹划决断的品质——他们不是爱慕虚荣为讨得他人的赞誉而"炫耀花枝"，就是迟迟不愿投入果实（死）之中，直到自己的优势已消耗殆尽，"才滑入有限的果实那延迟的内核"。换言之，现代人的存在方式并非全然属己的存在，只是一种陶醉于沦为他人饶舌闲谈之资的存在，更不是一种向死而生的存在。因此，与无花果树"早早决断"能结出"甜蜜的结果"相比，现代人"留连不舍"的"延迟"只能结出"有限的果实"。②

　　诗人认为，人类中最具有无花果那种独特品质的群体是英雄，因为英雄只为永恒的存在（不朽）所吸引，所以他们"强烈地渴望行动"的时刻"蓄势待发"，以至"充盈的心炽烈燃烧"着。一句话，英雄因为没有过度的自我意识，而能以一种时不我待的紧迫感直接行动——他们不是"思想的巨人和行动的矮子"。③ 英雄赋予了自身那短暂的一生以最可能大的生命强度，即他们全力筹划了自己的存在。因此，即使有外界的诱惑（"当花期的诱惑像柔和的夜风／轻抚他们的眼睑"）与死亡的威胁（死像园丁弯曲枝条一样"别样地弯曲他们的血管"），但真正的英雄从来都是争先恐后地奔涌向自己的结果（死），因为他们清楚地看到了"孕含在一切牺牲之中的受苦，也清楚地看到了孕含在一切牺牲之中的价值"。④ 这种向死而生的决断性生存"就像线条柔和的凯尔奈克浮雕上／驾辕的骏马

---

　　① "宙斯充溢着渴慕化身天鹅，／因她美得令人心醉神愕；／宙斯原只想将她诱骗／却不想真地坠入爱河。／虽然宙斯对此奇法，／满以为胜算在握，／却未想她早已认出，／神是天鹅，化身只为与己好合／丽达虽抗拒却犹疑、迷惘，／他缓缓游近，将颈项依偎／在她松软的手掌／他将头枕向挚爱的丽达／顿觉浑身羽毛妙不可言，／直到在她子宫里化作真正的天鹅。" 译自 Nina Kossman ed. *Gods and Mortals：Modern Poems on Classical Myths*, Oxford：Oxford University Press, 2001, p. 16.
　　② 无花果树是意志强大的"逐入"，而"人类"只能衰弱的"滑入"，因为人类"炫耀花枝"的行为会造成与自然的不和谐状态，如第 4 首哀歌中，"我们已经落伍"。
　　③ Leeder, Karen, & Vilain, Robert, ed. *The Cambridge Companion to Rilke*, Cambridge：Cambridge University Press, 2010, p. 85.
　　④ 刘小枫选编：《舍勒选集》，上海三联书店 1999 年版，第 649 页。

领先凯旋的国王"[①]陶醉于自己的决断与结果之中("他们奔涌而去：领先自己的微笑")一样。诗人在此处，说英雄是"领先凯旋国王"的"驾辕的骏马"而非国王本身，乃因骏马虽以自己决断奔驰之力引导国王取得胜利果实，却全无获胜的国王的那种扬扬得意，这方是英雄应有之胸襟：

二

是的，英雄酷似年青的死者。
他不为勾留所惑。他的崛起是存在；
他始终鞭策自己，跨入变幻的星座，
那里危机四伏，知他者寥寥无几。
25　但突然激奋的命运，对我们阴沉缄默，
却把他咏入他那喧腾宇宙的风暴。
我从未听说谁像他。他模糊的声音
霎时穿透我，挟卷汹涌的气流。

英雄非但不会为诸种"勾留所惑"，而且通常而言英雄的肉体生命也不会延续至衰弱而寿终正寝，因为英雄的唯一存在方式就是永无止息地"始终鞭策自己"（"他的崛起是存在"），直至踏入为众人所仰望的"危机四伏"的"变换的星座"群，居住在为人类所瞻仰膜拜的神秘"变幻"之中。英雄的现身甚至能使一向对常人"阴沉缄默"的命运本身"激奋"

[①] 凯尔奈克是埃及尼罗河东岸底比斯北半部的神庙遗址，里尔克曾于1911年年初的北非之旅时醉心于凯尔奈克的庙宇遗址和反映了古埃及艺术风格的浮雕，详情被记录在诗人从卢克苏尔写给妻子的一封信中，"我们停靠在东（阿拉伯）岸，岸上是卢克苏尔神庙和它呈绽开莲花状的柱子排成的高大柱廊。再走半个小时光景就是凯尔奈克那不可思议的神庙世界，我第一夜就来过，昨晚又在圆月初亏的清辉中朝着它看啊，看啊，看啊——我的上帝，人们聚精会神，眼睛里充满了皈依神祇的意愿，看着它——然而它开始超越他们的视线，每一部分都在超越他们的视线远去（只有一位上帝才能将这一切尽收眼底吧）。这里有一根盅形柱，劫后余生的一根盅形柱独自屹立着，粗得抱不合拢，它就这么屹立着，超越了人们的生活，只有在夜幕中人们才能以某种方式把握它，在星光中理解它，在它和夜空中荧荧繁星溶成的整体中，一秒一秒的时间现出了人性，成了人类的经历体验。你想，在那一边，在这两条尼罗河支流和肥沃大地的两边，沙漠的刺目反光辉映下的利比亚群山高高地向这边探过头来。今天，我们纵马穿越雄伟的山谷，这山谷里安息的历代帝王每人身上都压着一座沉重的大山，山顶的太阳竭力往下按着，好像大山独自还按不住下面的帝王似的"。见［德］霍尔特胡森《里尔克》，魏育青译，生活·读书·新知三联书店1988年版，第178—179页。

起来，最终命运也开始对着英雄高唱能"喧腾宇宙"的风暴翻滚的赞歌；但英雄却全然未被赞歌弄得无所适从，因为他们始终如无花果树一般隐忍行事。简言之，英雄身上所展露的存在决断力和忍耐力可谓撼人心魄（"模糊的声音/霎时穿透我，挟卷汹涌的气流"），这让诗人不由得追忆起自己幼年时对英雄满是憧憬的情状：

三

  于是，我多想屏住我的渴望：我倘是，
30 哦，我倘是一个童子，还渴望走这条路，
  靠着未来的胳臂，坐读参孙的故事，
  他母亲原不怀胎，尔后分娩一切。

诗人将自己幼年时渴望成为英雄的情状再现于诗句：他枕着自己的手臂，坐着，读着英雄的种种传奇，梦想有朝一日会成为一位大能的英雄。"未来的胳臂"指童子那有望成长为参孙那种蕴含神力的臂膀。据《圣经》载，参孙的"母亲原不怀胎"，却能因神迹而分娩出膂力过人的参孙（"尔后分娩一切"）[①]，于是诗人反问道：

四

  在你的腹中，哦，母亲，他不已是英雄？
  不是在那里，在腹中，他开始称雄的选择？
35 成千上万在子宫酝酿，意欲成为他，
  可是瞧：他抓住并放过——
  他选择，他能。
  若他撞毁巨柱，那就是他崩出
  你肉体的世界，进入更亲密的世界，

[①] 参孙的母亲之前"不怀孕，不生育"，后来耶和华的使者向她显示并对她说"向来你不怀孕，不生育，如今你必怀孕生一个儿子"，"不可用剃头刀剃他的头，因为这孩子一出胎就归神作拿细耳人"，"他必起首拯救以色列人脱离非利士人的手"。后来参孙果然力大无穷，"他虽手无器械，却将狮子撕裂，如同撕裂山羊羔一样"。（《圣经·士师记》和合本13：1—5，14：6）

> 40　在此继续选择，他能。哦，英雄的母亲，
> 　　哦，滔滔激流的源头！你们峡谷，
> 　　少女们已从心的峭壁纵身坠入，
> 　　兀自哀怨，未来儿子的祭品。
> 　　因为英雄奔流而去，穿越爱的羁留，
> 45　一次又一次，为他的心跳把他托出浪尖，
> 　　他已转身，在微笑的尽头，——焕然一新。

显然，参孙的神力在其母腹中就已被确定了①，因此诗人说参孙在被孕育初期就开始了其称雄之路。你看，这个最终成为参孙的精子，在子宫中就曾在与"成千上万"精子的争斗中取得了胜利（"可是瞧：他抓住并放过——/他选择，他能。"），这是对蕴含强力决断意志的受精过程的简洁概述——它选择抓住"卵子"，"能"做自己之主宰（早早决断）。最终，参孙"撞毁巨柱"②而升格为英雄却从未真正消亡，因为他只是由母亲的"肉体的世界"跃入了永恒的死之世界（"更亲密的世界"）。总之，英雄不会因死去而变得羸弱，其强大的决断意志甚至能使其在死界亦能保持"继续选择"的机会。

最终，诗人的赞颂由英雄转向了孕育英雄的"母亲"——她们是英雄（"滔滔激流"）的真正源头和英雄奔淌的"峡谷"③。不为俗世之情所勾留的英雄，只能将少女献出的爱欲当作一种小憩，因此少女们只是英雄（"未来儿子"）成就自身过程中的一种牺牲式"祭品"。换言之，作为"世界精神之代理人"的英雄"立定了志向来满足他们自己，而不是满足别人"，④ 明晓此理的少女们也甘心情愿坠入到成就英雄的洪流之中（"少女们已从心的峭壁纵身"）。

总之，英雄的降生就是为了永不停歇（"一次又一次"）地超越自身，不停地穿越尘世之"爱的羁留"，径直微笑着朝向死亡（"微笑的尽头"），尔后在死界中实现"焕然一新"的复活——英雄使我们见识了何谓人之

---

① 此处有第3首哀歌中的生理决定论观点的影子。
② 非利士人抓住参孙后，迫使他在两根柱子中间戏耍以资取乐，参孙于是一手抱住一根柱子，"尽力屈身"使房屋倒塌，压死非利士人首领和房内的众人。结果，"参孙死时所杀的人，比活着所杀的还要多"。（《旧约·士师记》16：23—31）
③ 无疑，峡谷是子宫的隐喻。
④ ［德］黑格尔：《历史哲学》，王造时译，上海书店出版社2001年版，第30页。

"能在"。①

二　此在的尊严——哀歌之七

在第六哀歌中，里尔克希望人们效法英雄的存在，来筹划一种能超越此间的生存方式，但若想超越此间就首需了解此间生命的一般状态。因此，本首哀歌以此间动物的声声"求爱"开篇：

一

1　不再是求爱，不是求爱，成熟的声音
　　应是你呼唤的本性；纵然你呼唤
　　纯净入云雀，当上升的季节托举它时，
　　几乎忘却，它是一只可怜的小鸟，不只是
5　一颗单一的心——被季节抛入晴空，
　　抛入内向的天堂。你大概像它一样求爱，
　　毫无逊色——，乃至冥冥之中，沉寂的女友
　　或已获悉你，一个响应在心中慢慢苏醒，
　　因倾听而温暖，——你狂放，她炽热。

无疑，诗人是在用动物的求爱行为来比拟人类的爱欲行为。如前所述，整部哀歌中的求爱有两种，一是企图将对方（恋人）据为己有的爱欲，二是求得永恒存在之爱。②显然，此处的求爱乃第二种，它朝向的是存在源域，故"成熟"一词指的是"求爱者"已然能把握并筹划自身存在的成熟状态。作为对照，诗人先端呈出一个当"不成熟的声音"成为"呼唤的本性"的情景：第一种求爱方式的"呼唤"之声尽管能"纯净如云雀"，但在春天生气蒸腾氤氲的"托举"下（"上升的季节"），因满怀一颗尚有欲念困扰的心而非一颗单一纯净的心，仍会沦入被抛的命运——

---

① 无疑，从庸常观念来看，英雄的命运并不幸福，他们"并没有得到安逸的享受，他们的整个人生是辛劳和困苦，他们整个的本性只是他们的热情。当他们的目的达到以后，他们便凋谢零落，就像脱却果实的空壳一样"。见［德］黑格尔《历史哲学》，王造时译，上海书店出版社2001年版，第31页。

② 如第1首哀歌开头。

或是被季节抛入万里无云的晴空中，或是被抛入内心体验的天堂中。"几乎忘却"一词提醒读者即使"纯净如云雀"般的声音仍不是本真的声音，人若只是像鸟儿那般迫切地求爱，结果只能是把彼此

> 抛入内向的天堂。你大概像它一样求爱，
> 毫无逊色——，乃至冥冥之中，沉寂的女友
> 或已获悉你，一个响应在心中慢慢苏醒，

因为这种呼唤中富含有爱欲，所以早已"沉寂的女友"会在静默中聆听并感应到呼唤（"已获悉你"），且会以爱之回声作出答复（"一个响应在心中慢慢苏醒"）。简言之，恋人们因对彼此呼唤的"倾听"而陷入温暖的爱情中——双方忘情地投入（"你狂放，她炽热"）。由此，对温暖爱情的呼唤自然引入对（"上升的季节"）春天的感叹：

二

> 10　哦，春天大概知晓——，此刻无处不承载
> 报道的音讯。那最初短促的试啼，
> 与幽静相衬托，揳入一个纯净的白日，
> 一个首肯的白日那无边的沉默。
> 尔后向上的梯阶，向上的音阶，
> 15　升向梦想的未来圣殿——；尔后颤音，
> 喷泉——为匆匆的水柱预定了跌落，
> 在允诺的游戏之中……届临夏天。
> 不只是每个夏天的早晨——，不只是
> 早晨怎样化入白日，因开端而灿烂。
> 20　不只是温柔的白日，掩映鲜花，
> 掩映高处多姿的树木，葳蕤强盛。
> 不只是这些释放的力量那种虔敬，
> 不只是道路，不只是黄昏的草原，
> 不只是傍晚阵雨后兀自呼吸的清新，
> 25　不只是临近的沉睡和一种预感，在晚间……

而是黑夜！而是夏天高深的黑夜，

而是星星，大地的星星。

哦，一旦死去，他们无限知悉，

所有的星星：因他们何等何等遗忘！

　　四季发端的春日，时刻回荡着群鸟合唱，视觉上难以言说的春色渐浓的情景被诗人以"声音"（听觉）的由弱渐强来把捉，尔后他会还以图像（视觉）来展示夏日何其盛大，无疑这两处采纳的是通感修辞。妙不可言的声音画面如是展开：先是不确定春日已至，敏感的鸟儿偶尔在"幽静""纯净的白日"里发出略带迟疑的嘤嘤"试（探）啼（叫）"，从而打破那"无边的沉默"。尽管啼叫声稀，但因鸟儿得到了春日已临的"首肯"，所以它们的试啼声在春色日浓中还是会得到原本沉默的大多数群鸟的响应。这种从四面八方传来的越啼越盛的鸟鸣被诗人比作"向上的梯阶，向上的音阶"，啼叫之声最终通向顶点——"梦想的未来圣殿"。鸟啼达到春日顶点后，便换成盛大的夏日所带出的震撼人心的惊喜声，可物极必反，啼叫的顶峰后必是降落。由弱至强达到极点后的降落过程被诗人喻作"喷泉行为"——喷泉开始渐渐升高时，就已知晓喷射到最高点后要承受降落的命运（"预定了跌落"）。[①] 透明而柔锐的鸟鸣声，弥散八方而包孕一切又散放一切，它能将人引入生命的中心并消弭内心与外在的界限，"一阵鸟鸣，在他内部与他外部均衡俱在；并不是击破他身躯的什么障碍，而是将'里'与'外'汇聚成不可分的空间"[②]。诗人看到群鸟置身于四季轮换这早已"允诺的游戏"中竟全无悲观之感，所以他要在这个顶点沉浸片刻：

　　　不只是每个夏天的早晨——，不只是

[①] 此处展示的难道仅是春色渐浓的自然景象吗？鸟鸣声与第一节的"求爱"声之间有无内在逻辑关联呢？无疑，春日的壮大过程就其本质而言乃是对人类相爱过程的隐喻："最初短促的试啼"（恋人双方初次见面时先是试探性的搭话）；"幽静"的"天边的沉默"（试探后羞涩低头不语）；首肯的白日（沉默并不会长久，因为已经得到了对方肯定性的回应）；尔后向上的梯阶，向上的音阶（由初恋到热恋的升温过程）；"升向梦想的未来圣殿"（抵达爱之顶峰）。又，笔者在阅读本首哀歌的10—25行诗时，耳畔总是回荡着奥地利作曲家古斯塔夫·马勒（Gustav Mahler，1860—1911）第一交响曲的第一乐章，想必是通感状态吧。

[②] [法] 程抱一：《与友人谈里尔克》，人民文学出版社2012年版，第7页。

> 早晨怎样化入白日，因开端而灿烂。
> ……

　　整个大地都在挥别春天，以便走入盛大而饱满的夏日。从生命力的涌动强度来看，夏日无疑是四时中最为壮丽的季节，因此诗人不仅要以12行闪现的景象撞击读者的视界，而且还以七个"不只是"来表明任何言说都难以道出夏日之盛大的万一。你看，夏日的盛茂从早到晚一一被呈现：旭日喷薄而出（"早晨怎样化入白日"）后，是白日的万物繁茂充实（"不只是温柔的白日，掩映鲜花，/掩映高处多姿的树木，葳蕤强盛"），蓬勃竞秀的万物中涌动着生命的强力意志（"不只是这些释放的力量那种虔敬"）。并且时间步入"黄昏"（"道路"的深远，草原的阔大）后，夏夜带给人的满足不是因一日已尽的疲惫不堪所诱发的沉睡——因"傍晚阵雨"净洗了大地与天空，所以夏夜的降临才是一天的真正开始，可以说与万物可见的白日相比，深邃而不可见的无形黑夜更显诱人，而夏日极点乃是夏夜星空①：

> 而是黑夜！而是夏天高深的黑夜，
> 而是星星，大地的星星。

　　神秘无限的星空让诗人联想到同样神秘无限的死亡，在这种无言的大美中，人即使死去（进入虚无之中）亦不会忘却这种能令人身心不存的

---

① 里尔克曾如是记载过夜与孤独的关系，"我满心感到，那些寂寞者的生命是从黑夜深处影响着我的最巨大的力量之一。他们找到我，改变了我，在我心中，有极其光亮的所在，它们静静地卧在由他们身上焕发出的光芒之中。我相信，再没有什么共性和任何感动比这更贴近人心，但我又想，这些年轻的寂寞者虽只是悲伤地立在窗前，却从黑夜未知的深处如此将光芒照在我身上，使温暖涌入我心中，那么那些快乐的、精神活跃的寂寞者对我的生命又具有何种威力呢？在我看来，相对他们对我的影响而言，那些寂寞者是生是死已无关重要。我们难道不知道寂寞者的命运与众人被时代所控的命运是所向各异的吗？它不会笨重地倒回过往中去，它没有尽头，疲倦也未跟随在它身后。寂寞者的所作所为，甚至包括他的微笑、梦想与最细微的姿态都像睡了觉的人一样起身走进未来，没有尽头。难道人们真的忘了，寂寞者的气息正包围着我们，他们血流的声音像近处的大海一样填满我们的寂静，他们的艰难时刻是我们最黑的黑夜里的日月星辰图"。"有关寂寞者的短片"，［奥］里尔克：《永不枯竭的话题：里尔克艺术随笔集》，史行果译，东方出版社2002年版，第308—309页。

幸福记忆。死，即使死，怎能、怎能让人将象征着存在源域的星空遗忘呢？① 依里尔克的生死观，死后恰恰进入了无限的存在源域之中，对无限的求爱，最终使沉寂的少女们复活了：

三

    30   看呀，我曾召唤恋人。岂止她会到来……
           少女们会从贫乏的坟墓走来并站定……
           因为，我怎能，怎能限定发出的召唤？
           沉沦者一如既往地寻找大地。
           你们这些孩子，一个在此间攫住的事物，
    35   只消一次，能不值许许多多。
           切莫相信，命运更甚于童年的缩影；
           如销魂的追逐之后，你们气喘嘘嘘，
           常常超越了爱人，向着虚无，进入自由。

    此种纯粹的召唤，不止会让"她"② 走来，而且会使那些为爱而爱的"少女们"（早夭少女）有所感应，因为"贫乏的坟墓"压抑不住她们这些饱含如此丰富情感的人。③ 少女们"走来站定"，或是对诗人有所倾诉，或是想聆听诗人的赞颂。能使死者复活的召唤，让诗人产生了一丝打扰"死者所富有的镇定"（哀：Ⅳ.45）的愧疚，但毕竟此种呼唤难以遏抑：

           因为，我怎能，怎能限定发出的召唤？
           沉沦者一如既往地寻找大地。
           你们这些孩子，一个在此间攫住的事物，
    35   只消一次，能不值许许多多。

---

① 如同春日一样，里尔克笔下的夏日同样隐喻着男女相爱过程中那种难言的高峰幸福——在爱中相识、相知、相爱，即使死后的虚无，也不会让曾经存在过的短暂此间幸福有丝毫减损。
② 可能指《致奥尔弗斯的十四行诗》灵感来源之一——里尔克好友的早夭女儿韦拉（Wera）。美少女韦拉本来立志成为一个舞蹈家，不成想后来竟身患绝症而早夭，她在里尔克的作品中是美和创造的象征。
③ "少女们"使人想起萨福与加斯帕拉·斯坦帕等人。

因为，死者（少女们）的"走来站定"乃是一种两相情愿：作为一名求真诗人，里尔克有言说无形死界的责任；同时，早夭少女对生界仍怀有某种不知情的憧憬与眷恋（她们"一如既往地寻找大地"）。于是，诗人告诫她们说：你们这些在此间度过了短暂却美好的一生的早夭少女们，切不可相信自己在童年便死去就比长寿之人错失了什么（"切莫相信，命运更甚于童年的缩影"）。因为人之存在价值的最终衡量标准乃在于，他过的是否为一种能把握自己生命的每个"此刻"，重"强度"而非"长度"的生活。① 早夭少女短暂的"一次"生存，因已度过了能与时间合一的童年（哀：Ⅳ. 64—73），所以并无遗憾。② 早夭少女完成对爱情的"销魂的追逐后"，尽管疲惫得"气喘吁吁"，却因早夭而"超越"了尘世之爱——她们进入了超越时间限制的真正永恒的"自由"空间——一种内在的伟大中：

四

　　此间是美好的。你们知道，少女们，
40　你们也知道，你们似乎穷困过，沉沦过——，
　　你们糜烂于都市的陋巷，或任人遗弃。
　　因为人皆在——一个时辰，或许不是
　　一个时辰，两个片刻之间

---

① 此处有斯多葛主义伦理观的影响痕迹，如斯多葛主义学说代表人物之一奥勒利乌斯曾说："即使一个人能活上三千年，甚至能活上三万年，你仍要记住，人所失去的不是什么别的，只是他真正拥有的生活；他正拥有的不是什么别的，而是他正在失去的生活。因此，最长久的生活与最短暂的生活是一样的。……长寿者和迅速夭亡者抛弃的是一样的东西。要知道，只有现在这个时刻是可以夺走的，命中注定会失去它；如果一个人只拥有现在，那么他便不可能失去他并不拥有的东西。"见 [古罗马] 马尔库斯·奥勒利乌斯《沉思录》，王焕生译，上海三联书店 2010 年版，第 18 页。

② 诗人在他处对此曾有详解，"凡是迎面而来的事，是没有生疏的，都早已属于我们了。人们已经变换过这么多运转的定义，将来会渐渐认清，我们所谓的命运是从我们'人'里出来，并不是从外边向着我们'人'走进。只因为有许多人，当命运在他们身内生存时，他们不曾把它吸收，化为己有，所以他们也认不清，有什么从他们身内出现；甚至如此生疏，他们在仓皇恐惧之际，认为命运一定是正在这时走进他们的生命，因为他们确信自己从来没有见过这样类似的事物。正如对于太阳的运转曾经有过长期的蒙惑那样，现在人们对于未来的运转，也还在同样地自欺自蔽"。见 [奥] 里尔克《给青年诗人的信》，冯至，上海译文出版社 2005 年版，第 51—52 页。

无法用时间刻度衡量的一个瞬间——，
45　那一刻拥有存在。一切。血脉满是存在。
只是，我们太容易遗忘，因为邻居讥笑，
不予承认或妒忌。我们要彰显它，
就在最显眼的幸福令人审识之时，
这离不开转化，于内在将它转化。

　　进入"自由"空间中的早夭少女，生前可能因"此间"的"穷困"之苦而被迫"沉沦"，甚至她们的肉身也可能因饥饿等因，而在"都市的陋巷"中无人理睬地"糜烂"，以至于最终被扔入垃圾堆中（"任人遗弃"）。一句话，"此间"虽有如许沉沦、欠缺，却仍是"美好的"，值得人去存在。因为此间的人能凭借自己的强大意志筹划自己的存在，实现对自我生命的超越，从而使心灵向着"自由"的空间如花绽放——人全部尊严乃在于承受存在与去存在（the courage to be）。里尔克对"此间"的肯定，就是他坚信此在能赢获本真存在——坚信"血脉满是存在"。无疑，这是一个难以言说"存在"的时刻——人脚踏着此间的坚实大地，心灵中充溢着无限的存在感，意识到自己是如此"本真"存在着，时刻都在完成着"内在的转化"。那么，在日常生活中究竟是什么遮蔽了此种充盈的存在感呢？答曰：乃因人们时刻顾忌着他人的目光，而放弃自己决断自我的存在的机会，因此人若想重获充盈的存在感，就必须彰显心灵那最"显眼的幸福"，因为：

五

50　除却内在，爱人，世界将不复存在。
我们的生命随转化而逝去。外在
日益消蚀。一幢恒常的房屋坐落之处，
如今冒出设计的造物，形成梗阻，
它纯属设计，仿佛还全然在脑海。
55　时代精神造出宽广的力的蓄池，
无形之物，譬如它取自万物的电能。
它再也不识神庙。这种心灵的耗蚀

> 我们更隐秘地搏节。是的，凡幸存之物，
> 曾经靠祈祷、祭祀、跪拜所获之物——
> 60　一如它在，已经归入不可见之物。
> 常人不再察觉它，竟然放过了机遇，
> 此刻建它于内心，用廊柱和雕像，更伟大！

在诗人看来，我们的生命中"除却内在（内心存在）"恒常不变外，可以说无物常驻。里尔克有意回避专有名词，而以看似啰唆的言说展开了对现代科技统治的批判，以及对古希腊文化的缅怀。促逼着河流的水电站（"冒出设计的造物，形成梗阻/它纯属设计，仿佛还全然在脑海"）取代了能安驻诸神的神庙（"一幢恒常的房屋"）。无疑，当现代人陶醉于科技的"伟大成就"时（"时代精神造出宽广的力的蓄池，/无形之物，譬如它取自万物的电能"），对看护万物的虔敬之心也顿然消失了——诸神被逐出神庙而远遁他处（"它再也不识神庙"）。由此，在现代人看来"祈祷、祭祀、跪拜所获之物"，都是一种理性所不能解释的"不可见之物"，因而只是昔人的一种虚构物都需对之"祛魅"。最终，人类周遭环绕着现代技术所造出的诸种陌生物，然而

> 对于我们的祖辈，一个"房子"、一口"井"、一座熟悉的钟塔、甚至他们自己的衣裳、他们的外套还是无限充盈，无限亲切；几乎每个物都是一个容器，他们在其中发现人性的东西，并将自己积攒的这类东西添加进去。如今，空洞的无足轻重的事物从美国涌来，虚假的事物，生活的赝品……一座房子——按照美国人的理解，一只美国苹果或一串美国葡萄，它们与蕴含着我们祖先的希望和沉思的房子、果实、葡萄毫无共同之处……①

一句话，亲熟之物蜕变成了一个个被主体打量、算计的陌生"对象"，它们与"技术"相关而与人无关，"一切都不过是作为有待处理的'技术对象'而出场的，森林是木材，石头是石料，河流是水力资源，人

---

① ［奥］里尔克：《穆佐书简：里尔克晚期书信集》，林克、袁洪敏译，华夏出版社2012年版，第215页。

是人材"。① 拯救现代科技的"逐神与强制"的唯一力量源自文化本身的收聚性，它会使人类下意识地"更隐秘地搏节"，从而避免以科技渎神（圣）的行为（"心灵的耗蚀"）。当然，常人并不能识悟到诸神隐退后的时代何其贫困，更不具备将外在世界内化的能力，因此他们只会一再地"放过了机遇"。当此世界黑夜时刻，能用思想的"廊柱和雕像"在人类的内心筑建一座"更伟大"神庙的唯有这样一种人：

六

每逢世界晦暗转折，必有断代者，
上一个已失去，下一个还不属于他们。
65　因为就连下一个也离人甚远。
它不应迷惑我们；而应在我们心中
强化对尚可辨认的形象的护持。——
它曾经站立在人们中间，在命运之中，
在毁灭性的命运之中，曾经站立在
70　不知何去之中，无异于实在，它曾经
让星星躬屈，从可靠的天堂俯就自己。
天使，我仍然指给你看，在那！
凭你的观望，它终将获救，它终于
挺立起来。巨柱，双塔门，斯芬克斯，
75　大教堂坚贞不屈，朦胧耸立于
渐渐消失或陌生的城市。

现代性所带来的虚无主义和技术统治论（本书"导言"有论述），使众多西方的运思求真者都深感自己是一个"断代者"，② 他们认为这个新信仰（意）尚未诞生的时代是一个"贫困的时代"。无疑，里尔克也是

---

① 余虹：《思与诗的对话：海德格尔诗学引论》，中国社会科学出版社1991年版，第205页。

② 尼采就曾自认为是一个"断代者"——自己正处于"两个世界之间，一个已经死去，另一个却无力诞生"。［美］詹姆斯·C.利文斯顿：《现代基督教思想——从启蒙运动到第二届梵蒂冈公会议》上卷，何光沪译、赛宁校，四川人民出版社1999年版，第392页。

一个"断代者",他在创作晚期"思诗"时,已然在

> 途中渐渐清晰地体会到时代的贫困。时代之所以贫困不光是因为上帝之死,而是因为,终有一死的人甚至连他们本身的终有一死也不能认识和承受了。终有一死的人还没有居有他们的本质。死亡遁入谜团之中。痛苦的秘密被掩蔽起来了。人们还没有学会爱情。但终有一死的人存在着。只要语言在,他们就存在。歌声依然栖留在他们的贫困的大地之上。歌者的词语依然持有神圣者的踪迹。①

诗人站在一个寻求存在"意义"的命运攸关的十字路口,他明确地告诫现代人不应沉浸于科技对未来的设计中("因为就连下一个也离人甚远"),更不能被其所"迷惑",而应"在我们心中"把握已知的现在,在当下的每个瞬间中展示出存在激情的同时,护持并强化我们心中的那些残存的信仰("强化对尚可辨认的形象的护持")。唯其如此,方能帮助现代人在"世界晦暗转折"带来的"毁灭性的命运之中"找到可行之路。② 人的本真存在甚至能使悬挂夏夜的繁星都躬屈俯就自身,这种去存在的勇气(the courage to be)使诗人敢于向天使夸耀:

> 天使,我仍然指给你看,在那!
> ……

因为诗人坚信人类(尤其是"断代者")"终将获救"并"挺立起来",所以最终天使以人类有能力拯救自身的证人身份("凭你的观望")现身了。里尔克这里对此在的坚信,源自他的一次埃及之旅的经验,当诗人的"船两次穿过棕榈林,庞大的拉美西斯陵静卧其间,仿佛是个自成一体的世界,在时空中茕然独立,泰然自处"。③ 里尔克在古埃及的文明遗

---

① [德]马丁·海德格尔《林中路》,孙周兴译,上海译文出版社2004年版,第286—287页。
② 无疑,这个能为置身"毁灭性命运之中"而不知何去的众人指明方向的,其实就是人自身那个充满存在勇气的"生存",也就是海德格尔在《存在与时间》中反复强调的本真的存在状态。
③ [美]拉尔夫·弗里德曼:《里尔克:一个诗人》,周晓阳、杨建国译,华东师范大学出版社2014年版,第395页。

迹中发现，人类文明的象征物"巨柱""双塔门""斯芬克斯"与信仰的象征物"大教堂"，虽历经岁月的风雨洗刷却仍能"坚贞不屈"地耸立人间。尽管古文明的身影因时间侵蚀与现代化的驱赶而显得有些"朦胧"不清，但它们依然挺立于世，本身就是一个令人赞叹的奇迹：

七

这不是昔日的奇迹吗？哦，赞叹吧，天使，
因为我们是这样，哦，伟大的天使，请讲述
我们曾能这样，我的呼吸不足以颂扬。
80　如是，我们并没有错失空间，这些施予的，
这些我们的空间。（它们必定非常伟大，
因为历经千载，我们的感觉未见满溢。）
钟塔曾很伟大，不是吗？哦，天使，
是这样，——伟大，哪怕在你的身旁？
85　沙尔特伟大——，音乐企及更高处，
并超越我们，甚至仅仅一个恋人——，
哦，独倚夜色窗前……她未企及你膝下？
别以为我在求爱。
天使，纵然我追求你！你不会到来。
90　因为我的呼唤源源不断；你不能迈步，
顶着如此强烈的声浪。我的呼声
像一条伸出的手臂。那为了抓取
高高张开的手掌一直向你
张开着，像抗拒和警告，
95　可把握者，远避。

诗人曾在一封书简如是回忆漫游埃及带给自己的难忘体验："在伟大的古埃及时代那是一个什么样的宁静时刻？您就将其召回吧！哪位神灵屏住了呼吸，好让阿孟霍特普四世时代的这些人如此返归自身？他们，突然，从哪里发源？时间将空间赋予一个'存在物'——将此物'贮藏起

来'，那时间又是怎样在他们身后结束的?!"①

古文明所遗存的奇迹物是如此撼人，以致诗人觉得甚难以语词道说出其伟大（"我的呼吸不足以颂扬"），仿佛唯有能沟通存在源域的天使才有资格去"赞叹"它们。人类"曾能创造"如此伟迹，就应"这样"去生存；而人类之所以能创造此种伟迹，乃因他们从未因彼岸的诱惑而"错失"此间——此间是人类用几"千载"的"感觉"也未充满的庞大的壮美空间，因此我们需要对"地球保持忠诚"（尼采语）。因为内心的空间化本身就会成为一种恒常性存在，所以此处的诗人在面对天使时完全没有了第一首哀歌中的恐惧与自卑，他甚至敢向天使申言人类所缔造的诸种伟大文化领域——信仰、建筑、音乐、爱：

> 钟塔曾很伟大，不是吗？哦，天使，
> 是这样，——伟大，哪怕在你的身旁？
> 85　沙尔特伟大——，音乐企及更高处，
> 并超越我们，甚至仅仅一个恋人——，
> 哦，独倚夜色窗前……她未企及你膝下？

"钟塔"与沙尔特大教堂，② 是人类超越自身有限性的信仰象征物，"音乐"则是人类心灵对无形世界的一种精神把握方式，"恋爱中的女人"（尤其是怀有加斯帕拉·斯坦帕之类的伟大的未完成之爱的女人）则引领着人类朝向无限的存在源域飞升。③ 诗人认为恋爱中的女人与男人的最大不同之处在于，女人

> 真的只有这种无限的心灵的活计，这是她们全部的技艺，而男人

---

① ［奥］里尔克：《穆佐书简：里尔克晚期书信集》，林克、袁洪敏译，华夏出版社2012年版，第59页。

② 沙特尔（天主教哥特式）大教堂（1145—1260年），全称沙特尔圣母大教堂（La Cathédrale Notre-Dame de Chartres），坐落在法国厄尔-卢瓦尔省省会沙特尔市的山丘上。当年，沙特尔大教堂附有规模很大的制作工场，因而"沙特尔风格"迅速被推广到欧洲各地，成为后来许多著名教堂建筑的样本。见《中国大百科全书》选编《基督教》，中国大百科全书出版社1990年版，第244—245页。

③ 里尔克向天使夸耀人类的伟大，并非是对其献媚式地"求爱"，因为他已认识到"纵然我追求你！你不会到来"。此处，"求爱"一词再次呼应第一行的"不再是求爱"。

总在忙乎别的,他们不过暂时地,作为半吊子和门外汉,或者更糟糕,作为窃情者关心此技艺,而且刚刚还兴致勃勃,随即又叫人摸不着头脑。有些人,此为男人,被束缚在功效上,他们在女人身上体验到某种幸福感,这可能更强烈更紧迫地驱使他们追求功效,他们认为,必须把爱情中获得的激情转化为功效。①

最终,诗人在撼人的古文明遗址中洞见到了拯救现代人出离困境的巨大力量,于是他不再乞求天使。诗人对此间的渴念是如此的强烈("呼唤源源不断"),以致天使都不能"顶着如此强烈的声浪"迈出寸步。② 要之,经过七首哀歌的步步追问后,"此在"终于在"此间"中赢获了存在的尊严。

三 敞开者与此在——哀歌之八

在世界的晦暗时代,人因理性的过度"区分"之故,而将万物看做一个"对象物"而非一个"敞开者"来对待;换言之,人永远视"万物"为"存在者",而看不见"存在"本身:

一

1　造物的目光专注于敞开者。
　唯有我们的目光似乎已颠倒,
　像设置的陷阱包围着它们,
　紧紧包围着它们自由的起点。
5　那外间实在的,我们有所获悉,
　单凭动物的面目;因为我们
　早已让幼童转身,迫使他向后
　观看形象,而非敞开者,它深深
　印在动物的脸上。超脱于死亡。

---

① [奥]里尔克:《穆佐书简:里尔克晚期书信集》,林克、袁洪敏译,华夏出版社2012年版,第41页。
② 换言之,作为人类代言人之一的里尔克所发出的呼声,也同时包含着对天使的亲近与抗拒。他将这种呼声比喻为"一条伸出的手臂"(即对天使的亲近),然而手掌的"高高张开"也表达出一种"抗拒与警告"之情。因为人类对于高高在上的"不可把握"的天使,只能采取避而远之的态度,以免因过度接近他们而被"击死"(哀:II.9)。

10　唯有我们看见死；自由的动物
始终将自己的衰亡留在身后，
前方有上帝，它若行走，则走进
永恒，一如泉水奔流不息。
我们从未在前方，哪怕一天，
15　拥有纯粹的空间，鲜花无限地
开入此空间。始终是世界，
从来没有无的无处：那纯粹的，
未被监视的，人们呼吸它，
无限知悉它，并不企及它。
20　一个童子在寂静中自失于它，
却被摇醒。或那个垂死者，他是它。
因为临近死，人们再也看不见死，
凝神远望，或许以伟大的动物的眼光。
倘若没有对方隔断视线，
25　恋人接近死亡并惊异……
仿佛出于疏忽，对方的身后
已为他们开启……可是越过他
无人再前行，世界复归于他。
始终转向万物，我们仅仅
30　在万物身上看见自由者的反映，
被我们遮蔽。或一个哑寂的动物，
它仰视，平静地穿透我们。
这就叫命运：相对而在，
别无其他，始终相对。

　　诚如海德格尔的阐释，本首哀歌中的"敞开者"，"恰恰就是被锁闭者，是未被照亮的东西，它在无界限的东西中继续吸引，以至于它不能遇到什么异乎寻常的东西，根本上也不能遇到任何东西。某物照面之处，即产生界限"[1]。"敞开者"与"知其白，守其黑"（老子《道德经》第二十

---

[1]　［德］马丁·海德格尔：《林中路》，孙周兴译，上海译文出版社2004年版，第298页。

八章）中的"黑"庶几近之，"黑"这种"未被照亮的东西"才是"白"得以现身的基础。里尔克曾在一封信中如是解释何谓敞开者，敞开者

> 并不是指天空、空气和空间；对于观察者和判断者而言，它们也还是"对象"，因此是"opaque"［不透明的］和关闭的。动物、花朵，也许就是这一切，无须为自己辩解；它在自身之前和自身之上就具有那种不可描述的敞开的自由（offene Freiheit）——这在我们人这里也有等价的东西（极度短暂），但或许只是在爱情的最初瞬间，那时，人在他人身上，在所爱的人身上，在向上帝的提升中，看他自己的广度。①

动植物之所以保有进入敞开的自由，乃因它们不具备人这种主体理性的自我意识，所以它们从不像人那样"每时每刻都把自身置于世界的对立位置"，将"周围世界"以"自己独特的方式置于远离自己的地方，并把它名词化为'世界'"②，即动植物从不将世界视作异己的对象物。就其存在方式而言，动植物"在世界中存在；我们人则站在世界面前"③，动植物的此种"在……之中"的存在方式，使它们处于造物整体的纯粹牵引与关联中。幼童作为人类中的一种最原初的造物，本应能如动植物一样拥有进入敞开状态的自由，但幼童只要在成人的规训下甫一萌生"自我意识"与"死亡意识"，时间与空间就立刻成为他的异己的对象物，其进入敞开状态的自由便随即被褫夺而走了。

诗人认为，动物既无对已逝时间的"后"顾之忧④，亦无"前"行之惧（死），因此它们能真正"超脱于死亡"而走向恒常。因此可以说动物的时间体验是一种如泉水从其源头喷射而出后便"奔流不息"的绵

---

① 转引自［德］马丁·海德格尔《林中路》，孙周兴译，上海译文出版社2004年版，第299页。

② 刘小枫选编：《舍勒选集》，上海三联书店1999年版，第1332页。

③ 转引自［德］马丁·海德格尔《林中路》，孙周兴译，上海译文出版社2004年版，第299页。"动物的目光"亦可参见里尔克的法文诗集《果园》第五十四首，"我在动物眼里看到/那平静的生命在延续，/不偏不倚的安宁/来自沉着的本性"。见《里尔克法文诗》，何家炜译，吉林出版集团有限公司2007年版，第192页。

④ "始终将自己的衰亡留在身后"，见第4首哀歌第1节。

延。[①] 而人则不仅将"周围世界"扩展"进'世界'存在的范围,把'抵'抗'对'象化,而且还能够自己——这一点最值得注意——把他自己的生理的和心理的状态与任何单个心理体验重新作为对象来对待"。[②] 因此,人看到的始终是作为对象的世界,从未体验过那种敞开的"无的无处":

> 那纯粹的,
> 未被监视的,人们呼吸它,
> 无限知悉它,并不企及它。

那么,整部哀歌中那仅有的能超越常人存在状态的"童子、垂死者和恋人"能否偶或享有进入敞开的自由呢?首先,里尔克认为尚不具有自我主体意识的童子本能性地就处在敞开状态中——陶醉于与造物"寂静"地融为一体("自失于它"),但这种陶醉迷失却时常会被大人"摇醒":

> 20　一个童子在寂静中自失于它,
> 　　　却被摇醒。

其次,"垂死者"因濒近死而能真切地存在于死之中,从而"看不见死"而与死同一化("他是它")。这种"在死之中"无疑是一种如前所述的"在……之中"的敞开状态。再次,恋人们在某些激情体验时刻,时空与对方均会被消弭,这个"在爱之中",同样也是一种"在……之中"的状态;无疑,对于恋人而言,这样的时刻极为短暂而罕有,因为恋人随时会意识到"对方"是异己的对象存在,转而意识到世界也是异己的对象存在。显然,依此种观点来看"哑寂的动物"的目光能"平静地穿透我们",而不会将人与世界视作一种对象物;而主体意识强大的成人则只能承受始终视造物为对象物("始终相对")的宿命。当然,动物亦可分为两类——可靠的动物与警觉而温暖的动物:

[①] 如第 4 首哀歌中"树"能"熟悉四季"。
[②] 刘小枫选编:《舍勒选集》,上海三联书店 1999 年版,第 1333 页。

二

> 35　倘若可靠的动物，它迎着我们
> 　　走向相反的方向，有我们的意识——，
> 　　它会拽我们转身随它漫游。
> 　　可对它而言，它的存在是无限的，
> 　　无从把握，没有目光投注于
> 40　它的状态，纯粹，一如它的遥望。
> 　　我们看见未来之处，它看见一切，
> 　　自己在一切之中，已永远获救。

"动物"的安然、沉静而可靠，源自它们不屈从于"生理本能"的奴役与驱使，它们懂得"倾听"神秘之音，此种观念在《致奥尔弗斯的十四行诗》中曾有明述：

> 沉静的动物离开自己的巢穴，
> 奔出澄明消溶的树林；
> 它们内心如此轻悄，
> 绝不是缘于狡黠和恐惧，
>
> 而是缘于倾听。咆哮，嘶鸣，淫叫
> 在它们心中似乎很微弱。
> （奥：A.1.）

诗人说假如"可靠（安然）的动物"有人类那种主客体意识的话，"它会拽我们转身随它漫游"，就像日常生活中人牵引动物漫步而行；但是"可靠的动物"恰因无主客体意识，所以它们在与人照面时常会视人为"无物"一般，能进入一个无限的敞开世界，而人则因视"可靠的动物"为"对象物"并进入一个有限的对象性世界。[①] 进而言之，"可靠的动物"能看穿"一切"造物，并且自身也同时置身"在一切"的万物之

---

① 人类的此种对象性之思，造成"矛盾是人的意义"的后果（奥：A.3.）。

中，而毫无自我意识所引发的主客二分的分裂感和矛盾感（"相对"）。因此就其本质而言，"可靠的动物"始终处于造物整体中，而与可靠的动物相比，尚有"警觉而温暖的动物"：

三

可是在警觉而温暖的动物身上
积压着一种巨大的忧郁，它为之焦虑。
45　因为那常常压倒我们的回忆
也始终黏附于它，仿佛人们追溯的
一度更亲近，更可靠，这种联系
无限温柔。在此一切是间隔，
在彼是呼吸。第一个故乡之后，
50　第二个是有风险的，雌雄同体。
哦，渺小的造物其乐无穷，
它们永远留在分娩的子宫；
哦，蚊蚋的幸福，甚至庆婚之时，
它仍在内部跳跃，因为子宫即一切。
55　请看小鸟的半度安全，
它几乎从自己的起源二者皆知，
恍若依特拉斯坎人的一个幽灵，
出自一位死者，一个空间收容他，
却以安息的形象作为棺盖。
60　一只蝙蝠无比惊愕，它必须飞翔，
并出自子宫。它因它自身
无比惊恐，它闪过空中，像一道裂纹
划过一只瓷杯。蝙蝠的痕迹
就这样撕裂傍晚的瓷器。

在第一首哀歌中，"机警的动物"（哀：I.10）因"察觉到在这个被人阐释的世界"中栖居是不可靠的，所以其目光中始终"积压着一种巨大的忧郁"，这是一种对存在确定性的深深"焦虑"。诗人进一步追问，

"警觉"的动物缘何"焦虑"而不"安然"呢?"机警的动物"(胎生的动物)因为已然具有了些微的时间意识,所以它们时常回忆"子宫"而不能真正融入每个"当下"中,以至于会产生一种与周遭环境的戒备性疏离感。"机警的动物"时常会"追溯"自己出生之前的那种"更亲近、更可靠"、尚未与自然分裂的、"无限温柔"的充满"联系"的统一体世界。换言之,对于胎生动物而言,"在此"间的存在"一切是间隔"①,而其出生前因栖居于子宫之中("在彼")所以它们是"呼吸"着一个纯一的世界空间。依此观点来看,处于"胎生动物"金字塔顶点的人之境遇就是最为不幸的了。诗人在此处暗用了柏拉图《会饮篇》中所提及的一个古希腊寓言:最初地球上生活着三大类有八只手脚的圆球人:太阳的后裔——男人、大地的后裔——女人,以及月亮的后裔——双性人。有天,他们因能力太大而竟想与天神一争高低,而被神王宙斯劈成两半。自此,人人都处于寻找自己的另一半的不完满("歉然")状态中——地球上也就只剩下男人和女人两种人,而"整全"的双性人消失了。②里尔克在其法文诗集《果园》的第十首中亦曾更详尽地道明此点,"只有两性体才能/在他的居所里完整。/我们四处寻找着/那些半神失去的另一半"(何家炜译)。最终,人类不但被迫告别了"第一故乡"子宫,而且在"第二故乡"此间世界中,也因"双性人"的消失而始终处于一种不完满的"歉然"状态,这使人类整日焦虑不安地缅怀着自己的"第一故乡"——安全的子宫。根据诗人的生物观,与"单性别"的胎生动物的焦虑不安相比,"雌雄同体"的"蚊蚋"等卵生小生物则全无"第一故乡"与"第二故乡"分裂之苦:

> 众多从外露的种子产生的生物以宽广的令人激动的空旷为母胎——它们一定终生都觉得如在家中!它们如同施洗者小约翰一样,什么也不做而在母亲的子宫中欢欣跳跃;因为,同一空间孕育了它们的同时也抚育了它们,所以它们从不会感到不安全。③

---

① 也就是第33—34行所说的始终"相对"的存在。
② [美]罗森:《柏拉图的〈会饮〉》,杨俊杰译,华夏出版社2011年版,第175—201页。
③ Rainer Maria Rilke, *Duino Elegies*, translated by J. B. Leishman & Stephen Spender, London: The Hogarth Press, 1939, p. 137.

换言之，蚊蚋等"渺小的造物"不仅交媾（"庆婚之时"）并产卵于外界环境，而且被孵化于外界环境中，因此它们始终生活在"分娩的子宫"（外界环境）中，从而免除了出生后与世界的疏离感。进而言之，与蚊蚋等渺小的造物相比，卵生却能意识到自身起源的"鸟"则只能享受到"半度安全"。诗人将空中不安的飞鸟喻作一个"伊特拉斯坎人"的幽灵，伊特拉斯坎人（Etruscans）[①]认为灵魂形状如飞鸟，因此他们会在安葬死者的棺盖上画一个飞鸟形状的灵魂。这样，人们既可以说这如鸟一样的灵魂来自身体（如鸟诞生于卵中），又可以说它被排除于身体之外——正如鸟诞生之后被卵壳隔绝一样，灵魂与身体已被石棺所隔绝。空中飞翔的鸟正如伊特拉斯坎人墓雕上的灵魂鸟一样既盘旋于死者之外的空间，又怀念着永不能复归的死者身体，它们被"安息的形象作为棺盖"隔绝着，而处于"半度安全"中。接下来，诗人由飞鸟引入了似鸟的飞行动物——蝙蝠：

60　一只蝙蝠无比惊愕，它必须飞翔，
　　并出自子宫。它因它自身
　　无比惊恐，它闪过空中，像一道裂纹
　　划过一只瓷杯。蝙蝠的痕迹
　　就这样撕裂傍晚的瓷器。

无疑，"出自子宫"却必须"飞翔"于外界的蝙蝠属于一种处于焦虑不安状态的动物，因为他们随时都会因外界的细微动静而莫名恐惧地"惊愕"飞起。若是将傍晚比作一件"瓷器"，蝙蝠因"无比惊恐"闪过天空就像是它用翅膀"撕裂"了"傍晚"这件安静的瓷器（"像一道裂纹划过一只瓷杯"），"撕裂"即是将"统一体"打破。蝙蝠的撕裂式飞翔，让诗人再次想起与之相似的人类的处境[②]：

[①] 伊特拉斯坎人（又译伊特鲁利亚人或埃特鲁里亚人），是古代意大利西北部埃特鲁里亚地区的古老民族，在约公元前7世纪至公元前3世纪期间活动于台伯河和亚努河之间的地带。伊特拉斯坎人"在自己墓地的碑象装饰上和建筑术上，其技艺均达到高度精巧圆熟的地步"。见［苏联］科瓦略夫《古代罗马史》，王以铸译，生活·读书·新知三联书店1957年版，第44页；亦可参见［英］D. H. 劳伦斯《伊特鲁利亚人的灵魂》，何悦敏译，新星出版社2006年版。

[②] 第三节的结构如下：由胎生动物中"警觉"的动物，到幸福的蚊蚋，再到"半度安全"的小鸟，由鸟之极限化联想到"警觉"的胎生动物蝙蝠，最终完成了一个循环。

四

> 65　而我们：观望者，随时，随地，
> 　　我们转向万物，永无超脱！
> 　　万物充塞我们。我们整理。它瓦解。
> 　　我们重新整理，自己瓦解。

处于"始终相对"中的人类，时刻因"自我意识"之故而将万物看做对象物。正如本书导言所述，现代思想主体哲学，所秉持的主客二分的思维范式流弊有二：一是技术统治论。现代社会中的"万物"已然沦为人类的异己物，而"充塞"着人类世界。因此，当人类以对象化观念去"整理"万物时，非但得不到统一的世界，反而会使世界"瓦解"得支离破碎，从而失去作为造物整体的"世界"。流弊之二是虚无主义，现代人原有的一切观念物均被作为对象物，被理性主体重新反思并质疑其合法性。最终，人类丧失了一个具有共识性（普适性）的价值体系。要之，现代启蒙理性非但未兑现其所允诺的幸福秩序，反而引来人与世界、人与他人，人与自我的多重分裂。

五

> 　　是谁颠倒了我们，乃至我们
> 70　无论做什么，始终保持
> 　　那种行者的姿势？他登上
> 　　一个山冈，走过的山谷再次
> 　　展现在身后，他转身，停步，逗留——，
> 　　我们就这样生存，永远在告别。

里尔克此处之问紧迫而重大：究竟是谁让人选择了此种对象性之思，从而使人对世界的每次把握换来的却始终是与世界的更大疏离？无疑，现代人就像一个走上不能回返（前现代社会）之路的行者——他前行却不幸福满足，这使满怀乡愁的行者时刻都在追忆和眷恋着那个已然不能回返的过去。

四　诗言与存在——哀歌之九

在第八首哀歌中，里尔克通过将不能进入敞开状态的现代人与能进入敞开状态的"动物"进行比较，以显明现代人因主体性的确立而造成的诸种分裂状态何其严重，而本首哀歌则引入了能在世界之中存在的"植物"——月桂树：

一

1　为什么，既然度过生存的期限
　　业已俱足，像月桂一样，叶色略深于
　　一切绿树，每片叶子的边缘
　　呈小小的波纹（像一阵风的微笑）——：
5　为什么必有人的存在——既逃避命运，
　　又渴望命运？……

诗人开篇即反问若有选择的权利，我们为何不选择变形为一株月桂树（"为什么必有人的存在"）呢？古希腊神话中，河神帕涅修斯的女儿达芙妮在面对为日神阿波罗所追逐的命运时，成功避脱而化身为月桂树，并微笑而有尊严地存在着〔"每片叶子的边缘/呈小小的波纹（像一阵风的微笑）——"〕。[①] 与达芙妮（月桂树）能从容直面强大命运（阿波罗的追逐）相比，人类面对命运时表现的却是如此地矛盾不安（"既逃避命运，/又渴望命运？……"）。既然人的存在境遇是如此焦虑不安，那其到底为何而存在呢？

二

哦，不是，因为幸福在；
这仓促的恩惠归于临近的丧失。
不是出于新奇，或为了心的磨练，

---

① ［古罗马］奥维德：《变形记》，杨周翰译，人民文学出版社1984年版，第9—12页。

10　一切月桂或已赋有……

在诗人看来，人的存在既非为某种短暂易逝的"幸福"（"这仓促的恩惠归于临近的丧失"）和在世追新逐奇，更非为在命运中实现"心的磨练"，因为上述存在目的，月桂树就已具有（"这一切月桂或已赋有"），所以人的存在因由一定有迥异于月桂树之处：

三

而是因为此间很丰盛，因为此间的万物
似乎需要我们，这些逝者
跟我们奇特相关。我们，逝者中的逝者。
每个一次，仅仅一次。一次即告终
15　我们也一次。永不复返。
但这一次曾在，哪怕仅仅一次：
尘世的曾在，似乎不可褫夺。

诗人认为人的存在意义断然不是为了抵达某个超验的"彼岸"，而是充分展开其"此间"的在世存在——正因为"很丰盛"的此间万物需要人去"道说"①，所以处于流逝之中的其他造物（"这些逝者"）才会与人有一种存在的关联（"跟我们奇特相关"）。尽管与它物相比，人的存在尤显短暂（"逝者中的逝者"），但正是人这种"仅仅一次"的有死性"曾在"，却肩负保存这些具有家庭守护者特性的诸物的责任。里尔克曾在一封致友人的书简中为"此岸"之价值正名：

在我的作品中生活老是"被看得沉重"，其实这并不是忧伤，亲爱的（此岸之"可怕"与彼岸之"慰藉"，您如此感人地信奉后者，但二者将在这些作品中靠拢，日渐趋近，直到最终化为在它们之中的

---

① 也就是第七首哀歌中所说的"此间是美好的"（哀：VII.39）。显然，在西方基督教文明背景下，人类能护持万物来自神的命令，神说："我们要照着我们的形象，按着我们的样式造人，使他们管理海里的鱼、空中的鸟、地上的牲畜和全地，并地上所爬的一切昆虫。"见《圣经·创世记》和合本 2：26）

一个，它们唯一的、本质的内涵）——那种看得沉重其实无需是什么，对吗？只是按真实的重量去看，即看得真实（Wahr-nehmen）。一种尝试，以心之克拉去衡量事物，而非以怀疑、幸福或偶然。不是否弃，对吗?！不是否弃，哦，恰恰相反，何其无限的赞许，始终还是对此在的赞许！①

总之，唯有人才能通过"运思"而赢获"语词"，并用"语词"来筑建万物之存在能栖居于其中的语言屋，来保存并护持万物：

四

于是我们催促自己，想要成就它，
想要拥有它，在我们简单的手掌里，
20　在更加充实的目光里，在无言的心里。
想要成为它。——把它送给谁？唯愿
永远保留一切……啊，多么痛苦，
把什么带入另一种关联？不是在此
慢慢学成的直观，不是此间的事件。
25　一无所有。唯有痛苦，唯有沉重，
唯有漫长的爱的经验，——唯有
纯粹不可言说的。可是尔后，
在星辰之中，该是什么：它们不可言说
更胜于我们。浪游者从山边的悬崖
30　带往山谷的，绝不是一捧泥土，
众人觉得它不可言说，而是一声言语，
赢得的纯粹的言语，黄色蓝色的龙胆。
或许我们在此，为了言说：房子，
桥，井，门，水罐，果树，窗子，——
35　顶多说：圆柱，钟塔……可是言说，懂吗，

---

① ［德］里尔克:《穆佐书简：里尔克晚期书信集》，林克、袁洪敏译，华夏出版社 2012 年版，第 73 页。

> 哦，如此言说，大概连事物也从无此意，
> 仿佛内向地存在。当大地要求恋人，
> 让每个事物在他们的情感中欣喜若狂，
> 这岂非缄默的大地的隐秘计谋？
> 40　门槛：对两个恋人这意味着什么，
> 他们略微耗蚀自己更古老的门槛，
> 就连他们，前面有许多去者，
> 后有来者……这也轻而易举。

无疑，当里尔克识觉到人的责任后，就会以全部激情"催促自己"去"成就"这种"曾在"的生命——去本真地存在，因为"将这短暂、不可测的大地、苦恼、热情、深深地刻在我们内心，与存在于我们内心'看不见'的东西一起再度重现，正是我们的使命"。① 换言之，人应该用"简单"却有力的手去掌控、筹划生存，以"更加充实的目光"去观照万物，以"无言的心"去体验生存。一句话，让生存成其为生存，让存在存在起来。然而，一个更大的问题旋即涌来：有限的此在究竟如何为万物的存在作保（"永远保留一切"），究竟"何物"方能进入那种永恒性的"关联域"（"另一种关联"）？显然，人在此间世界所习得的对象性的观看方式，以及他们在"此间"所遭遇到的庸常事件都不够纯粹，能进入那个"关联域"的必然是某种"纯粹不可言说"之物。里尔克认为，在此间世界中，该物应包括人的诸如"痛苦""沉重""爱""死"等源初性的情绪体验感；除此之外，该物还应是象征"存在源域"的那些时隐时现的"星辰"，"星星像我们一样遨游，时而被照亮，时而被隐蔽；而我们也像星星一样，在晦暗状态中毕竟享有一份恩赐：一道充满希望的慰藉之光，一颗照亮和被照亮的伴星"。② 由此，语言与存在的关系便被摆显而出③：

> 浪游者从山边的悬崖

---

① 林郁编：《在时间的岁月中永远没有自己的故乡——里尔克如是说》，中国友谊出版公司1993年版，第149页。
② 刘小枫主编：《夜颂中的革命和宗教——诺瓦利斯选集》卷一，林克等译，华夏出版社2007年版，第150页。
③ 对语言、存在、思的论述，详见本书第六章。

30　带往山谷的，绝不是一捧泥土，
　　众人觉得它不可言说，而是一声言语，
　　……

　　一位言说者（"浪游者"），运思至语言的边界处（"山边的悬崖"）后，开始向他人"言说"他之所思（返回众人居住的山谷）时，给出的就绝非"不可言说物本身"（"一捧泥土"），而只能是对它的一种言说。正如无言的大地能通过"花"显明自身存在一样，存在源域由一种纯粹言说在既澄明又遮蔽的争执之际呈现着自身，这种纯粹言说就是"道说"，诗人作诗就是跟随、倾听"道说"，而后"言说"，所以里尔克略带犹疑却肯定地说，"或许我们在此，为了言说"。诗性言说就是行走在作为"在饱满感性的深度与至为冷静的精神高度之间徘徊的之字路与独木桥"[①]的语言之中，诗人开始——为我们言说——由身边事物到人类文化的象征物（圆柱；钟塔）。无疑，此种先跟随、倾听"道说"，而后再"言说"的方式不是一种对事物的强行命名，而是让事物自身能更"内向（本真）地存在"的一种途径，因此诗人的"言说"才会：

　　让每个事物在他们的情感中欣喜若狂，
　　这岂非缄默的大地的隐秘计谋？

　　此种"言说"使大地上的万物都如此富有诗意（"每个事物在他们的情感中欣喜若狂"），"缄默的大地"通过此种言说得以绽露于我们的视域之内。就像恋人间的隔阂（"门槛"）能轻而易举地被"欣喜若狂"的情感所耗蚀掉一样，此种言说能最终祛除万物与言说者之间的隔蔽，而一道进入敞开状态。此种言说的幸福让诗人惊喜不已：

五

　　此刻是可说之物的时刻，此间是它的故乡。

[①]　[德] 马丁·海德格尔：《思的经验（1910—1976）》，陈春文译，人民出版社 2008 年版，第 126 页。

45　言语吧，忏悔吧。可经历的事物
　　史无前例地沉坠而去，因为
　　没有图像的行为排斥并取代它们。
　　疮疤下面的行为，疮疤随时会脱落，
　　一旦动作从内部膨胀，形成另一种阻塞。
50　我们的心存在于铁锤之间，
　　就像舌头存在于
　　牙齿之间，可是它仍然，
　　仍然在赞美。

"此在"在"此间"的此种"言说"，能使原本呈对象化的万物（有形之物）瓦解塌陷（"史无前例地沉坠而去"），最终与"此在"重新进入一个相关联的造物整体。此时，人不再将世界把握为图像（"没有图像的行为"），[①] 物也就不再是异己的对象存在物；诗人将这一过程比作疮疤下面的新生组织从"内部膨胀"生长，最终能使作为"阻塞"的"疮疤""脱落"。当然，走上此种言说绝非易事，它需要一种存在的勇气——当"我们的心"在承受此间的命运之锤次次敲打时（心跳被诗人喻为铁锤敲打心脏），仍要无所畏惧地用随时可能会被上下齿咬伤的舌头发出此种言说，来"赞美"此间万物：

六

　　向天使赞美尘世吧。而非不可言说的世界，
55　你不能向他炫耀美妙的感觉物；
　　在宇宙他更能感觉，而你是生手。
　　因此给他看简单的吧，那一代一代形成的，
　　活着并属于我们，在手边和眼里。
　　告诉他事物吧。他会更惊讶地伫立，

[①] 关于现代人如何将世界把握为"图像"，参见海德格尔《世界图像的时代》一文，见［德］马丁·海德格尔《林中路》，孙周兴译，上海译文出版社2004年版，第77—115页。本首哀歌的"图像"的方式、诗人的纯粹言说以及第8首哀歌的"敞开"状态，都对海德格尔的思想产生了不容否认的影响。

60　像你侧身于罗马的绳匠，或尼罗河的陶匠。
　　给他看，一个物能够多么幸福，全然无辜
　　并属于我们，甚至哀怨的痛苦怎样毅然
　　纯粹化为形象，充当一个物，
　　或死入一个物——在彼端极乐地离别琴身。
65　——这些靠逝去谋生的事物知道
　　你在颂扬它们；逝者寄拯救于我们，
　　无以复加的逝者，我们愿意并应该
　　在不可见的心中将其完全转化，化入——
　　哦，无限——化入我们！无论我们最终是谁。

　　面对能沟通存在源域的天使，人只能赞美自身所处的此间（"尘世"）。诗人在第七首哀歌中曾向天使夸耀过人类的文明遗迹，此处他则将目光投向人与万物尚处一体化的前现代社会中的那些"简朴的事物"。诗人认为，在"罗马的绳匠"和"尼罗河的陶匠"的娴熟技艺中，累积着人类世代以来的造物经验：工匠们在用自然物（泥土、麻绳）完成一次次令人赞叹的"造物"行为后，"物"不仅能幸福无辜地亲近人并属于人，而且"物"中还满溢着一种颇似创世之初时的那种神圣感。这行诗是里尔克的罗马和埃及游历经验的简扼表达，诗人曾在"在罗马的一个绳匠身边驻足旁观，他在自己的手艺中重复世界的一个最古老的动作……正如那个陶匠，尼罗河边一个小村庄，站在自己的圆盘旁，绕不过我觉得在某种最隐秘的意义上如此丰饶，不可言喻"。[1] 匠人的"造物"过程不仅能成就陶罐等具体物，而且能使抽象感情形象化（"哀怨的痛苦"）——人能将心底"哀怨的痛苦"化为音符并弹诸"琴身"；在如泣如诉的琴声中，复杂的感情便被"形象"地保有在无形的声音里（"死入一个物"）。[2]

　　总之，诗性的言说最终将万物在人那本"不可见的心中"转化入"无限"，转化成人的生命的内在体验，此一发现让诗人近乎狂喜地呢

---

[1] ［奥］里尔克：《穆佐书简：里尔克晚期书信集》，林克、袁洪敏译，华夏出版社2012年版，第158页。

[2] 感情的音乐化不仅是人对自我心灵感受的一次宣泄与净化，更是对人类艺术的一次丰富行为，所以诗人才会说"痛苦"的声音"极乐地离别琴身"。

喃道：

七

> 70　大地，难道这不是你的期望：在我们心中
> 不可见地复活？——这不是你的梦想，
> 一次不可见地存在？大地！不可见！
> 若非转化，那你急切的托付是什么？
> 大地，亲爱的，我愿。哦，请你相信，
> 75　为了赢得我，无需你更多的春天，一个
> 啊，就一个春天已经盈满血液。
> 无名的我毅然转向你，从遥远的国度。
> 从前你总是在理，而你神圣的念头
> 是亲切的死亡。

显然，在求真诗人的诗言中，万物实现了一种从可见的有形向不可见的无形的新生式转化。此前疏离的大地，因诗言而亲切化着（"亲爱的"），我们也可以说此时的诗人居入了一个存在整体之中：

> 80　看，我活着。靠什么？童年与未来
> 俱无减损……充盈的存在
> 源于我心中。

要之，空间中的万物与人不再疏离，因为他们转换进了一个有关联意义的存在整体中；时间亦由割裂状态而转换成了本真状态——过去与未来（"童年与未来"）"俱无减损"地汇入了"现在"，时空方式的彻底转换使里尔克在内心里，最终赢获了一种"充盈的存在"。

五　原苦与此在——哀歌之十

求真诗人的诗言，终于逼使第一首哀歌中那"可怕的天使"变为本首哀歌中的"赞许的天使"，因为此在的存在意义已然被寻获：

一

  1 愿我有朝一日，在严酷的认识的终端，
    向赞许的天使高歌大捷和荣耀。
    愿心锤明快的敲击无一失误，
    紧扣松弛，疑惑或断裂的琴弦。
  5 愿我流泪的脸庞增添我的光彩；
    愿暗暗的哭泣如花开放。
    哦，那时，你们会何等可爱，黑夜，
    历尽忧患的黑夜。我不曾更虔敬地
    承纳你们，难以慰藉的姐妹，不曾
  10 更轻松地投入你们松散的长发。
    我们，痛苦之挥霍者。我们预先
    怎样估量它们，关注悲哀的延续，
    它们有无尽头。然而，它们却是
    我们历冬的树叶，我们深绿的意蕴，
  15 隐秘年岁的时间之一，岂止时间，
    乃是地点，垦殖地，宿营地，土地，栖居。

  已然明晰此在的存在究竟何为的里尔克，在本首哀歌的开篇先进行了一场十分庄严的祈祷。当然，此一朝向着存在源域的祈祷，就本质而言是诗人对自己所担负起的"以言说来造物"之重责的一次自我确认：但愿"有朝一日"，此间生活的"严酷的认识的终端"时刻（走入无形的死亡），我能直面那些赞许此间的天使并向他们高歌——人在"此间"的不懈索问会最终赢得存在的意义。但愿我心脏的每次锤击式跳跃，都能丝毫不爽地击打在"松弛、疑惑或断裂的琴弦"上，从而使它们奏出"紧促、坚定或统一"的存在之音。但愿我因领悟到存在之艰辛而发出的"暗暗哭泣"，终能被"大捷和荣耀"的喜极而泣所取代。但愿这种喜极而泣（"流泪的脸庞"）会使我的"脸庞"光彩奕奕……

  此刻，里尔克体验到了一种存在的充盈感和幸福感，这让他回想起自己曾忍耐过的漫长的艰辛运思岁月（"历尽忧患的黑夜"），自己所罹受过的诸种"痛苦"何其富有意义。正如德国哲学家马克斯·舍勒（Max

Scheler）所言，可以说"从古至今，伟大的宗教思想家和哲学家给予世人的教诲和教导的核心之一，即是关于在世界的整体中，痛苦和受苦的意义学说，在此基础上，形成了一种指示和激励：正确地看待痛苦，正确地承当（或扬弃）受苦"。[1] 他们之所以如此重视"痛苦"，乃因"造物的一切受苦和痛苦，皆有一种意义，至少有一种客观的意义。正如亚里士多德曾经认识到的，任何一种快感或不快感都分别表现了对生命的一种促进或抑制"[2]，所以"没有死亡和痛苦，就谈不上爱和结合（团契）；没有痛苦和死亡，就谈不上生命的更高发展和生长；没有牺牲及其痛苦，就谈不上爱的甘美"。[3] 总之，在受苦过程中，"纯真涤除非纯真，心灵与非纯真分离，低格的实存慢慢脱离个体灵魂中高格的实存"，[4] 生命最终获得了一种更高发展，"如实地承认并质朴地表现痛苦和受苦，达到彻底坦然，这本身想必就具有相当于救赎的作用"。[5]

当然，里尔克未像舍勒那样以绵密哲思来剖解痛苦的意义，他采用的方式乃是诗言：人类的"生命之树"（哀：IV.1）在历尽岁月寒"冬"吹打的痛苦之后，仍然遗留有永不枯竭的、象征着希望的"深绿"树叶。痛苦不仅嵌隐在时间中，而且早已渗入大地的每个角落（空间）（"乃是地点，垦殖地，宿营地，土地，栖居"），因此就实质而言，痛苦是一个"极为深刻彻底，因而也更加真实的存在"[6]。虽然痛苦与受苦有如此重大的意义，但人们在日常生活中非但不知道珍视痛苦，反而"挥霍"痛苦，即人们不是在受苦中反思如何使生命完成由低到高的转化，而是期盼"痛苦"能早日结束——想"它们有无尽头"。由此，痛苦与受苦的意义被人类遗忘了：

---

[1] 刘小枫选编：《舍勒选集》，上海三联书店1999年版，第629页。
[2] 同上书，第631—632页。
[3] 同上书，第641页。
[4] 同上书，第669页。
[5] 同上书，第668页。
[6] Hans Georg Gadamer, *Literature and Philosophy in Dialogue: Essays in German Literary Theory*, translated by Robert H. Paslick, New York: State University of New York Press, 1994, p.165. 关于痛苦与受苦如何使人的生命获得升华的论述，国人最为熟知的乃是孟子的话，"故天将降大任于斯人也，必先苦其心志，劳其筋骨，饿其体肤，空乏其身，行拂乱其所为，所以动心忍性，曾益其所不能"。见《孟子·告子下》。

二

诚然，呜呼，苦难之城的巷道何其陌生，
在喧嚣制造的虚假的寂静中，铸件——
出自虚空之铸模，大肆炫耀：镀金的嗓音，
20　爆响的墓碑。哦，一位隐身的天使
大概暗中践踏着他们安魂的集市，
他们打烊的教堂（与集市比邻）：
洁净，紧闭，扫兴，像礼拜天的邮局。
可是外面，市场的边缘蜿蜒而去。
25　自由之晃荡！功利的猎手和骗子！
形象的靶场赌乔妆的运气，
目标巡回穿梭，一旦好枪手命中，
铁皮小丑应声而出。喝彩加幸运
令他留恋往返；因为无奇不有的店铺
30　招徕顾客，鼓乐齐鸣。成人则另有
稀奇可瞧，金钱怎样繁衍，解剖学，
不只为了消遣：金钱之生殖器，
一切，全部，过程——，这堂课让人
受益匪浅……
35　……哦，但就在市场之外，
在最后的木板后面，板上贴着"不死"广告
那种苦涩的啤酒，饮者咀嚼新鲜的闲聊，
凡以此佐酒，苦酒似乎甘甜可口……
就在木板背面，就在那后面，才是真。
40　儿童游戏，恋人相依相偎，——僻静，
真诚，贫瘠的草丛，狗群拥有自然。
那个年轻人向前走去，身不由己；他或许
爱上了一个年轻的悲愁……他随她
走进草地。她说：很远。我们住在
45　那外边……在哪里？年轻人跟随她。
她的姿势令他激动。肩膀，脖颈——，

她可能出身显贵。可他丢下她，转身，
挥手……有何意义？她是一个悲愁。

里尔克认为，遗忘了痛苦的常人所过的那种看似"寂静"安宁的生活，就其本质而言是"虚假"不堪的，因为常人深深陶醉着的只是一种滥情的"喧嚣"式快乐。现代大都市中的一切物（"铸件"）均出自"虚假"（"虚空之铸模"），如"镀金"的喧嚣之声（噪音）充斥人耳。① 在对现代大都市生活的批判中，能沟通存在源域的天使又"隐身"出场了，诗人接下来将通过天使之眼来展示一幕幕遗忘了痛苦的喧嚣景象。首需摆出的是，现代人的宗教信仰已然退变为一种只能掩蔽痛苦的空形式，取代原有宗教位置的是日渐兴盛的金钱拜物教——对金钱的追逐取代了对"痛苦"的反思，"集市"取代"教堂"升格为安魂之所，在金钱面前：

一切神都要退位。金钱贬低了人所崇奉的一切神，并把一切神都变成商品。金钱是一切事物的普遍的、独立自在的价值。因此它剥夺了整个世界——人的世界和自然界——固有的价值。金钱是人的劳动和人的存在的同人相异化的本质；这种异己的本质统治了人，而人则向它顶礼膜拜。②

这样，"原本作为手段的货币上升到绝对价值的高度，它不但成为绝对手段（means），而且成为大多数人心中的绝对目的。这使得人生实践方面的主要规则在货币这个奇特符号面前一律失效了。人们为金钱而激动与紧张地奋斗之后，竟然能获得原本由宗教所提供的福乐、平静之感"，"金钱成了俗世的上帝"。③ 与居住着金钱上帝的喧嚣"集市"相比，象征

---

① 可能指收音机等电器设施。喧嚣不但骚扰着生者的宁静，也迫使墓地中的死者失去他们所富有的宁静——因为西方的坟墓有许多就建在城市中，所以常常有熙来攘往的人群经过。
② [德]马克思：《论犹太人问题》，载《马克思恩格斯全集》第三卷，中央编译局译，人民出版社2002年第2版，第194页。
③ Georg Simmel, *The Philosophy of Money*, Translated by Tom Bottomore and David Frisby, Lodon & New York: Routledge, 2004, pp. 222–238.

人类固有信仰的"教堂"却"打烊"了("洁净、紧闭、扫兴")。① 无疑,在苦难被遗忘之后,兴起的必然是对"成功与金钱"的如蝇逐血般的不餍追逐,人们沉醉于"幸福与自由的"种种假象之中。此种无信仰约束的"自由"只能是一种如秋千一般"晃(来)荡(去)"的漂泊无根状态与难言的寂寞状态。② 人声鼎沸的集市中,"靶场"上的铁皮目标"被"好枪手命中,来回晃荡(众人那"自由之晃荡"),众人的"喝乐"声与自身的"幸运"使"好枪手"流连忘返,永不疲倦地沉沦在一轮轮新的射击游戏中。③ 诗人以颇具反讽的口吻说:

>一切,全部,过程——,这堂课让人
>受益匪浅……

但是,在集市这个充斥着虚假的名利场外却有一个本真的世界——人类单纯的激情仅存的世界。④ 在这个单纯宁静的小世界中,儿童相互嬉

---

① 里尔克生活的时代,西方的邮局周末停止营业,所以他将无人光顾的教堂比作"礼拜天的邮局"。周末之所以被称为礼拜天,乃因其本是信徒的礼拜时间,然而礼拜天的教堂却"打烊"而无人光顾,可见信仰式微的结果何其严重。一般来说,人们称商业场所停止营业为"打烊",诗人将教堂的关门称为"打烊",流露出其对被金钱殖民化后的信仰式微状态的强烈批判。托马斯·曼在《德国人的致词》(1930年)一文中描写了,"那个时代占统治地位的思想类型。'得意忘形的青年学生'挣脱了'理想主义和人文主义学派的束缚',如今却染上了狂热主义的舞蹈病。人类摆脱了理念约束,忘乎所以,在古怪的精神状态中与此相适应的是政治上的荒诞风格,教会救世军的恶态,群众的集体抽风,小摊贩的狂叫,上帝的赞歌,单调口号的不断重复,满嘴冒泡仍叫个不停。狂热成了救世的原则;兴奋成了抽羊角风时的'忘我状态';政治成了第三帝国大众的鸦片,或者无产阶级的'转世论'。"见[德]吕迪格尔·萨弗兰斯基《海德格尔传——来自德国的大师》,靳希平译,商务印书馆1999年版,第278页。

② 大都市中充斥着"小小的穷人的孤零、孩童的寂寞的时刻,空荡荡的如房间一般,还有伟人们的如原野一样广大的无言的孤寂"。《大都市(片段)》,见[奥]里尔克《永不枯竭的话题:里尔克艺术随笔集》,史行果译,东方出版社2002年版,第303页。

③ 射击场无疑是对人生舞台的隐喻:人类中的成功者("好枪手")在名利场角逐时,最终在"喝彩加幸运"中名利双收("命中")。人生大市场以"无奇不有的店铺"吸引众人并"招徕顾客,鼓乐齐鸣",而市场上喧嚣的顶峰是"成人"的"稀奇"游戏,即阳光下的罪恶交易——金钱繁衍投资的交易与性的交易。

④ 集市中的丑陋众生相皆因受到"不死"广告的欺骗,遗忘了死(存)的存在。饮酒者以"新鲜的闲聊"佐酒(边聊边饮行为)而沉浸于"闲聊"中,便转移了对啤酒味道的注意力,"苦酒似乎甘甜可口"。同理,集市中的人们以繁忙的"游戏"生活和"不死"的自我欺骗来缓和死亡(人必须咽下的"苦涩的啤酒")的困扰,来暂时遮蔽"死亡"。当然,遮蔽只是"暂时"的,因为诗人措辞已然表明:人生"苦酒"并未变得甘甜可口,而是"似乎"甘甜可口——人们一旦从虚假的繁忙中醒来(闲聊中止),"死亡"立刻会扑面袭来("啤酒依然苦涩不堪")。

戏，恋人们依偎缠绵，狗群自由地归属于自然（"拥有自然"）。显然，在儿童、恋人、动物（狗群）、植物（草丛）四者身上体现着与集市的喧嚣虚伪截然相反的"僻静"与"真诚"。在此种"真"的气氛感召下，居于人类原始苦难之山的"悲愁"女神出场并被一个"年轻人"爱上，尔后诗人给出的便是二者之间的对话①：

>　　她说：很远。我们住在
>45　那外边……在哪里？年轻人跟随她。
>　　她的姿势令他激动。肩膀，脖颈——
>　　她可能出身显贵。可他丢下她，转身，
>　　挥手……有何意义？她是一个**悲愁**。

少年虽开始会深深地为出身于精神贵族的"悲愁"所吸引，但易于感伤的他却最终会因外在现实的诱惑而放弃了对"悲愁"的追随，退回到成人世界的名利场中：

>　　可他丢下她，转身，
>　　挥手……有何意义？她是一个**悲愁**。

说到底，年轻人惧怕因走上运思之途而牺牲掉一些诱人的现实幸福，而真正能与悲愁同行的是"年青的死者"和里尔克这样的伟大运思者②：

二

>　　唯有年青的死者爱她并追随她，
>50　他们刚刚进入永恒的镇静，
>　　弃绝之状态。

---

①　"年轻人"因尚未被理性与金钱征服，他们还有时间"为赋新词强说愁"；但是他们中也只有极少数人有勇气不屈服于来自现实世界的种种压力，而终生选择与"悲愁"为伴。因为纵观人类史，与"悲愁"为伴的只能是那些"精神贵族"（思想家、艺术家、宗教家等）——他们整日为人类存在的意义而"悲愁"着。

②　别忘了读者始终是在里尔克的追问下前行，年青的死者只是诗人的一种诗意构建，所以能与悲愁为伴的只有那些伟大运思者。

> 她期待姑娘，同她们交朋友。悄悄展示
> 身上的装饰。精致的忍耐面纱，
> 苦难之珠。——她对年轻小伙子
> 55　沉默。

"年青的死者"在死亡之初，不明自己的死因而整日地"悲愁"（"爱她并追随她"）着。诗人有意将行动主体（施动者）与客体（被动者）进行了互换，即他将生者悲悼"年青的死者"时所产生的种种悲愁情绪，表达成悲愁女神牵引着"年青的死者"，以展现悲愁的强大。① 当然，除了"年青的死者"外，悲愁还极易与姑娘为伴（"交朋友"）。"悲愁"之所以会垂青姑娘而对"年轻小伙子""沉默"不语，乃因小伙子们整日繁忙于外在的世界（名利）而时常忘却思索"悲愁"；与小伙子们不同，姑娘们会整日思索着这样那样的悲愁事，她们更能径直投身于悲愁之中。最终，"年老的悲愁"将牵引着"年青的死者"游历自己所居住的"原苦之山"，并向他阐明悲愁的意义：

四

> 可是在山谷，她们居住的地方，年轻人
> 若有疑问，一个年老的悲愁则会关照：
> 我们**悲愁**，她说，曾经是一个大族。
> 先辈在那边大山开采矿石；在人间
> 60　你有时发现一块磨光的原苦，
> 或凝固成渣的愤怒，出自古老的火山。
> 是的，那是它们的发祥地。我们曾很富有。——

"年老的悲愁"十分了解原苦之山的形成史，在她那闲坐话玄宗式的自白中，我们知悉了"悲愁"曾经的辉煌显赫以及今日的贫困没落。无疑，在"原苦之山"上探寻真理（"开采矿石"）的"先辈"们，就是人

---

① 诚如伽达默尔所言，"不是死者跟随着悲愁，而是生者因悲悼死者所产生的悲愁跟随着死者"。见 Hans Georg Gadamer, *Literature and Philosophy in Dialogue: Essays in German Literary Theory*, translated by Robert H. Paslick, New York: State University of New York Press, 1994, p. 166.

类思想史上那些对存在意义进行不懈地追问的思想贵族们。他们思索痛苦与受苦的意义时,产生出众多影响后世的伟大思想,这一过程就像思想家们将一块块"原苦"矿石放入头炉煅烧冶炼后,"磨光的原始苦难"和"凝固成渣的愤怒"最终出炉了一般。无疑,今日的读者在与那些伟大的思想著作照面时,仍会体验到作者思索时的痛苦与激情。正是他们的不懈拷问,人类才得以知悉痛苦、爱和生死等原始体验的意义;然而不幸之处在于,现代人已然遗忘了苦难,所以盛极一时的悲愁王国最终衰败而只留下些断壁残垣:

五

她领他飘然穿过广阔的**悲愁**之境,
让他看神庙的巨柱,或那些城堡的废墟,
65 **悲愁**的诸侯曾经从那里统治全国,
睿智贤明。让他看高大的眼泪树,
忧郁盛开的田野(在生者看来,
忧郁不过是柔嫩的树叶);让他看
悲哀之动物,正觅食青草,——偶尔
70 一只鸟惊起,平缓飞过他们的仰望,
远远勾勒出孤独嘶鸣的文字图像。——
傍晚,她带他去**悲愁**族的祖坟,
拜谒女巫西比尔和男先知。若黑夜降临,
他们的脚步愈加轻悄,俄顷,
75 守护万物的墓碑随月光升起。
酷似尼罗河畔的斯芬克斯,
它睥睨一切——:隐秘幽室的
面孔。
他们震惊,加冕的头颅沉默,
80 已将人面永远放上
星辰的天平。

诗人在面对古文明的壮观遗址时想到,人类先民们正是在思索"苦难"中才构筑起了自己的辉煌文明并赢得了此在的尊严——大地上那历经千祀而依旧矗立的雄伟"神庙的巨柱"和庞大"城堡的废墟"。简言之，正是苦难成就了伟大的古文明①：

> **悲愁**的诸侯曾经从那里统治全国，
> 睿智贤明。

在总览过悲愁王国的历史遗迹后，"年老的悲愁"继续牵引着"年青的死者"去观看悲愁王国的动植物，首先是植物：

> 让他看高大的眼泪树，
> 忧郁盛开的田野（在生者看来，
> 忧郁不过是柔嫩的树叶）；

"高大的眼泪树"的枝叶繁茂地生长着，它的营养源自人类的痛苦之泪，"忧郁"之花在"田野"上竞相绽放。显然，尽管"悲愁"覆盖着大地的每个角落，却只有在人类悲愁时才能显现自身。因此，在尚未悲愁的"生者看来"，大地上生长的"忧郁"植被"不过是柔嫩的树叶"，而不会是"眼泪树"。② 看过植物后，便是动物：

> 让他看
> 悲哀之动物，正觅食青草，——偶尔
> 70　一只鸟惊起，平缓飞过他们的仰望，
> 远远勾勒出孤独嘶鸣的文字图像。——

黄昏中的动物因"觅食"不得而兀自悲嘶哀鸣，被惊飞之鸟在动物的"仰望"中"平缓"地飞过，飞鸟在空中渐行渐远，同样发出"孤独的嘶鸣"声。此处，听觉印象被视觉化了：惊飞之鸟在空中的"孤独的嘶鸣"声，被诗人喻作惊飞之鸟在辽阔苍凉的天空上书写着悲伤的"文

---

① 如亚伯拉罕那在旷野中的呼告；耶稣客西马尼之夜的呼告成就了走上十字架的伟大牺牲。
② 体会到这点需要"感时花溅泪，恨别鸟惊心"式的移情。

字图像"。显然,动植物界中依然存有那源自远古洪荒年代的原始悲痛。傍晚降临后,"年青的死者"被牵引着去"拜谒女巫西比尔和男先知"——他们是天天与死亡和神秘照面的原初民的解谜人。①

在死寂的黑夜里,"墓碑"随明月一道撞进"年青的死者"的视界("守护万物的墓碑随月光升起"),悲愁的墓碑是如此的巨大,让诗人自然地联想到埃及沙漠里"尼罗河畔的斯芬克斯",斯芬克斯(Sphinx)因拥有"守护万物"的权力而能"睥睨一切"在者。在索福克勒斯的《俄狄浦斯王》一剧中,斯芬克斯掌握着人的存在之谜,②因此其面孔显得如"隐秘幽室"般深不可测。"年轻死者"为永恒闪烁的星辰之光所照射的巨大人面(狮身人面像)震撼,这个"死亡陛下"那昂扬着的高贵头颅,代表着"人类最大的痛苦与最大的损失,因此他能给予为死悲愁一种独特的地位。这里才是悲愁的实际起源所在"。③

六

他的目光看不清人面,在初死之中
他眩晕。但她的凝视
令猫头鹰惊悸,从王冠之后飞起。
85 它缓缓飘下,翅膀划过面颊,

---

① 如若联想到T. S. 艾略特《荒原》的题词:"我曾亲眼看见库迈的西比尔挂在笼中,当孩子问她:'西比尔,你要什么?'她回答说'我要死。'"见[英]T. S. 艾略特《T. S. 艾略特诗选》,查良铮等译,四川文艺出版社1992年版,第15页。显然,西比尔在艾略特笔下象征"垂死"的西方文明,在里尔克笔下则象征能体验到痛苦的积极之人。

② 在古希腊剧作家索福克勒斯的名作《俄狄浦斯王》一剧中,赫拉为报复她的情敌塞墨勒,派遣一个狮身人面怪兽斯芬克斯为害忒拜城。斯芬克斯坐在城外的山上,给出谜语"什么动物早晨四只脚、中午两只脚、晚上三只脚",凡回答不出者,都会被它吃掉。忒拜人深受其苦,最终流浪到忒拜城外的俄狄浦斯道出谜底——人,怪兽才跳崖自杀,俄狄浦斯则被忒拜人拥戴为王,并导致了俄狄浦斯娶母悲剧。无疑,本首哀歌中"酷似尼罗河畔的斯芬克斯"的狮身人面像,就像《俄狄甫斯王》中的斯芬克斯因握有"人的存在之谜"而让人觉得庄严可怖。黑格尔曾对这个谜语有过极为精到的分析,"这个象征谜语的解释就在于显示一种自在自为的意义,在于向精神呼吁说:'认识你自己!'就像著名的希腊谚语向人呼吁一样。意识的光辉就是这样一种明亮的光:它使自己的具体内容,通过属于自己而适合于自己的形象,透明地呈现出来,而且在它的这种客观存在里所显现出来的就只是它自己"。见[德]黑格尔《美学》第二卷,朱光潜译,商务印书馆1979年版,第77页。

③ Hans Georg Gadamer, *Literature and Philosophy in Dialogue: Essays in German Literary Theory*, translated by Robert H. Paslick, New York: State University of New York Press, 1994, p. 168.

那种最成熟的圆满,
于是在翻开的书页上
柔软地描出不可描绘的轮廓,
描入死者新异的听觉。

"年青的死者"在"初死时",因不能接受自己已经死去而处于一种莫名的"眩晕"状态,这种"眩晕"会因如斯芬克斯般巨大人面的凝视而加重。由此,诗人给出了年轻死者在深邃星空下因严重"眩晕"而体验到的一种视觉与听觉交错影响状态。

首先,作为死亡信使的猫头鹰,因死亡本身("她")的凝视而惊悸地从人面王冠后飞起,"缓缓飘下"的猫头鹰,以"翅膀划过(雕像的)面颊"。在一片死寂的氛围中,猫头鹰的扇动翅膀的声音描绘出一种难以言说的轮廓。此处"翻开的书页"指的是死者的双耳,在书页上"柔软地描出不可描绘的轮廓",即猫头鹰的翅膀在飞翔时摩擦大气所发出的声音鼓动着年青死者的双耳。诗人以打通听觉和视觉之间界限的方式,端出一种猫头鹰滑落时的神秘氛围,他仿佛指给读者看,"瞧,那飞跃死亡的巨大枭鸟"!最终,为巨大人面的"凝视"所震惊而木然的"年青的死者",又被"惊悸"而飞的猫头鹰唤醒,他将目光投向了"苦难国度的星星":

七

90　更高,星星。新星。苦难国度的星星。
悲愁缓缓叫它们的名字:这里,
看:骑士,权杖,那更圆全的星座
她们称它:果环。尔后,再远些,趋近极点:
摇篮;路;燃烧的书;玩偶;窗。
95　可是在南天,纯净,犹如在赐福的手心,
清晰闪耀的"M",指母亲……

于是悲愁为"年青的死者"缓缓指出群星的名字,十首哀歌里的众多意象——以星星的形象现身了:"骑士"象征一种驾驭着人生之马的不

可见力量;①;"权杖"象征朝圣者的持有物;"果环"象征生活的艰辛与沉重;"摇篮"象征出生与死亡;"路"象征人经常寻找却甚少找到或根本就找不到的"人生之路";"燃烧的书"象征启示;"玩偶"象征着儿童反复玩耍玩偶后长大成人②;"窗"则象征着渴望与期待、失望与离别。③最后出场的是"纯净"的"M"形星座,它象征超越"苦难国度"后,能给万物"赐福"的母亲。④ 虽然"年青的死者"已然为"苦难国度的星星"所深深震撼,但悲愁之旅尚未结束:

八

但死者必须前行,年老的**悲愁**
默默引他到深谷之前,
月光映着波光:
100   欢乐泉。她这样称它,
含着敬畏,说:在人间
它是一条宽广的大河。——

凝视着"苦难国度的星星"的"年青的死者",被悲愁牵引到悲愁的深谷中,他看见谷中的"欢乐泉"在月光下波光粼粼。正所谓悲极生乐,在欢乐面前"年老的悲愁"必须止步,她满含敬畏之情地告诫"年青的死者",唯有大悲愁后的欢乐才是真正的大欢乐⑤:

---

① "望星空!没有以'骑士'命名的星座?/因为这来自大地的骄傲/奇特地铭刻在我们心上。另一种骄傲,/放纵并羁勒前者,前者驮负它。"(奥:A.11)除了这些具有明显象征意义的星座外,里尔克心中始终有一种具有特殊寓意的星座,它"一个星座由亲爱的人们构成,在我头顶,注视着这一切:使我轻松和沉重,一再使我沉重:就是这些人,我不常听说他们,也不常打听他们(我完全信赖他们),每当我抬头仰望,他们总是在同一个位置,总在我头顶"。见李永平编选《里尔克精选集》,北京燕山出版社2005年版,第658页。
② "我们处在世界与玩具的空隙"(哀:Ⅳ.71)。
③ "初次见面的畏怯,窗前的期待"(哀:Ⅱ.60)。众星座的象征意义,见 Rainer Maria Rilke, *Duino Elegies*, translated by J・B・Leishman & Stephen Spender, London: The Hogarth Press, 1939, p.146.
④ M是德文单词Mutter("母亲")的首字母。
⑤ 反思痛苦意义最终会得到一条欢悦的智慧大河,宽广的它奔淌在人类思想史中。

九

他们伫立山脚。
这时她拥抱他,恸哭。

在"原苦之山"脚下,"年老的悲愁"与"年青的死者"来了场悲尽兴来的恸哭;尔后,"年青的死者"独自隐入了"原苦之山":

十

105　他独自远去,隐入原苦之山。
绝无跫音从无声的命运传出。

此时的"年青的死者",已全无了夭折时的悲恸,而成长为"无限的死者",并最终隐入象征着人类历代原始苦难记忆所累积起的"原苦之山"中,成为了"原苦之山"的一部分①:

十一

但无限的死者似已唤醒我们,一种暗示,
看吧,他们也许指着空空榛子
那悬垂的柔荑花序,或者
110　晓以雨丝,在春季飘落幽暗的大地。——

"有限的生者"因早夭而成为"年青的死者",而"年青的死者"在历经了悲愁之旅后,最终升华为"无限死者"。这一过程无疑显明了"死"对于"生者"有着一种难以名状的积极意义——生者不仅能在向死而生中筹划自己的存在,而且死能使"有限存在"转化入"无限存在"。"年轻死者"就像是榛子树上悬垂的"柔荑花序",花序在尚未结果时就"悬垂"向大地,隐喻人在年轻时(尚未走完人生,到达其终点"死")

---

①　"原苦"(das Ur-Leid)与"原罪"(die Ur-Suende)类似,都是人类与生俱来的东西。

就面向了死。"年青的死者"又像是"春季飘落（在）幽暗的大地"上的雨丝，他投入大地中（走入死亡）是为了润物细无声地滋养新的生命——新生为"无限的死者"。正是在"年青的死者"身上，诗人洞悉到苦难与死的伟大意义：

十二

> 而我们，只惦念上升的幸福，
> 怎能不为之感动，
> 几乎深心震撼，
> 当着幸福物沉坠。

"年青的死者"对生者的启示是：此间的存在能完成由"有限"向"无限"的转化，人应该彻底放弃那种先区分出此岸和彼岸，并厌弃此岸而想超升彼岸的错误想法，因为"此在"的存在意义唯有在"此间"才存在。最终，整部哀歌在对"此间之幸福"的感恩赞般的肯定中结束。

里尔克在写就第十首哀歌后，自觉有一种重负突释后的大疲倦感与恩典屡降后的大欣悦感。这种"无名的狂飙"般的感觉是如此的强烈，以至于在完成第十首哀歌的当晚（1922 年 2 月 11 日），诗人实在按捺不住自己的激动心情，接连写了两封书简分别向两位密友报喜，以释放自己那疲倦却欣然的复杂情绪，他说在"跨越过如此漫长的岁月"后[①]，自己终于体验到了一种"完满的幸福"——里尔克感觉自己像是被"一场飓风"般的"精神风暴"席卷过一般，他"身体的一切，纤维、组织、骨架都喀嚓裂缝了，弯曲了"，"手仍在颤抖"，"压根儿没想到饮食"[②]。

[①] 指的是从第一首哀歌于 1912 年 1 月 21 日写就，到第十首哀歌于 1922 年 2 月 11 日完成的近十年时间。

[②] ［奥］里尔克：《穆佐书简：里尔克晚期书信集》，林克、袁洪敏译，华夏出版社 2012 年版，第 62—65 页。笔者在阅读本首哀歌尤其是第 105—114 行诗时，耳畔总是回荡着奥地利作曲家古斯塔夫·马勒（Gustav Mahler, 1860—1911）的交响套曲《大地之歌》（*Das Lied von der Erde*）（1907—1909）的结尾唱词，"我去哪里？我去山间漫游，/为我孤寂的心寻找慰安。/我要返回故乡，我的家园，/永不在外漂泊流连。我心已宁静，守候生命的终点。/可爱的大地，年年春天/何处没有芳草吐绿，百花争妍！/地平线上永远会有曙光升起，长空湛蓝，/永远……永远……"（邹仲之译）

第五章

重塑空间·时间与神话修辞

为了更加集中地显明《杜伊诺哀歌》中的存在之思,有必要在分首解读完毕后对其进行一个总体提炼。

首先,"时代的贫困"逼使里尔克在第一首哀歌中,对现代性所引发的超感域(信仰、形而上学等)的作用失效后的人类存在境遇进行追问。人类存在困境的主因乃是主体哲学所带来的诸种二元"区分"之弊,它导致了人将世界视作一个对象性的存在者世界——人不仅遗忘了"存在",而且不能与存在源域进行沟通。由此,诗人在第二首哀歌中以"诗言"再现创世之初和古希腊时期的那种"存在"充盈显现的盛象,并指出回返此种美好过去的前提之一是"克制"高度膨胀的主体欲望——爱是艰难的;而若想"克制"主体欲望,就必须对欲望的源自进行一次精神分析。因此,里尔克在第三首哀歌里集中处理意识、无意识、集体无意识、性冲动和恋母情结等诸多精神分析的母题。诗人认为人类之所以会深陷诸种欲望之中,主要原因是他们深为一种庸常的时间观所束缚(总是为了"做这做那"而行动),因此有必要在第四首哀歌中言明何谓"本真的时间"(时间性)以及如何对待"生之中已然包含着死"。第五首哀歌中,诗人借江湖艺人形象,挑明处于被抛境遇中的常人终日沉沦在操心中(操劳着物和操持着人),究其本质而言他们过的乃是一种非本真的生活。这便自然引入第六首哀歌中能对自身的"能在"进行强力筹划的英雄形象,英雄彰显的是一种"向死而生"的本真的存在方式。进而,里尔克便顺理成章地开始了第七首哀歌中的对"此间"中的"此在"之尊严与荣耀的赞颂,以及第八首哀歌中人何以因主客二分之弊,而使世界成对象性的图像存在的批判——人类最终错失了进入"敞开状态"的自由,他们不能以"在……之中"的方式存在。第九首哀歌则给出了赢获此种"在……之中"的存在方式的答案:跟随、倾听"道说"(存在源域由一种"纯粹言说"在既澄明又遮蔽的争执之际呈现自身,这种"纯粹言说"就是"道说"),而后再"诗性言说"——用"诗性言说"去瓦解"对象性之思"(存在者之思),将有限的有形物转化为(内心的)无限的无形物。无疑,运思在诗性言说之路上必会遭逢痛苦辛繁。因此,诗人在第十首哀歌中借"年轻死者"的无辜之眼,对痛苦、受苦以及死亡之于人类存在的意义详审了一遭。[①] 显而易见的一点是,在整部《杜伊诺哀歌》的存在之思中,时隐时现的天使意象十分引人注目,它究竟隐喻着什么呢?

第一节 天使的隐喻与整全的空间

笔者认为,杜伊诺哀歌世界之中的天使是这样一种受造物,在他的身上"我们所尝试的从可见之物到不可见之物的转化似乎已经完成",而人类正是"这些大地的转化者,我们整个的此在,我们的爱的飞翔和坠落,这一切使我们能够胜任这项使命(除此以外,再没有别的重大使命)"。[②]无疑,天使隐喻的乃是能沟通幽与明(无形世界和有形世界)的一种存在的激情,现代人的日常存在恰恰匮乏的就是此种激情,因为此种激情只

[①] 十首哀歌在对"此在"之存在意义进行步步推进式叩问的同时,又回环往复地呈现一些主题(生、死、爱、欲)和意象(植物、动物、天使、恋人等),使得我在读完一遍《杜伊诺哀歌》后,颇像听完了一部"清唱剧"(oratorio)。显然,由十首哀歌构成的《杜伊诺哀歌》并非一部松散的"组诗",而是一部有内在逻辑关联的"长诗"。诗人 T. S. 艾略特认为,诗人们写作"长诗"的真正缘由是"只有在一首相当长的诗中,多种情绪才能得到表达。因为多种情绪需要多种不同的主旨或主题,它们要么自身相互联系,要么在诗人的心中相互联系。这些部分组成一个整体,且大于各部分之和,我们从阅读这样一个整体的各部分所获得的愉悦,会通过对整体的理解而得到增强。因此,在长诗中,一些部分可能会被故意设计得比其他部分缺少'诗性'。这些诗段,假如单独选取出来可能会黯然无光,但相对照而言,可能会引出其他部分的重要意义,并将它们连接成一个比任何部分都更具意义的整体"。参见陆建德主编《艾略特文集·批评批评家》,李赋宁译,上海译文出版社 2012 年版,第 33 页。

[②] [奥]里尔克:《穆佐书简:里尔克晚期书信集》,林克、袁洪敏译,华夏出版社 2012 年版,第 216 页。在答《杜伊诺哀歌》的波兰文译者的信中,里尔克明言"哀歌的天使同基督教天堂的天使毫无关系,倒是同伊斯兰教的天使形象相关"。伊斯兰教的天使是安拉在造人之前用光创造的一种妙体,他们无性别和长幼之分,不饮食睡眠而长生不老;天使身披羽翼,受安拉的差遣飞驰巡回于天上人间。天使的主要职责是监护人类、传达经典、默助圣战、惩治恶棍、掌管死亡、专司刑狱、祝福报喜和吹响号角。参见林松《〈古兰经〉知识宝典》,四川人民出版社 1995 年版,第 209—211 页。

在人朝向那些终极的与最高的价值时才会现身，而现代社会则使"那些终极的和最崇高的价值，已然从公共生活中抽身而去，它们或是遁入神秘生活的抽象领域，或是进了个体人际关系的友爱之中"①。换言之，在理性法庭面前，奠基在超感物基础上的人类那些"以往的目标和价值不适合了，再也找不到信仰"②。人类之存在的意义危机，使里尔克时期的人们醒觉到人类进步的同时，"却牺牲了人类的精神价值，把所有的尊贵和美都牺牲了。人类的计算能力得到了相当的培养，有了很大的发展，有了很大的发展，但人类深刻的力量却被这种社会关系所吞噬了"。③昔日的生存整体性早已为现代理性刀锋所斫裂，敏感的人们必将终日惶然，且"渴望并颂扬那未受现代个人主义、逻辑理性、商业价值败坏的原本生命形态"④。1921年，德国哲学家爱德华·施普兰格尔（Eduard Spranger）曾如是综述时代的精神状况，"年轻的一代……虔诚地期待一种心灵最深处的重生……较之于任何时代，今天的年轻人更多地通过其精神器官的整体，进行呼吸和生活。存在着一种对于完整性的冲动，同时还有一种宗教的渴望：走出人为的和机械的境况"。⑤由此，便不难理解缘何里尔克同时代的德语知识分子会如此热衷于推动荷尔德林的复兴运动，因为与罹受诸种分裂之苦的现代人相比，荷尔德林笔下的古希腊人居于一个自然、人、英雄与诸神四者亲密相依的世界，古希腊人身上体现了"人与自然是内在亲密的生活经验；体现了一种艺术观——崇仰建立在生命统一性基础上的世界之美和尊重神圣的伟大激情"⑥。一句话，重新在残裂的现实废墟中，寻获存在的意义成为现时代的迫在眉睫之事。当然，在一个启蒙以降的现代社会中，意义居有的新方式应满足以下两个条件：它既要立足此间世界，又应具有一种超感性。换言之，在一个传统的形上之物（宗教、

---

① Max Weber, *The Vocation Lectures*, translated by Rodney Livingstone, Indianapolis/Cambridge: Hackett Publishing Company, 2004, p. 30.

② ［德］尼采：《权力意志》，孙周兴译，商务印书馆2007年版，第401页。

③ ［德］马克斯·韦伯：《学术与政治》，冯克利译，生活·读书·新知三联书店2005年版，第3页。

④ ［英］杰夫·科林斯：《海德格尔与纳粹》，赵成文译，朱刚、张祥龙校，北京大学出版社2005年版，第12页。

⑤ ［德］吕迪格尔·萨弗兰斯基：《荣耀与丑闻：反思德国浪漫主义》，卫茂平译，上海人民出版社2014年版，第365页。

⑥ Wilhelm Dilthey, *Poetry and Experience*, edited by Rudolf A. Makkreel and Frithjof Rodi, Princeton: Princeton University Press, 1985, p. 312.

形而上学）已然失效的现代社会，意义居有的新方式若无"前者"（立足于此间世界）则空而假，若无"后者"（应具有一种超感性）则俗而盲。

面对此一难题，里尔克最终给出的解答之道是既立足此间世界，又朝向超感的存在源域的"诗性言说"，因为唯有在诗性言说中，"世界"方能向人再次敞开自身。显然，诗性言说式的存在方式，需要言说者保有一种可名之为"天使"的存在激情：在此种撼人心魄的存在激情面前，常人会恐惧和战栗，会转而愿信有一个超感的存在源域，这便为抵御由现代性所带出的虚无主义提供了一种可能性。里尔克在自己生命的最后一年，曾以信札方式向友人坦言诗性言说的任务就是将"这个短暂而羸弱的大地深深地、悲悯地、痴情地铭刻在心，好让它的本质在我们心中'不可见地'复活。我们是不可见之物的蜜蜂。我们疯狂采集看得见的蜂蜜，贮藏在金色的蜂箱里"。① 经由诗性言说，空间中的物便转化入人类广阔心灵的世界内在空间，而不再是对象性的异己存在物；从某种意义上说，这个空间不再是"一个为罪孽和内疚所困扰的人的空间，而是从未被赶出天堂的人的灵魂空间"②，此种空间中，人不再将世界把握为图像。

最终，人得以进入天—地—人—神共在的一而四、四而一的四重整体中，他也就享有"在……之中"敞开性，分裂性的空间最终也得以整全化。在诗性言说中，不仅人的在世维度之一——空间能发生此种转化，而且其另一维度——现代性的时间观亦能发生转化，那么何谓现代性时间观？它有何积弊呢？

第二节　反击现代性时间观

一　现代性时间观念

如本书导言所述，"现代/现代性"概念透露出的乃是人类对自我在历史进程所处位置进行反思性定位的一种历史哲学视角，即"现代性（Neuzeit）是第一个和唯一一个把自己理解为一个时代的时期，它在这样

---

① ［奥］里尔克：《穆佐书简：里尔克晚期书信集》，林克、袁洪敏译，华夏出版社2012年版，第215页。
② ［美］雷纳·韦勒克：《近代文学批评史》第七卷，杨自伍译，上海译文出版社2006年版，第95页。

做的同时创造了其他时代"。① 无疑,对置身于奠基在主体性哲学之上的合理性的"现代性"社会中的每一活生生个体而言,与前现代社会相比其生活境况的诸方面都不同程度地发生了某种质的变化;当然,现代人的时间体验感发生的质变恰恰是诸多变化中至关重要的一个维度。而在时间的三个维度"过去、现在和未来"中,主体能够真切体验的唯有"现在",因此,其对"现在"的不同体验和理解规约着其对"过去和将来"的不同阐释。从现代性(modernity)一词的原初含义"成为现代"(being modern)"此刻、现在"(modo)和"现在存在的事物或此时此刻"(contempory)中,可以看出现代性揭示出的是一种不停追逐、把捉并试图成为"现在",又不停否定"现在",使之成为"过去",不断追求新异(newness)的进程,因此它最终给出的是一种强烈未来指向的动态性时间观。为了透析此种时间观的出场之因,就需对时间概念发展史给予一简扼梳理。

尽管时间与空间是人生在世的两个基本维度,但想对其进行逻辑清晰的界定,却是难上加难之事;而在两者中"时间"因其独特性而更加难以把握。就是当我们每每自认对其有所领会之际,可一诉诸语言表达却常常不达真境,遑论使这种领会朗现于语言?基督教神学家圣奥古斯丁(S. T. Augustinus)曾如是道说此种困境,"时间究竟是什么?若无人问我,我倒清楚;倘有人让我说明它,我便茫然不解了",② 但此种困境却并未阻隔一代代思想家们给予时间以持久性探查。幸而,我们这里仅需阐明为何"现代性"给出的是一种强烈未来指向的动态性时间观,而无须对时间之本质是何给出一个公认的界定。我认为,"现代性"时间观的产生主要有两个不可忽视的原因:一是人类对"时间"概念本身的理解之变化所奠定的内在逻辑基础,即时间由"外在"进入"内在",可从众多思想家对时间的追问中看出其脉络;二是"现代"社会诸方面的外在环境更迭逼使人类对时间的体验随之变迁。

诚如海德格尔所言,亚里士多德奠定了西方社会的传统时间观念,他首次对时间现象给予了详尽阐述,并"基本上规定了后世所有人对时间的

---

① [英]彼得·奥斯本:《时间的政治——现代性与先锋》,王志宏译,商务印书馆2004年版,第27页。

② ST. Augustine, *Confessions* Vol. 2, translated by William Watts, London: William Heinemann, 1912, p. 239.

看法"①。虽然亚氏对时间的本质、构成、存在形式及其与空间的关系等诸多方面都进行了审究,但其观点的突出之处乃是,从时间与运动本性之间的关系来把握时间,"时间既非运动,也不能脱离运动"②。亦即是说,时间既是认知主体对客体之运动本性的某种感觉方式(时间的主观内在性),更是对其运动本性的一种客观揭示(时间的客观外在性)。尽管亚里士多德看到了时间兼有主观内在性与客观外在性的二重属性,但他更看重时间的客观外在性。

自亚里士多德以降,对时间现象进行追问的思想家中,不可遗漏基督教神学家——奥古斯丁。奥古斯丁从基督教神学立场出发,对亚里士多德侧重时间的客观外在性观点透出不满,他侧重主体时间体验感的完全内在性,"我的心灵啊,我正是在你里面度量时间……(因此)我度量印象之时,是在度量时间"③。这种主观性时间观将亚里士多德关注客体运动和时间客观性存在三个维度(过去、现在和将来)的观点,转换成了关注运动的客体与时间的三个维度究竟是如何进入主体的意识之中,并使主体形成相对应的时间印象。"内在性"的时间观影响了自奥古斯丁之后的众多哲学家,诸如笛卡尔的时间"仅是一种思维形式"④,霍布斯的时间是物体运动在人类意识中留下的"影像"以及洛克的时间"是由度量划分过的绵延"等观点。⑤ 再如,康德同样从"内在性"的时间观出发,驳斥了牛顿的绝对时间观和莱布尼茨的关系时间观,他认为"时间不过是内感官的形式,即我们自己的直观活动与内部状态的形式"⑥。承继康德、胡塞尔对内在时间概念给予高度关注,他认为我们接受的"并非经验世界的时间,而是意识流动的内在时间(immanent time)"⑦。而海德格尔在1927

---

① [德]马丁·海德格尔:《存在与时间》,陈嘉映等译,生活·读书·新知三联书店2006年版,第31页。

② W. D. Ross, *Aristotle's Physics*, Oxford: Clarendon Press, 1936, p. 385.

③ ST. Augustine, *Confessions*, Vol. 2, translated by William Watts, London: William Heinemann, 1912, pp. 273–275.

④ René Descartes, *Philosophical Essays and Correspondence*, edited by Roger Ariew, Indianapolis & Cambridge: Hackett Publishing Company, Inc., 2000, p. 246.

⑤ John Locke, *An Essay Concerning Human Understanding*, Indianapolis: Hackett Publishing Company, Inc., 1996, p. 80.

⑥ Immanuel Kant, *Critique of Pure Reason*, translated by Paul Guyer & Allen W. Wood, Cambridge: Cambridge University Press, 1998, p. 163.

⑦ Edmund Husserl, *On the Phenomenology of the Consciousness of Internal Time*, translated by John Barnett Brough, Dordrecht: Kluwer Academic Publishers, 1991, p. 5.

年的一次讲座中,更是将内在时间的重要性推向极致,"因一切时间向来均属此在(Dasein),故并无自然时间(nature-time)"。①

要之,人类对时间的理解由"外在"转向"内在"的关键之处在于:时间由一种外在的客观存在,转换成了一种内在的主观体验感,即自然时间变成了心理时间;而主体的体验感恰恰会随对主体发生影响的外在事物之变迁而变动。众所周知,当西方进入现代社会之时,资本主义正卷入"一个长期大量投资于征服空间的难以置信的阶段。铁路网的扩展,伴随着电报的出现、蒸汽轮船的发展、修建苏伊士运河、无线电通信以及自行车和汽车旅行在那个世纪末的开始,全部都以各种根本的方式挑战时间和空间的意义"。② 以铁路为例,自 1825 年第一条铁路通车后不到 30 年,铁路网已经遍布整个欧洲,这使"人类生活中长期固定的陆路运输之最高速度,发生了一种突变。……它们(铁路)把欧洲主要路程缩短至以前的十分之一左右"。③ 铁路对大众的时间体验感产生了不可低估的影响,可以说在整个 19 世纪的进程中,火车是"现代时间意识得以震动大众的工具与推动大众生活状况急速进步的普遍象征"。④ 这样,在主体哲学所确立的现代社会,以激进未来为取向的现代时间带给人的是其过去的经验与他对未来的期待之间越距越远。换言之,置身"现代"之中的人,其世代以来所累积的传统经验再也不能帮他应对随时会出现的超出其经验范围的繁杂事绪———一切原先"固定化的东西都烟消云散了"⑤。因此,在某种意义上甚至可以说现代性不过是体验空间和时间的某种方式。⑥

当时间体验感发生巨大的变动之后,主体能够避免内心惶惑不安的唯一途径便是运用理性的力量对此种新的时间体验感进行把握,而理性把握

---

① Martin Heidegger, *The Basic Problems of Phenomenology*, translated by Albert Hofstadter, Bloomington & Indianapolis: Indiana University Press, 1982, p. 262.
② [美] 戴维·哈维:《后现代的状况——对文化变迁之缘起的探究》,阎嘉译,商务印书馆 2003 年版,第 329 页。
③ H. G. Wells, *The Outline of History*, Vol. 2, New York: The Macmillan Company, 1920, p. 386.
④ Jürgen Habermas, *The Philosophical Discourse of Modernity*, translated by Frederick Lawrence, Cambridge: Polity Press, 1990, p. 60.
⑤ Karl Marx, *Marx: Later Political Writings*, edited and translated by Terrell Carver, Cambridge: Cambridge University Press, 1996, p. 4.
⑥ Marshall Berman, *All that is Solid Melts into Air: the Experience of Modernity*, London: Verso, 1982, p. 15.

又会使主体的此种时间体验感得以强化。最早对时间体验感的变化做出回应的西方哲学家是费希特与谢林,他们都试图以动态的"自我"概念把握人类对周遭世界的时空体验感的由传统静态性向现代动态性的更迭。虽然费希特所持的时间性是与对象一起被"主观的自我"构建出的主观性,以及谢林所认为的"时间"既非"主观自我"亦非"客观自我"而是具有"绝对同一性的自我"将自己作为直观对象(自我直观)的产物,都以各自的方式对康德那奠基在"先验自我和自在之物"基础之上的时间观进行了一定程度的消解,但对康德的时间观形成真正挑战且把握住其时代精神的动态性,并对后世产生持久性影响的哲学家则是黑格尔。

在批判谢林的"无差别的绝对同一性"的"自我"概念基础上,黑格尔认为"绝对"(精神)是"单一之物分裂为二的过程"①。作为自我异化之精神的自然,分裂为肯定性的时间和否定性的空间两种形式,黑格尔认定"空间就是这种自身具有否定的矛盾……由于空间仅仅是对自身的这种内在否定,所以,空间的真理就是其各个环节的自我扬弃。现在时间正是这种持续不断的自我扬弃的存在,……时间是否定的否定,或自我相关的否定。……是被直观的变易"②。在黑格尔看来,现实中那作为"直观的变易"的时间与空间唯有在"运动(Motion)之中才得到现实性"③,因为"运动是世界之真正灵魂的观念(Notion)"④——"运动"是理念的本质属性。这样,黑格尔通过变动不居的绝对精神使时间从属于绝对运动,否定了他之前众多哲学家所认同的相对静止化的时间观,发展出了"绝对运动的时间观"。他曾如是描述时间的运动性,"时间并不象一个容器,它犹如流逝的江河,一切东西都被置于其中,席卷而去"⑤。因为运动的时间如同理念一样具有自我否定性,所以从运动的视角考察时间的三个维度(过去、现在和将来),黑格尔得出的是一条有机性的射向未来的时间之箭,"为此刻所代替的存在的非存在,就是过去;包含在现在中的

---

① G. W. F. Hegel, *Phenomenology of Spirit*, translated by A. V. Miller, Oxford: Oxford University Press, 1979, p. 10.
② [德]黑格尔:《自然哲学》,梁志学等译,商务印书馆1980年版,第46—47页。
③ G. W. F. Hegel, *Hegel's Philosophy of Nature*, translated by A. V. Miller, New York: Oxford University Press, 2004, p. 43.
④ Ibid..
⑤ [德]黑格尔:《自然哲学》,梁志学等译,商务印书馆1980年版,第49页。

非存在的存在,就是将来。……具体的现在是过去的结果,并且孕育着将来"。① 以动态—未来指向的时间观来审视周遭世界,必然会得出世界的发展正在涌向幸福的未来的进步观点。

因此,德国著名哲学史专家费舍尔(K. Fisher)曾恰当地称黑格尔为"进化"的哲学家,他认为"黑格尔是第一个、也是唯一一个从'无限'进步的角度来把握历史的世俗哲学家"。② 黑格尔的这种时间观经由一些历史哲学思想家发挥之后,对后世尤其是普通民众产生了深远的影响。例如,历史哲学思想的主要代表人物孔多塞(Condorcet)就坚信物理学揭示自然秘密的三大工具——"观察、实验以及计算"是所有科学(包括人文科学)都应采纳的一般认识的范式;因为它能使每一门科学的发展享有"数学发展的那种确定性,而构成其体系的命题则会享有几何学式的确凿性"。③ 由此,"人文科学的知识进步和自然科学的知识进步一样在方法论上获得了保障,那么,我们就不仅可以期待个人的道德有所进步,也可以指望文明的共同生活方式也取得进步"。④ 毫无疑问,这种对人类社会发展持乐观态度的思想,是一种建立在现代自然科学的科学进步概念之上的直线性的进步概念。这种时间观在科学发明层出不穷与生物—社会进化论的双重实证下大行其道,可以毫不夸张地说,整个 19 世纪都笼罩在达尔文的进化论和建立在进化史观基础上的历史批判的影响之下。

概言之,自然科学、宗教改革、启蒙运动、工业革命、历史哲学、生物—社会进化论以及以黑格尔为代表的主体哲学,一道促使被基督教统摄下的西方世界的时间观与历史观发生了质的变更:一种以现世(此岸)的未来为目的的动态时间观,取代了以来世(彼岸)的末日审判为目的的静态时间观;以进步的现世历史观(历史人义论),取代了基督教末日论历史观(历史神义论)。亦即是说,人们对彼岸期望此岸化了,他们相信随着科学的进步最终可以在人间建立起幸福的天国世界。问题是,当基督教的末世论转化成现世性的进步论时,置身于进步洪流之中的每一个体

---

① [德] 黑格尔:《自然哲学》,梁志学等译,商务印书馆 1980 年版,第 54 页。
② [德] 卡尔·洛维特:《从黑格尔到尼采》,李秋零译,生活·读书·新知三联书店 2006 年版,第 81 页。
③ M. De Condorcet, *Outlines of an Historical View of the Progress of the Human Mind*, Baltimore: G. Fryer, 1802, p. 241.
④ [德] 尤尔根·哈贝马斯:《交往行为理论》第一卷,曹卫东译,上海世纪出版集团 2004 年版,第 146 页。

在现世的生存目的,就蜕变成为永远不能企及的某种未来。如若说生活在基督教末世论阴影之下的个体,有为了彼岸的神圣幸福而牺牲此岸的世俗幸福的危险,那么存在于现世性的进步论观念之下并坚信真理与历史具有内在同一性的个体,则可能沦为某个或许永远不会到场的未来乌托邦的牺牲工具。因此,主体哲学给出的这种以未来为目的指向的总体化的现代性时间观,必然会把新异感(newness)作为不断否定现在的工具和追逐的目标。当然更为严重的是,为了不确定的将来的名义,现在和过去都合法地成为了被压制、否弃的对象;亦即在这种以未来为指向的历史目的论的时间观念中,"瞬间、当下、过去、偶然、个体"没有了容身之所,它们只能被合理地倾轧于必然的未来历史车轮之下。

除此之外,"现代性"时间观还导致了时间被"均质化分割"的后果。因为当西方社会由静态的"前现代"步入动态的"现代"之后,资本主义工商业的飞速发展以及随之而来的激烈竞争,使"时间"本身在经济中的地位日益凸显,为避免因时间之故而错失商机就需更加精准地对时间进行算计、盘剥。在"现代人"看来,已有的年、月、日、时的时间分割单位都显得不够精准,滴漏、日晷等计时器都显得太过陈旧,他们呼唤一种更为精确的计时器。虽然1271年左右,机械钟就被发明,但其准确度并不高,直到1658年惠更斯发明了摆钟,时间才由小时精准到分钟,后来又逐步被分割为秒、毫秒乃至微秒、纳秒。对时间之细分依赖的是计时器的不断更新,而计时器的不断更新唯有依赖以工具理性(instrumental rationality)为内推力的科学技术之进步。最终,工具理性对时间之算计淋漓尽致地展现于资本主义经济活动之中。根据马克思对剩余价值的精辟分析,我们知道任何资本家要想获取更多剩余价值,唯有想方设法缩短自己产品耗时与社会劳动耗时之间的差距以及延长劳动者的工作时间。而当后者遭遇罢工抵制又无更新的科技发明可供采用时,只能提高劳动者的劳动强度,即迫使劳动者在单位时间完成更多产品来缩短单位产品的耗时。在此种意义上,可以说产生于20世纪初的流水线式生产范式,把劳动者的劳动强度提高和对"现代性"时间观的掌控均发挥到了极致:处于生产线上的工人必须快速完成传送到其面前的产品所需的程序(否定"现在",使之成为"过去"),因为下一个产品立刻会到来("新异"),同时产品从他手中流向下一个工人(涌向"未来")。在这种高度精准的算计之下,"时间"本身成为可以进行买卖和制定价格的商品。

显然，现代人的时间观是一种为去做这做那所盘算的"庸常时间"。[①] 首先对这种时间观发难的是歌德，他认为"再也没有比最高的连贯性更不连贯的了，因为它造成了最终突变的不自然现象"。[②] 尔后，众多大致可归入审美现代性名下的思想家对"市民社会现代性"中占主导性地位的动态—未来指向时间观展开了不遗余力的批判，诸如克尔凯郭尔坚持个体的瞬间决断，尼采呼唤永恒轮回以及本雅明看重瞬间和过去，等等。

二 里尔克的反击

那么，里尔克是如何以自己那独一性的诗性言说来反击现代性时间观的呢？如本书第一章所述，诗人将自己早期的代表诗集命名为《时辰书》（又可译为《时间之书》），表明其早期的运思就与时间大有干系。如若说在《时辰书》中，诗人是试图通过祷入弥赛亚瞬间来抗拒现代性时间观所引来的普遍性逻辑，以便在时间湍流中铭刻我言之痕；那么中期的里尔克则通过小说《布里格随笔》的主人公马尔特的那种向死而生的存在方式，暗示了一种缅怀过去—恐惧现在—筹划将来的三位一体式的时间观，来反击现代性时间观因均质化切割时间，故过于凸显"将来"的进步而忽视了过去与现在之意义的弊端。

当然，里尔克在其后期"思诗"中，反击现代性时间观之积弊的方式更为多样化。首先，他为我们摆出的是一种昔日曾在人类生活中占主导性地位，而今日却残存甚少的时间居有方式。如在第四首哀歌中，不仅农业文明时期的人类能与时间自然而然地律动，即能通过应和季节轮换来经营自己的生产生活，而且候鸟和狮子能自然而然地应和着时间的律动，尚

[①] 对"庸常时间"的批判，可参见马丁·海德格尔的《存在与时间》和《现象学之基本问题》。查理·卓别林在其影片《摩登时代》中的表演，把工人沦为被均质分割的时间之链上的异化一环的尴尬处境展露无遗。虽然波德莱尔较早直觉到了现代性和现代性时间观的问题，"现代性就是过渡、短暂和偶然；它是艺术的一半，另一半则是永恒和不变"，但他对这种以"新异"为主导的时间观持认同态度，因为波德莱尔相信完全能"从过渡中抽出永恒"。Charles Baudelaire, *Baudelaire: Selected Writings on Art & Artists*, translated by P. E. Charvet, Cambridge: Cambridge University Press, 1981, pp. 402–403.

[②] [德] 卡尔·洛维特：《从黑格尔到尼采》，李秋零译，生活·读书·新知三联书店2006年版，第85页。

无主体意识的幼童也能游戏于时间之中。

其次，为彻底打破那种认为死后时间即终止的庸常观念（现代社会信仰式微后这种时间观念甚为流行），诗人给出了自己那独异的生死一体两面观——死并非生的对立物，而是生的另一面：

> 像月球一样，生命肯定也有始终背向我们的一面，不是生命的对立面，而是对生命的补充，使之至臻完美，变成全数，变成真实、福乐和圆全的存在之域与存在之球。人们不应该担心：我们的力量不足以承受任何一种死亡经验，不管是最亲近的还是最可怕的。死并未超逾我们的力量，而是容器边缘的界线：每当我们达及此线，我们就完满了。……我们的努力，我认为，只能朝着这个方向，即以生与死的统一为前提，以便这种统一逐渐得到证实。①

任何排斥死的观念都会使死成为一个可怕的陌生物和敌对物，都会使人的生命本身成为一个无向度的虚无式存在，所以在第十首哀歌中，里尔克会让年轻死者在游历悲愁王国后，最终转化为"无限的死者"而遁隐入"原苦之山"中，诗人想由此想表明的是，正确地接受死是能走入无形的永恒之境的前提条件。② 这种生死一体两面时间观的反击对象，除了上述那种认为死后时间即终止的流俗之见外，还有严格区分此岸与彼岸且只重视彼岸的基督教时间观。因为在里尔克看来，人类"此间"的生活不应是背负着沉重的罪之十字架，仰望着天国世界而艰难地行进在救赎之路上，所以他明言自己

> 并不喜欢基督教的彼岸观念，而且越来越疏远它们……在我看

---

① ［奥］里尔克：《穆佐书简：里尔克晚期书信集》，林克、袁洪敏译，华夏出版社2012年版，第300页。

② 当然，在诗言中使时间永恒化的还有诸如萨福和加斯帕拉·斯坦帕等能发出未完成式无回报之爱的人，她们能不朽于诗行中，她们的爱情不再"取决于你（男人）怎样对待我"。见［奥］里尔克《穆佐书简：里尔克晚期书信集》，林克、袁洪敏译，华夏出版社2012年版，第278页。需要说明的是，里尔克晚期思诗中的无形之域指的是虽不能为人类所见到和触摸到却真切存在的世界，"在人类心灵中，它就是心灵情感的现实存在，它不能自我证明，却有权表明是无可争辩的必然"存在，它反对任何"藐视情感放纵的唯实论的功利怀疑主义"。参见严平编《伽达默尔集》，邓安庆等译，上海远东出版社2003年版，第567页。

来，它们首先包含着这样的危险，不仅使逝世者更加模糊，首先更难为我们所企及；而且我们自身，正怀着渴望把自己拖向彼岸并远离此间，在此期间也变得更不确定，更少属于尘世：我们毕竟，就眼下而言，只要我们在此，并与树、花和土地相亲，在一种最纯粹的意义上必须属于尘世，是的，始终还须成为尘世的。①

最终，里尔克于1901年脱离了天主教会，并在遗嘱中声明不让任何神职人员到其墓地进行所谓的救赎活动。诗人拒斥基督充当人类因"罪"之故与上帝和解的中介者，因为他认定"有罪并以赎罪作为趋近上帝的前提，这种观点越来越悖逆一颗领会了大地的心灵"②，任何贬低此间价值的宗教都是飘忽不定的无根式妄想，它们提供给信徒的不过是"死的安慰和死之美化"③。当然，尤使里尔克愤慨的是建立在灵肉二元论观念上的基督教禁欲主义思想，这一思想视肉身及肉身带来的感观世界为通往彼岸世界的最大障碍，而能否成功战胜这一障碍是衡量一人虔信与否的重要标准④。

再次，在生死一体两面观的前提下，人在"此间"应持的时间观在第六首哀歌中的"英雄"身上体现得淋漓尽致——过去构成人对现在的前理解，曾在着的将来从自身放出当前，则使人能对其现在给以先行把握和先行筹划，最终人能在向死的紧迫筹划中赢获充盈的存在感。显然，此种时间不

---

① ［德］里尔克：《穆佐书简：里尔克晚期书信集》，林克、袁洪敏译，华夏出版社2012年版，第298页。
② 刘小枫选编：《〈杜伊诺哀歌〉中的天使》，林克译，华东师范大学出版社2005年版，第140页。正如奥地利作家罗伯特·穆齐尔（1880—1942年）《在里尔克纪念会上的讲话》（1927年）中所言，里尔克是"自诺瓦利斯以来最具宗教性的诗人，但是我不能肯定，他究竟是否拥有一种宗教。他以另一种方式观看，一种新的、内心的方式。在从中世纪的宗教性世界情感——经由人文主义的文化理想——通往一种未来的世界图像的道路上，他将不仅是一个伟大的诗人，而且也是一个伟大的引导者"。参见张荣昌编选《穆齐尔散文》，徐畅、吴晓樵译，人民文学出版社2008年版，第157页。
③ ［德］里尔克：《穆佐书简：里尔克晚期书信集》，林克、袁洪敏译，华夏出版社2012年版，第299页。
④ 里尔克对禁欲主义的反叛自有其时代同伴——尼采，如尼采曾痛斥"禁欲主义理想（ascetic ideal）源于有自我保护和自我拯救冲动的败落生命。" Friedrich Nietzsche, *On the Genealogy of Morality and Other Writings*, edited by Keith Ansell-Pearson, translated by Carol Diethe, Cambridge: Cambridge University Press, 2006, p. 88.

是现代性时间观的断裂性的均质时间,而是一种有机的关联时间。①

总之,在里尔克的晚期思诗中,诗性言说使人在世的两个基本维度"空间与时间",由分裂的时空转化成了有机的关联性时空,而在此一转化过程中,具有再符码化(recoding)② 功能的神话修辞起到了不可小觑的作用,因为

> 通过使用神话,在当代与古代之间建立一种连续性的平行结构,其他人也必将进行这种尝试。但他们并非模仿者,而是像科学家运用爱因斯坦的发现,来从事自己的独立、深入研究一样。使用这种方法,仅是为了对充溢着巨大失效与混乱景象的当代历史进行控制和秩序化,以及赋予其形式和意义。③

---

① 诗人T. S. 艾略特在《四个四重奏·焚毁的诺顿》的开篇,曾揭示过类似的时间观,"现在的时间和过去的时间/也许都存在于将来的时间,/而将来的时间包容于过去的时间。/如果时间都永远是现在,/所有的时间都不能得到拯救"。[T. S. Eliot, *Collected Poems* (1909—1962), New York: Harcourt, Brace & World, Inc, p. 175.] 如若说现代性的时间观给出的是"历时性"(diachronic)的时间观——无论是"市民社会现代性"的有机动态—未来指向的历时性,还是审美现代性的过去—瞬间的历时性,那么"后现代性"展现的则是一种虚空的"共时性"(synchronic)时间观。所谓共时性就是"去时间性"或"否定时间间性"。这种时间观认为只存在彻底孤立的空间化的"当下瞬间",彻底破除了"当下瞬间"与过去和未来之间的任何意义关联。詹姆逊曾精辟地把这种时间体验比喻为"精神分裂",因为精神分裂者失去了建立在理性逻辑基础之上的记忆,他们就"记不起自己是谁(没有过去感),他们只是存在于现时,也不知道自己为什么而行动(没有未来感)"。见[美]弗雷德里克·杰姆逊:《后现代主义与文化理论》(精校本),唐小兵译,北京大学出版社2005年版,第206页。跃上统治宝座的"后现代性"的时间观,打量着被自己以"当下/瞬间"利器刺杀的启蒙"现代性"所给出的整体主义时间观的残骸,深为挣脱理性整体的囚禁而洋洋自得,那种表情颇似精神病人在面对正常人时所流露出的不屑与鄙夷。它全然不知自身也因只关注"当下/瞬间"而完全否弃对"过去"的回忆和对"未来"的筹划,而罹患上了价值虚无主义的不治之症。

② "再符码化"(recoding)概念,借用自法国哲学家吉耶·德鲁兹(Gilles Deleuze)与弗里克斯·加塔利(Félix Guattari)的名著《反俄狄弗斯》一书。在该书中,二人认为前资本主义时期为"符码化"(coding)时期(即马克斯·韦伯所说的社会在"启示型"支配下充满魔力的阶段),而资本主义生产方式则是建立在动态的经济生产活动基础上的"解码化"(decoding)时期(即马克斯·韦伯所说的"法制型"支配下的"去魅"阶段)。资本主义生产方式解构传统价值符码同时,通过象征"抽象的等价交换逻辑"的"货币"将社会"再符码化"(recoding)。参见Gilles Deleuze & Félix Guattari, *Anti-Oedipus: Capitalism and Schizophrenia*, translated by Robert Hurley, Mark Seem, and Helen R. Lane, Minneapolis: University of Minnesota Press, 1983, pp. 240 - 260.

③ T. S. Eliot, *The Waste Land: Authoritative Text, Context, Criticism*, edited by Michael North, New York: W. W. Norton & Company, Inc., 2001, p. 130. 杰姆逊曾正确地指出,现代主义作家时常"自己编造一种神话,使神话具有持续的、贯彻始终的象征性"。参见[美]弗雷德里克·杰姆逊《后现代主义与文化理论》精校本,唐小兵译,北京大学出版社2005年版,第152页。

采纳神话修辞不仅能让里尔克重塑时空的诗性言说更为方便，而且还挑明了"人并非世界和自然生活的主宰，人生活在其间的世界充满着不解之谜和神秘之域"[①]，而若想领会语言真谛就必须回返到其诞世之初的神话时代。因为，那时的语言自然而然地以一种揭示存在源域的神示形式现身，而在日常生活中，语言的揭示性功能却时常会被工具性语言观驱逐进诗性言说的狭小世界内。由此，便需深究诗性言说与普通言说之间到底有何不同。

[①] 刘小枫选编：《海德格尔式的现代神学》，孙周兴等译，华夏出版社2008年版，第6页。

第六章

诗·语言·思：诗性何在

虽然里尔克早、中、晚三期的诗学思想始终都以如何用全然属己的独一性诗言去切近存在为鹄的，① 但无疑在其晚期思诗中"诗言"才被提升到了一个空前的高度，晚期的他甚至径直说此在的存在意义就是为了诗性言说——"我们在此，为了言说"（哀：Ⅸ.33），"歌唱是存在"（奥：A.3.）。此时，他不再像早、中期那样或是以"我言"来素描"存在"于事物中显现的"影像"，或是以"我言"来写生"物"在"我观"中所给出的"现象"，他转而为以"诗言"跟随存在"道说"，来揭示存在本身。换言之，"思诗"时期"作诗"于里尔克而言意味着用"诗言"道说"存在"的意义，并居于这种为诗言所带出的诗意之中。在诗人看来，与日常语言相比"诗言"是一种纯粹言说，它能让某些东西涌现出来而在场，② 其诗性功能（poetic function）占据主导性地位；

> 指向信息本身乃是语言的诗性功能。对此一功能之彻透研究，不能脱离语言的一般性问题；反之，若想细察语言问题，则必须彻底弄清其诗性功能。任何把诗性功能领域归结为诗歌或是把诗歌归结为诗性功能的企图，都是一种妄想和简单化。诗性功能虽非语言艺术

---

① "每一伟大的诗人都从一种独一的诗意状态作诗。度量其伟大程度的标准是：诗人在何种程度上委身给这种独一性，从而将其诗性道说全然保持在其中。"见 Martin Heidegger, *On the Way to Language*, translated by Peter D. Hertz, New York：Harper & Row, 1982, p. 160.
② 参见［德］瓦尔特·比梅尔《当代艺术的哲学分析》，孙周兴、李媛译，商务印书馆2012年版，第151页。

(verbal art)的唯一功能,但却占据着主导性与决定性地位;而诗性功能在其他的语言行为(verbal activities)中,则只占据次要和附属地位。①

显然,里尔克把握"诗性"的方式是通过采纳独一性的"诗言"来向存在的源域回溯。在此种回溯性展开中,世界事物如其所是地原初展示,只有"诗言"才能揭示"存在"在内心世界的显现并给出存在的意义,而要想领会"诗言"的独特性,便需回返到语言起源之际的神示状态中。

第一节 语言的起源与意义的揭示

我们知道,语言诞生于人类洪荒草创之际的一种原初生活状态中,那时神话隐喻把握世界的方式在人类的思维方式中居于主导性地位,神话隐喻方式亦可以说是一种诗的方式。因此,近代语言学家在阐明语言起源时,常会引哈曼之语"诗是人类的母语"。他们强调语言根植于生活的诗性方面,必须在主观感受的原始力量中去寻找语言的终极根据②,而这种原始力量其实发源自一种"同时化"的神示状态——人以感性直观世界物的同时,涌动着的世界物会在人的范畴直观(与感性直观同时进行)下以一种符码形式给出自身,由是便诞生了语言之网的一个个网结点——人"命名着"世界物时所赢获的语词。因此,与人照面的语词,就本质而言并非一种全然的人造物,而是一种自身本有意蕴的客观实在物③,这种原初命名(naming)让世界物的"存在"显现,命名邀请物出场,使之与人相关涉,一个词语即一个生成着的事件,可以说"惟当表示物的词语已被发现之际,物才是一物"④,物才存在,"物在语词和语言中,才首

---

① Thomas A. Sebeok, ed. *Style in Language*, New York: Wiley, 1960, p.356.
② Ernst Cassirer, *Language and Myth*, translated by Susanne K. Langer, New York: Dover Publications Inc., 1953, pp.34-35.
③ Ibid., p.36.
④ [德]马丁·海德格尔:《在通向语言的途中》,孙周兴译,商务印书馆2004年版,第152页。

次生成并存在起来"。①

命名就本性而言乃是一种敞现,它把"那个可以在其在场状态中如其所是地得到经验和保持的东西开启出来。命名有所揭露、有所解蔽。命名乃是让……得到经验的显示"②。于人而言,命名的解蔽作用甚至有"惊天地、泣鬼神"的效果,所以古人会说"语词"(书写)生时"天雨粟,鬼夜哭"(《淮南子·本经训》)的说法,因为自此"造化不能藏其密,故天雨粟;灵怪不能遁其形,故鬼夜哭"③。换言之,有如神示的原初语言使世界由一个其他动物均能感知的纯感官印象世界,化为一个符码网的意义关联世界,它呈献着世界物的存在显现:

> 而是因为此间很丰盛,因为此间的万物
> 似乎需要我们,这些逝者
> ……
> 或许我们在此,为了言说:房子,
> 桥,井,门,水罐,果树,窗子,——

(哀:IX. 11—12. , 33—34.)

然而吊诡之处乃在于,不可说域永为可说域的源域,为使因命名而得以显示之物能持存地显示,名称必须要有所掩蔽,故"命名同时也是一种遮蔽":④

> 纯粹不可言说的。可是尔后,
> 在星辰之中,该是什么:它们不可言说
> 更胜于我们。浪游者从山边的悬崖
> 带往山谷的,绝不是一捧泥土,

---

① Martin Heidegger, *Introduction to Metaphysics*, translated by Gregory Fried and Richard Polt, New Haven & Lodon, Yale University Press, 2000, p. 15.
② [德]马丁·海德格尔:《荷尔德林诗的阐释》,孙周兴译,商务印书馆2000年版,第236页。
③ [唐]张彦远:《历代名画记》,俞剑华注释,上海人民美术出版社1964年版,第2页。
④ [德]马丁·海德格尔:《荷尔德林诗的阐释》,孙周兴译,商务印书馆2000年版,第236页。

> 众人觉得它不可言说，而是一声言语，
> 赢得的纯粹的言语，黄色蓝色的龙胆

（哀：Ⅸ. 27—32.）

当然，遮蔽并非坏事，因为对不可说之源域的虔敬接纳与悉心护持正是道说不至枯竭的前提。诗的本性就是此种命名，它即是存在之创建——存在显焉于诗中。无疑，里尔克由早期妄图以诗言把捉到"存在"，最终进入了晚期"思诗"的明达了然之境——对不可说域要泰然任之。那么，需要追问的是，这一不可言说却又能因"诗言"而隐—显自身的源域到底为何？本章拟借用海德格尔对世界中有"四种东西"存在的划分，对其看一究竟，而要想真正窥出这一划分的深意，有必要先简扼梳理胡塞尔的意识现象学、海德格尔早期的生存阐释学以及海德格尔后期语言观。

第二节　意识现象学与生存阐释学

自 19 世纪中叶以来，发端于自然科学领域中的经验实证方法向其他研究领域蔓延开来，经验事实而非思辨概念成为一切科学研究的基点，由此历史上一直作为科学之基础的哲学如何转变为科学式的哲学顺理成章地成为时代的课题。我们知道，胡塞尔确立的意识现象学目的，就是"为一门严格的科学的哲学提供原则性的工具并且通过它们始终一贯地影响使所有科学有可能进行一次方法上的变革"。[①]

胡塞尔宣称"反思"的目的不是"去把握事情、价值、目的、有用性，而是去把握它们在其中被我们'意识到'，对我们在最广泛意义上'显现出来'的那些相应的主观体验"[②]，他称这些体验为"现象"。显然，"现象"有不可分的两面：从意指发出一方来看，"现象"是关于某物的意识，从被意指一方来看，"现象"总是关于某物的现象。每一体验和心灵行为都指向着某物，意识的这种总是"关于某物的意识"的基本

[①] 倪梁康选编：《胡塞尔选集》，上海三联书店 1997 年版，第 341 页。
[②] 同上书，第 343 页。

特征是为意向性，意识现象学的工作即是对意识体验结构本身进行描述、阐明。这一工作从"现象学的悬搁"①展开，如上述"现象"的两面义一样，"悬搁"亦有双重形态，"在意识本身方面，'悬搁'是对与对象有关的存在设定的'排除'，而在对象方面，'悬搁'是对对象本身之存在特征的'加括号'"②。通过"现象学的悬搁"，可以划分出两个领域：一是以自然态度"确立起来的存在者世界"，自然态度未进行彻底反思就将认识对象与认识的可能性视为现成给予的。因此，需对之用历史的和存在的加括弧来悬搁；二是给予存在者意义的"纯粹意识领域"，对之通过本质还原与先验还原，从而使在"朴素意识中被给予的东西成为纯粹意识中的先验现象"③。

胡塞尔认为意识现象学方法为认识奠定了严格客观的基础，但海德格尔敏锐地看出现象学反思会使"生活经验"变成不再是被活生生地体验着（erlebt），而是仅被观看着（erblickt）④，但生活中的实情却为体验是观看的基础，而非相反。换言之，胡塞尔的意识现象学忽视了饱满涌动的、未封未定的、实际生活经验本身（人的存在经验）的"形式—境域显示"。"存在"并非胡塞尔所认为的那样是一种对象—存在——这种存在仍是"存在者的存在"。海德格尔认为现象学所要朝向的"事情本身"不应是意向意识和先验自我，⑤而是"存在的存在"，他如是反诘道："依据现象学原理，那种必须作为'事情本身'被体验到的东西，是从何处并且如何被确定的？它是意识和意识的对象性呢还是在无蔽和遮蔽中的存在者之存在？"⑥

海德格尔从胡塞尔那里憬悟到在一个"充实的直观"中，人不仅有对感性对象的"感性直观"能力，而且同时能进行"范畴直观"，即直观

---

① 或称"现象学的还原""先验还原"，详见倪梁康《胡塞尔现象学概念通释》，生活·读书·新知三联书店2007年版，第404页。
② 倪梁康：《胡塞尔现象学概念通释》，生活·读书·新知三联书店2007年版，第129页。
③ [德]施太格缪勒：《当代哲学主流》上卷，王炳文等译，商务印书馆1986年版，第107—108页。
④ 参见张祥龙《海德格尔传》，商务印书馆2007年版，第94—95页。
⑤ 孙周兴选编：《海德格尔选集》，生活·读书·新知三联书店1996年版，第1274页。
⑥ [德]马丁·海德格尔：《面向思的事情》，陈小文、孙周兴译，商务印书馆1999年版，第96页。

经验就能意向性地构成形式和范畴。① 显然，那些不能由"感性直观"来把握的"东西"之存在，能通过"范畴直观"来给予自身和显现自身。因为范畴直观所"感知"的不是"感性对象，而是那些根据范畴含义因素而在综合性的行为中构造出自身的'事态'。这种表象的范畴形式例如有：存在、一、这、和、或、如果、如此、所有、没有、某物、无物、量的形式和数的规定"。② 范畴直观的能力使我们在直观活生生的实际生活经验（"生存现象"）时，能领会阐释"存在的存在"是如何给予自身和显现自身。为了更明晰地描画人的生存境域以及显明胡塞尔的问题因由，海德格尔区分了"前理论的东西"（the pretheoretical something）与"理论的东西"（the theoretical something）两大类东西，每类东西又可分为两种：

1. "前理论的东西"分为：① "前世界的东西"（preworldly something），它是一般生命的基本要素，因此可称之为"原（始的）东西"（primal something），即"存在"本身，它是② "世界性质的东西"的基础。② "世界性质的东西"（world-laden something），它是特定体验领域的基本要素，在实际生活世界中显现出来并被人体验到，这是一个"生命体验领域"。

2. "理论的东西"分为：③ "对象性的形式逻辑的东西"（formal-logical objective something），它起因于① "前世界的东西"。把握③的原则是"形式化"，如以形式逻辑的方式作出"人是对象"这个判断。④ "客体性东西"（object-type something），它起因于②，是"真正的体验世界"。把握④的方式是"总体化"，如"人是理性的动物"这一陈述。③

海德格尔认为，胡塞尔的意识现象学认为"客体化的意识行为"（表象、判断等）是"非客体化的意识行为"（如怨恨、爱等）的基础，而他又只着重分析前者，因此触及的仅是④ "理论的、客体性质的东西"，仍是一种遗忘了存在的"存在者之思"。紧要之处乃在于，生命"存在"的

---

① "直观"，即"对具体有形的显现物本身的简捷的把捉，就如同这一显现物自身所显示的那样"。参见［德］马丁·海德格尔《时间概念史导论》，欧东明译，商务印书馆2009年版，第59页。

② 倪梁康：《胡塞尔现象学概念通释》，生活·读书·新知三联书店2007年版，第44页。

③ 对"四种东西"的详述，参见孙周兴编译的《形式显示的现象学：海德格尔早期弗莱堡文选》（同济大学出版社2004年版）一书的"编者前言"和"哲学观念与世界观问题"；以及Theodore Kisiel, *The Genesis of Heidegger's "Being and Time"*, Berkeley & Los Angels: University of California Press, 1993, pp. 21–23.

"意义"问题，不可能被还原成"判断如何产生"等诸如此类的论断，亦即是说"存在"并非一个依据推导就能产生的纯概念。在海氏看来，世界中的这两大类东西的真确关系应为："前理论的东西"是理论的东西的基础，因此，应该"悬搁"掉的是理论的东西。简言之，更具奠基意义的"前理论的东西"中蕴含着原初的理解可能与表述和被表述的可能，它才是现象学真正要朝向的事情本身。我们对它不能进行对象性的"范畴直观"，只能进行"阐释学直观"——阐释"存在"和人最原本的"生命体验"之意义构成与形式显现，使其直接被把握为"可理解的、赋予意义的"①。若要想阐释领会一般"存在"，就首需选取能对自身"存在"的可能性有所领会的"此在"（Dasein，人）为突破口，而"此在"的这种有待去是性是为生存（existenz）。

这样，现象学审究的本体论基础，便由胡塞尔的"作为典型普遍性本质结构的纯粹我思"，转换成了海德格尔的"不能证明和不可推导的此在的实存性，即生存（existenz）"②。"此在"的本性是"烦"（"操心"），而"烦"的纯形式为"时间性"，因此只要阐明时间性（zeitlichkeit）便为理解此在寻获了一个基本视域。本真性的时间应是，此在对现在的真切体验之中，必然包蕴对将来的预期（protention）和对过去的持留（retention）。过去构成"此在"对现在的前理解，曾在着的将来"从自身放出当前"③，则使"此在"能对其现在给以先行把握和先行筹划。因此，"将来、过去与现在"断不是彼此孤离的三个点，而是"时间性的三重绽出（ecstases），这三重绽出以同源的方式内在地相互归属"④。换言之，时间的三个维度给出的应是一个彼此交错、具有内在关联脉络、敞开性的绽出之境遇，海氏称之为时间性。后来海德格尔认识到，作为一种纯形式的时

---

① 孙周兴编译：《形式显示的现象学：海德格尔早期弗莱堡文选》，同济大学出版社2004年版，第19页。

② [德]汉斯-格奥尔格·伽达默尔：《真理与方法》，洪汉鼎译，上海译文出版社1999年版，第327页。在此一转变中，狄尔泰的阐释学与尼采的生命哲学对海德格尔启发良多。

③ [德]马丁·海德格尔：《存在与时间》，陈嘉映等译，生活·读书·新知三联书店2006年版，第372页。与海德格尔相似，萨特同样认为只有在"时间性"中，自在的"过去"和自为的"现在"唯有在充溢着无尽可能性的"将来"之中才能使"作为自为的自在存在的自我最后涌现出来。"[法]萨特：《存在与虚无》，陈宣良等译，杜小真校，生活·读书·新知三联书店2007年版，第172页。

④ Martin Heidegger, *The Basic Problems of Phenomenology*, translated by Albert Hofstadter, Bloomington & Indianapolis: Indiana University Press, 1982, p. 267.

间性能脱离此在的"在世状态和生死之间的境遇",因此它仍不够根本;与之相比,"语言"不仅和"此在"的在世更切近——"此在"不可须臾离之,而且"语言"与其他存在者也更为切近——它命名着存在者且揭示着存在。这样,在对前理论的源域的阐释过程中,语言和诗自然而然地被端呈而出。

第三节　源域、语言与诗

我们可以说,在命名和道说中此在和其他存在者在语言境遇中浑然一体地显示着存在,"语言将存在者作为一个存在者首次带入开启之域"①。在道说中,"语言"让寓于前理论的东西("原东西"和"生命东西")中的"存在"显现或到场;此时,经由"语言"而显现着的"存在"仿佛是在要求言说之人思它与应答它。当然,这种开启状态的显现或到场,并非要使幽晦之物昭晰而将其大白于天下。因为开启与隐藏、显与不显、澄明与遮蔽始终处在一种争执中,"存在"显焉蔽焉于争执中,此一争执的发生域就是原初的"语言"。就其本质来看,上述语言之道说与存在之显示这个一而二、二而一的过程,所显明的一点就是说话的不是人而是语言自身,而"语言自身说话,乃是人之所以有可能述说某个东西的条件,乃是人的本真语言之所以可能的条件"②。因此,语言滋育和护持着我们的生存世界,在争执之际将世界呈示出来,语言是对先行于一切反思态度之世界进行解释的模式,而非一种"服务于理解和信息传布的工具"。③要之,语言的本质特征乃在于对意义的原始聚集和对世界的纯粹揭示性,而非那种对世界进行指示与分割的工具性。在此意义上,可以说诗性言说是原本意义上的言说,日常言说不过是一种无诗性的言说,"语言在诗中并不是披上诗的外衣,而就是诗本身"④。

---

① Martin Heidegger, *Off the Beaten Track*, edited and translated by Julian Young & Kenneth Haynes, Cambridge: Cambridge University Press, 2002, p. 46.
② 刘小枫选编:《海德格尔式的现代神学》,孙周兴等译,华夏出版社 2008 年版,第 151 页。
③ [德] 马丁·海德格尔:《思的经验(1910—1976)》,陈春文译,人民出版社 2008 年版,第 124 页。
④ [意] 贝内代托·克罗齐:《美学或艺术和语言哲学》,百花文艺出版社 2009 年版,第 112 页。

人的语言就是人应答存在对其发出的召唤,就是可以被人领会与理解的存在,"存在在思中形成语言。语言乃存在的'屋'(德文 Haus,英文 house)。人居于此屋中。以语言运思和创作之人是此屋的看护者"。① 既然语言乃存在的屋,而存在在思中形成语言,那么运思者"运思"即是以"语词"为存在"筑屋",且自身亦居于其中。所以,语言是人与存在共同的"屋",人因语言而能道说存在,存在亦因道说而显现自身。海德格尔将语言称为存在的"屋"可谓用意颇深:首先,屋之筑建牢靠与否,全看人的运思所获的语词之纯粹程度。其次,"存在"居于语言之屋中,诗言的任务就是开启一扇扇敞现存在的门窗。但无论诗言如何言说,语言屋那能敞亮存在的门窗面积始终都远小于掩蔽存在的墙、顶面积,这便意味着"语言"显现"存在"要远少于其掩蔽存在。当然,如前所言,掩蔽并非坏处,因为一个毫无掩蔽而全然曝光之屋无"人"与"存在"愿住,全然曝光意味着无"屋"可住,无"家"可归(Haus 的引申义为"家")。

总之,"诗言"保存着诗的原始本质,它排除了一切"用"意向而对意义真相进行揭示,是根本意义上的语言,所以当"诗人聚世界以言说,其言说的语词包含着柔和的显现,在此一显现中,世界呈现场之象,好像现象到人们视野中的世界是初生的世界"。② 换言之,正因为诗性言说切中的是那个存在与生命都寓于其中的"源域",是将存在本身不得不述说的东西带入到有声的言语之中,所以它不像"通常讲话和书写的人们那样不得不消耗词语,倒不如说,词语经由诗人的使用,才成为并且保持为词语"。③ 诗人的命名,并非仅仅为熟识之物配上一个名字,而是使存在者作为存在者而被知晓,诗就是用"语词的方式来创建存在"④。无疑,为"存在"所击中而终其一生都高强度运思的里尔克,注定要以发现纯粹的语词来筑建献呈给"存在"居住的"语言屋"并看护之为己任,这一辛繁之事是谓"作诗"。如本书导言所论,依里尔克的"存在"诗学观,作

---

① Martin Heidegger, *Pathmarks*, edited by William McNeill, Cambridge: Cambridge University Presss, 1998, p. 239.
② [德]马丁·海德格尔:《思的经验(1910—1976)》,陈春文译,人民出版社 2008 年版,第 118 页。
③ [德]马丁·海德格尔:《林中路》,孙周兴译,上海译文出版社 2004 年版,第 34 页。
④ Martin Heidegger, *Existence and Being*, translated by Douglas Scott, etc., Chicago/Illinois: Henry Regnery Company, 1949, p. 304.

诗的本性就是"求真",而作为存在者之无蔽状态的"真"又寓居于那个"前理论"源域中,所以只能对其以"诗言"来直观、领会,使其在掩蔽中敞现。

第四节 结语:诗言的心性价值

如上所述,因为诗性言说切中的是更具奠基性的前理论源域,所以它就能助我们无限地浸入那个人类经验的某些特殊形式(如艺术、宗教、形上学等)寓居其中的心性世界。因此,诗性言说与宗教和形而上学等一样,虽无庸常之见所认为的那种能做这做那的实用价值,却具有一种极为重要的养心缮性的价值。由此,便需追问三个问题,何谓心与心性价值?现代人的心性质地如何?诗言在养育现代人心性过程中能起何种作用?

提及"心""心性",自然不能避开中国的传统文化,因为心范畴是"中国文化精神、文化生命的荟萃"已是一个学界共识。① 在汉语思想语境中,"心"一词所标示的不仅是一个身体脏器,而且含有一种能认识、思维的能力,"心,纤也,所识纤微,无物不贯也",② 或用孟子的话说"心之官则思"③。"心"是身体的主宰与思维的主枢,"心者,人之本也,身之中也"④,它能思外物与思内心。当然,儒家主要是在道德理性的层面上来理解"心",其心学是一种自我完善的内圣之学,如孔子的"仁义之心",孟子的"尽其心者,知其性也;知其性,则知天矣",⑤ 以及荀子的心有自行自主的特性,"心者,形之君也,而神明之主也,出令而无所受令"。⑥ 先秦儒学的心性论由宋明理学的发挥而达至顶峰,如张载强调应通过修养功夫"大其心",以及朱熹认为"性者,心之理;情者,性之动",且心的作用在于统摄"性情","心者,性情之主"。⑦ 朱熹认为在身心关系中,"心"是主宰,在主体精神内部,心主宰着人的本性与情感。再如与朱熹所认为的主体的"心"服从本体的"理"不同,陆九渊

---

① 张立文:《中国哲学范畴精粹丛书:心》,中国人民大学出版社1993年版,第1页。
② (东汉)刘熙:《释名》,中华书局1985年版,第31页。
③ (宋)朱熹:《四书章句集注》,中华书局1983年版,第335页。
④ (南唐)徐锴:《说文解字系传》,中华书局1987年版,第310页。
⑤ (宋)朱熹:《四书章句集注》,中华书局1983年版,第349页。
⑥ (清)王先谦:《荀子集解》,中华书局1988年版,第397页。
⑦ (宋)黎靖德编:《朱子语类》,王星贤点校,中华书局1986年版,第89页。

认为主体的"心"与本体的"理"是合一的,"心"是本原,心即理。因此,学者养心就是"去私"的自我解放,将知识化为精神境界,消除个人和宇宙之间的"限隔",最终使"万物森然于方寸之间,满心而发,充塞宇宙,无非此理"①。此外,还有像王阳明认为心具有一种超越时空限定的主宰性和价值自觉能力,一切价值规范皆源于此自觉能力等众多关于"心"的论述,② 此处不再赘述。

简言之,中国心性之学中的"心"一词要义大致有三:(1)"心"是主宰,它既主宰身,又统摄着性与情;(2)这种主宰性地位之获得,乃因"心"具有一种立法、定序的能力;(3)"心"之所以有此能力,皆因"心"能通灵,即能领会"道"("理"或"存在者之存在")。然而在日常生活中,"心"却时常会因物欲或意见等限定,"有所蒙蔽,有所移夺,有所陷溺,则此心为之不灵,此理为之不明"③,不能透显"心官至灵,藏往知来"④ 的虚灵真性,即人会失蔽其本心。因此,人应随时以心斋来养心缮性,息止经纶事务之俗心,使虚灵明觉之常心朗现——它或是儒家的天人合一式的圣人境界,或是老庄个体的主体意识的超越物我(主客体)局限,坐忘无己式的主体精神之绝对自由。⑤

显然,中国传统思想中的这种心性思想尤其是如何存心养性对于现代人极富启发意义。因为对于每一个现代人而言,社会由前现代转入现代的过程中,人的心性体验结构之现代转型,远比历史的社会、政治、经济制度的转型更为根本,⑥ 也更为切己。归根结底,个体的心性体验结构决定着他打量事物的方式与感觉。当现代社会的工商精神气质战胜并取代了前现代社会的"神学—形而上学的精神气质"⑦之后,世界便不再是"真实的、有机的'家园',而是冷静计算的对象和工作进取的对象,世界不再是爱和冥想的对象,而是计算和工作的对象"⑧。无疑,在强调以养心缮

---

① (宋)陆九渊:《陆九渊集》,钟哲点校,中华书局1980年版,第423页。
② 劳思光:《新编中国哲学史》卷三上,广西师范大学出版社2005年版,第315页。
③ (宋)陆九渊:《陆九渊集》,钟哲点校,中华书局1980年版,第149页。
④ (宋)黎靖德编:《朱子语类》,王星贤点校,中华书局1986年版,第85页。
⑤ 儒家心性论的精神方向是肯定世界而非否定世界,而佛、道两家则正好相反,因为儒家"心性"之学的要旨在于肯定一种"超验而能决定对象秩序之主体",以此来安排社会秩序与人心秩序。本文中所使用的"心性价值"一词取其广义上的含义,即精神价值。
⑥ 刘小枫:《编者导言》,载刘小枫选编《舍勒选集》,上海三联书店1999年版,第10页。
⑦ 同上。
⑧ 刘小枫:《现代性社会理论绪论》,上海三联书店1998年版,第20页。

性来求其放心、复其真初的中国古代智者眼中，现代人的"心"因整日处于诸种目的性十足的算计与意义虚无主义的恐惧中而不得安宁，现代人只剩下经纶事务的俗心，而失却了虚灵明觉的古典性的常心（本心）。在前现代社会，心性是由宗教、形而上学和艺术等来培育的，而在现代社会这样一个"后形而上学"时代，① 宗教与形而上学等超感之物已然失却了约束力，只遗留下以直觉体悟为特征的艺术来看护养育现代人的心性——使现代人的心源活水能汩汩不竭。因此，里尔克明言艺术乃是一种童年性，它"意味着并不知道世界已经存在，意味着要创造一个世界"②，而在艺术的诸多门类中，诗言在养育心性方面具有一种其他艺术形式所不可比拟的独特性。因为人整日都要和语言打交道，所以只要某人能明晓语言是存在的家以及最原初的言说是诗性言说，他就可能随时随地以诗性言说来养育心性（如在心中涵咏某首诗作）。显然，其他艺术形式都没有诗言所独具的这种不拘囿于某一特定时空的优点。③

我们知道，常人内心状态的安宁进程往往会被繁多的外部目标所干扰和被日常生活的喧嚣所湮没，而抒情诗人则"具有一种觉察、捕捉内心状态安宁进程，并将之意识化的天赋"，当这些"心灵的天才们向我们显露他们自己的内心世界时，便让我们进入了一个虽陌生却原本亲近的世界中"④，所以当我们谛听他们的诗性言说之际：（1）能使我们追求到"尽可能全数的、内在的强度之经验"⑤，从而滋养充盈、拓展完善我们的心性；（2）能使我们"对自己的虔诚、对每种经历的虔诚、对万物的虔诚、对一个伟大榜样和自身未经过考验的力量的虔诚"⑥，从而保持我们的心之通灵不塞，以便领会把握万物；（3）能帮我们震碎目的十足的工具性

---

① 对"后形而上学"的详述，参见［德］于尔根·哈贝马斯《后形而上学思想》，曹卫东、付德根译，译林出版社2001年版。

② Michael Oakeshott, *Experience and its Modes*, Cambridge: Cambridge University Press, 1933, p. 297. 或如尼采所言艺术乃现代人提振生命感的最大兴奋剂，参见［德］尼采《权力意志》，孙周兴译，商务印书馆2007年版，第451、906、948、1030页。

③ 需指出的指出的一点是：那些为人称道的诗性言说之所以具有养育心性的重要功能，既因其言说方式的独特性，又因其言说内容的重要性，即它们是形式与内容的完美结合体。

④ Wilhelm Dilthey, *Poetry and Experience*, edited by Rudolf A. Makkreel and Frithjof Rodi, Princeton: Princeton University Press, 1985, p. 369.

⑤ 李永平编选：《里尔克精选集》，北京燕山出版社2005年版，第679页。

⑥ ［奥］里尔克：《永不枯竭的话题：里尔克艺术随笔集》，史行果译，东方出版社2002年版，第126页。

枷锁，绽露生命的本真存在，即不为"任何目的而自我克制、自我限制，而是怀着对一个确定目标的信任而坦然地自我解放；不是小心谨慎，而是明智的盲目，无畏地跟随一位敬爱的领袖；不是一点一点、不声不响的积攒，而是不断挥霍所有变幻的价值"[1]，最终使我们的"心"时常保有一种"能……之力"。

要之，作为一种养育心性之重要方式的诗性言说，能使我们不断保有一种回溯到生命源初涌动状态的存在感，从而免除堕入枯竭塞蔽乃至丧心之险境。换言之，当人聆听和道说诗性言说之际，能突然在瞬间意识到自己被俗务所掩蔽的另一个自我，在这个短暂的瞬间体验中，他意识到了其所曾是与其所应是，他此时的"心"也便领会到了"存在"。所以，就其本质来说"诗言"与其他艺术一样是一种生命见解，假如"单个的生命观都像线一样向平坦的未来延伸，那它便是那最长的一根"[2]。由此，无实际之用而有养心缮性之大用的"诗性言说"虽然根本不在乎某种功效，但诚如里尔克所言当"诗性言说"不可压制地从"永不枯竭的本源中涌现出来，挺立在事物中间，异常沉静，异常优秀，那时或可发生一个事件：凭借自己天生的无私、自由和强度"[3]，诗言便不自觉地成为了人类心灵活动的一种楷范。

---

[1] ［奥］里尔克：《永不枯竭的话题：里尔克艺术随笔集》，史行果译，东方出版社2002年版，第87页。
[2] 同上书，第85—86页。
[3] 李永平编选：《里尔克精选集》，北京燕山出版社2005年版，第677页。

主要参考文献

【里尔克作品德文全集】

Sämtliche Werke，7 Bde. Ln. von Rainer M. Rilke, Ruth Sieber-Rilke, Ernst Zinn. Insel，1992.

【里尔克作品中译本】[①]

《时间之书》，方思译，台北现代诗社1958年版。
《里尔克诗及书简》，李魁贤译，台湾商务印书馆1967年版。
《给奥费斯的十四行诗》，李魁贤译，台北田园出版社1969年版。
《杜英诺悲歌》，李魁贤译，台北田园出版社1969年版。
《形象之书》，李魁贤译，高雄大舞台书苑1977年版。
《图象与花朵》，陈敬容译，湖南人民出版社1984年版。
《里尔克抒情诗选》，杨武能译，四川文艺出版社1988年版。
《里尔克如是说》，林郁编著，中国友谊出版公司1993年版。
《里尔克诗集》，李魁贤译，台北桂冠图书股份有限公司1994年版。
《里尔克诗选》，臧棣编，人民文学出版社1996年版。
《里尔克诗选》，绿原译，人民文学出版社1996年版。
《艺术家画像》，张黎译，花城出版社1999年版。
《三诗人书简》，刘文飞译，中央编译出版社1999年版。

---

① 本书的写作受惠于陈宁先生（1970—2012，网名Dasha）主持的"里尔克中文网"（http://www.rilkecn.com），我亦曾以电邮与陈先生讨论《预感》一诗的中译问题。2014年5月的某日，我才惊悉陈先生因病于2012年猝然离世，谨燃爇一炷迟到的心香感谢他的帮助。

《上帝的故事：里尔克散文随笔集》，叶廷芳等编，中国广播电视出版社 2000 年版。

《里尔克诗选》，黄灿然译，河北教育出版社 2002 年版。

《永不枯竭的话题：里尔克艺术随笔集》，史行果译，东方出版社 2002 年版。

《里尔克散文选》，绿原、张黎、钱春绮译，百花文艺出版社 2002 年版。

《里尔克的绝唱》，张索时译，百花文艺出版社 2003 年版。

《里尔克精选集》，李永平编选，北京燕山出版社 2005 年版。

《给青年版诗人的信》，冯至译，上海译文出版社 2005 年版。

《杜伊诺哀歌》，刘皓明译，辽宁教育出版社 2005 年版。

《罗丹论》，梁宗岱译，中央编译出版社 2006 年版。

《马尔特手记》，曹元勇译，上海文艺出版社 2007 年版。

《里尔克法文诗》，何家炜译，吉林出版集团有限责任公司 2007 年版。

《杜伊诺哀歌》，林克译，同济大学出版社 2009 年版。

《穆佐书简：里尔克晚期书信集》，林克、袁洪敏译，华夏出版社 2012 年版。

《里尔克诗全集》（1—10），陈宁、何家炜译，商务印书馆 2016 年版。

【里尔克作品英译本】

Duino Elegies, translated by J. B. Leishman & Stephen Spender, London: The Hogarth Press, 1939.

Duino Elegies, translated and illustrated by Harry Behn, New York: Peter Pauper Press, 1957.

The Notebook of Malte Lauridds Brigge, translated by John Linton, London: The Hogarth Press, 1972.

Rilke on Love and Other Difficulties: Translations and Considerations, translated by HJohn J. L. MoodH, New York: W. W. Norton & Co., 1975.

Duino Elegies and the Sonnets of Orpheus, translated by A. Poulin, Jr., Boston: Houghton Mifflin Company, 1977.

Selected Poems of Rainer Maria Rilke, translated by New York: Harper Perennial, 1981.

Rainer Maria Rilke: Selected Poems, translated by Albert Ernest Flemming, New York: Routledge, 1986.

Sonnets to Orpheus, translated by David Young, Hanover: University Press of New England, 1987.

Duino Elegies, translated by Stephen Cohn, Northwestern University Press, 1989.

Duino Elegies, translated by Stephen Mitchell, Boston: Shambhala Publications, Inc., 1992.

Letters to a Young Poet, translated by HM. D. Herter, H New York: W. W. Norton & Company, 1993.

The Book of Image, translated by Edward Snow, New York: North Point Press, 1994.

Rilke's Book of Hours: Love Poems to God, translated by Anita Barrows and Joanna Macy, New York: Riverhead Books, 1996.

Uncollected Poems, translated by Edward Snow, New York: North Point Press, 1997.

New Poems, translated by Edward Snow, New York: North Point Press, 2001.

Sonnets to Orpheus & Letters to a Young Poet, translated by Stephen Cohn, New York: Routledge, 2002.

Sonnets to Orpheus, translated by Edward Snow, New York: North Point Press, 2004.

【其他外文文献】

Barraclough, Geoffrey. *The Origins of Modern Germany*, New York: W. W. Norton & Company, 1984.

Buber, Martin. *I and Thou*, translated by Ronald Gregor Smith, New York: Charles Scribner's Sons, 1958.

Casey, Timothy J. *A Reader's Guide to Rilke's Sonnets to Orpheus*, Galway: Arlen House, 2001.

Cassirer, Ernst. *Language and Myth*, translated by Susanne K. Langer, New York: Dover Publications Inc., 1953.

Dilthey, Wilhelm. *Poetry and Experience*, edited by Rudolf A. Makkreel and Frithjof Rodi, Princeton: Princeton University Press, 1985.

Eliot, T. S. The *Waste Land: Authoritative Text, Context, Criticism*, edited by Michael North, New York: W. W. Norton & Company, Inc., 2001.

Eagleton, Terry. *Literary Theory: An Introduction.* Minneapolis: Universtiy of Minnesota Press, 2008.

Gadamer, Hans Georg, *Literature and Philosophy in Dialogue: Essays in German Literary Theory*, translated by Robert H. Paslick, New York: State University of New York Press, 1994.

Freedman, Ralph. *Life of a poet: Rainer Maria Rilke*, Evanston: Northwestern University Press, 1998.

Gay, Peter. *Weimar Culture: The Outsider as Insider.* New York & London: W. W. Norton, 2001.

Habermas, Jürgen. *The Philosophical Discourse of Modernity*, translated by Frederick Lawrence, Cambridge: Polity Press, 1990.

Hegel, G. W. F. *The Philosophy of History*, translated by J. Sibree, Kitchener: Batoche Books, 2001.

Heidegger, Martin. *Poetry, Language, Language, Thought*, translated by Albert Hofstadter, New York: Harper & Row, 1975.

Heidegger, Martin. *Off the Beaten Track*, translated by Julian Young & Kenneth Haynes, Cambridge: Cambridge University Press, 2002.

Jung, C. G. *The Archetypes and the Collective Unconscious*, translated by R. F. C. Hull, Princeton: Princeton University Press, 1969.

Kaufmann, Water. *Existentialism: from Dostoevsky to Sartre*, New York: Meridian Books, Inc., 1956.

Kierkegaard, Søren. *The Essential Kierkegaard*, edited by Howard V. Hong & Edna H. Hong, Princeton: Princeton University Press, 2000.

Kossman, Nina, ed. *Gods and Mortals: Modern Poems on Classical Myths*, Oxford: Oxford University Press, 2001.

Leeder, Karen, & Vilain, Robert, ed. *The Cambridge Companion to*

Rilke, Cambridge: Cambridge University Press, 2010.

Lovejoy, Arthur O. *The Great Chain of Being: A Study of the History of an Idea*, Massachusetts: Harvard University Press, 1963.

Metzger, Erika A. *A Companion to the Works of Rainer Maria Rilke*, Rochester: Camden House, 2001.

Orlow, Dietrich. *A History of Modern Germany: 1871 to Present.* New Jersey: Prentice Hall, 1991.

Plato, *The Symposium*, translated by M. C. Howatson, Cambridge: University Press, 2008.

Ryan, Judith. *Rilke, Modernism and Poetic Tradition*, Cambridge: Cambridge University Press, 1999.

Simmel, Georg. *The Philosophy of Money*, Translated by Tom Bottomore and David Frisby, Lodon & New York: Routledge, 2004.

Tillich, Paul. *The Courage to Be*, New Haven & London: Yale University Press, 2000.

Weber, Max. *The Protestant Ethic and the Spirit of Capitalism*, translated by Talcott Parsons, London & New York: Routledge Press, 2005.

Weil, Simone. *Gravity and Grace*, translated by Emma Crawford & Mario von der Ruhr, London & New York, Routledge, 2002.

Windelband, Wilhelm. *A History of Philosophy*, translated by James H. Tufts, New York: Harper & Brother Publishers, 1958.

【其他中文文献】

［美］汉娜·阿伦特：《人的境况》，王寅丽译，上海人民出版社2009年版。

［英］T. S. 艾略特：《基督教与文化》，杨民生、陈常锦译，四川人民出版社1989年版。

［英］T. S. 艾略特：《艾略特诗学文集》，王恩衷编译，国际文化出版公司1989年版。

［英］T. S. 艾略特：《艾略特文学论文集》，李赋宁译，百花洲文艺出版社1994年版。

［意］安瑟伦：《信仰寻求理解——安瑟伦著作选集》，溥林译，中国

人民大学出版社2005年版。

［古罗马］奥古斯丁：《忏悔录》，周士良译，商务印书馆1982年版。

［瑞士］巴尔塔萨：《神学美学导论》，曹卫东、刁承俊译，生活·读书·新知三联书店2002年版。

［德］卡尔·白舍客：《基督教伦理学》，静也、常宏译，上海三联书店2002年版。

［法］波德莱尔：《1846年版的沙龙：波德莱尔美学论文选》，郭宏安译，广西师范大学出版社2002年版。

［德］马丁·布伯：《我与你》，陈维纲译，生活·读书·新知三联书店1986年版。

［美］布罗茨基：《文明的孩子》，刘云飞译，中央编译出版社1999年版。

蔡仁厚：《宋明理学（北宋篇）：心体与性体义旨述引》，台湾学生书局1977年版。

蔡仁厚：《宋明理学（南宋篇）：心体与性体义旨述引》，台湾学生书局1983年版。

［奥］斯蒂芬·茨威格：《昨日的世界——一个欧洲人的回忆》，舒昌善等译，生活·读书·新知三联书店1991年版。

崔建军：《纯粹的声音——倾听〈杜英诺悲歌〉》，东方出版社1995年版。

［美］安德鲁·芬伯格：《可选择的现代性》，陆俊、严耕等译，中国社会科学出版社2003年版。

［美］拉尔夫·弗里德曼：《里尔克：一个诗人》，周晓阳、杨建国译，华东师范大学出版社2014年版。

［德］于尔根·哈贝马斯：《现代性的哲学话语》，曹卫东等译，译林出版社2004年版。

［美］戴维·哈维：《后现代的状况：对文化变迁之缘起的探究》，阎嘉译，商务印书馆2003年版。

［德］亨利希·海涅：《论德国宗教和哲学的历史》，海安译，商务印书馆1974年版。

［德］马丁·海德格尔：《海德格尔选集》，孙周兴选编，上海三联书店1996年版。

［德］马丁·海德格尔：《荷尔德林诗的阐释》，孙周兴译，商务印书馆 2002 年版。

［德］马丁·海德格尔：《在通向语言的途中》，孙周兴译，商务印书馆 2004 年版。

［德］马丁·海德格尔：《林中路》，孙周兴译，上海译文出版社 2004 年版。

［德］马丁·海德格尔：《演讲与论文集》，孙周兴译，生活·读书·新知三联书店 2005 年版。

［德］马丁·海德格尔：《存在与时间》，陈嘉映等译，生活·读书·新知三联书店 2006 年版。

［德］马丁·海德格尔：《思的经验（1910—1976）》，陈春文译，人民出版社 2008 年版。

［美］依迪丝·汉密尔顿：《希腊精神》，葛海滨译，华夏出版社 2008 年版。

［德］荷尔德林：《荷尔德林文集》，戴晖译，商务印书馆 1999 年版。

［德］荷尔德林：《荷尔德林后期诗歌》，刘浩明译，华东师范大学出版社 2009 年版。

［德］荷尔德林：《追忆：荷尔德林诗选》，林克译，四川文艺出版社 2010 年版。

［德］荷尔德林：《荷尔德林诗新编》，顾正祥译，商务印书馆 2012 年版。

［德］黑格尔：《美学》，朱光潜译，商务印书馆 1981 年版。

黄晋凯等主编：《象征主义·意象派》，中国人民大学出版社 1989 年版。

［德］霍尔特胡森：《里尔克》，魏育青译，生活·读书·新知三联书店 1988 年版。

高中甫、宁瑛：《20 世纪德国文学史》，青岛出版社 1998 年版。

［法］马克·弗罗芒－墨里斯：《海德格尔诗学》，冯尚译，上海译文出版社 2005 年版。

［丹麦］克尔凯郭尔：《畏惧与颤栗·恐惧的概念·致死的疾病》，京不特译，中国社会科学出版社 2013 年版。

［德］伽达默尔：《伽达默尔集》，邓安庆等译，上海远东出版社 2003

年版。

［美］弗雷德里克·杰姆逊：《后现代主义与文化理论》（精校本），唐小兵译，北京大学出版社2005年版。

［英］海伦·加德纳：《宗教与文学》，沈弘、江先春译，四川人民出版社1989年版。

［美］道格拉斯·凯尔纳、斯蒂文·贝斯特：《后现代理论：批判性的质疑》，张志斌译，中央编译出版社2004年版。

［德］康德：《判断力批判》，邓晓芒译，杨祖陶校，人民出版社2002年版。

［德］康德：《康德论上帝与宗教》，李秋零译，中国人民大学出版社2004年版。

［美］弗雷德里克·R.卡尔：《现代与现代主义：艺术家的主权1885—1925》，陈永国、傅景川译，中国人民大学出版社2004年版。

［德］E.卡西尔：《启蒙哲学》，顾伟铭等译，山东人民出版社2007年版。

［英］杰夫·科林斯：《海德格尔与纳粹》，赵成文译，朱刚、张祥龙校，北京大学出版社2005年版。

［丹麦］克尔恺郭尔：《基督徒的激情》，鲁路译，冯文光校，中央编译出版社1999年版。

［意］贝内代托·克罗齐：《美学或艺术和语言哲学》，黄文捷译，百花文艺出版社2009年版。

［法］艾玛纽埃尔·勒维纳斯：《上帝·死亡和时间》，余中先译，生活·读书·新知三联书店1997年版。

冉云飞：《尖锐的秋天——里尔克》，四川人民出版社2000年版。

劳思光：《新编中国哲学史》，广西师范大学出版社2005年版。

［英］罗素：《西方哲学史》，何兆武、李约瑟译，商务印书馆1976年版。

牟宗三：《从陆象山到刘蕺山》，台湾学生书局1984年版。

牟宗三：《心体与性体》，上海古籍出版社1999年版。

牟宗三：《中国哲学十九讲》，上海古籍出版社2005年版。

［德］吕迪格尔·萨弗兰斯基：《海德格尔传》，靳希平译，商务印书馆1999年版。

唐君毅：《中国文化之精神价值》，广西师范大学出版社2005年版。

［丹麦］尼尔斯·托马斯：《不幸与幸福》，京不特译，华夏出版社2004年版。

［英］詹姆斯·C.利文斯顿：《现代基督教思想——从启蒙运动到第二届梵蒂冈公会议》，何光沪译，赛宁校，四川人民出版社1999年版。

［法］里昂耐尔·理查尔：《魏玛共和国时期的德国》（1919—1933），李末译，山东画报出版社2005年版。

刘小枫：《现代性社会理论绪论》，上海三联书店1998年版。

刘小枫：《诗化哲学》，华东师范大学出版社2007年版。

刘小枫选编：《舍勒选集》，上海三联书店1999年版。

刘小枫选编：《德语美学文选》，华东师范大学出版社2006年版。

刘小枫选编：《德语诗学文选》，华东师范大学出版社2006年版。

刘小枫选编：《海德格尔式的现代神学》，孙周兴等译，华夏出版社2008年版。

［德］马克思、恩格斯：《马克思恩格斯全集》第一卷，中央编译局译，人民出版社2002年第2版。

［法］雅克·马利坦：《艺术与诗中的创造性直觉》，刘有元、罗选民等译，罗选民校，生活·读书·新知三联书店1991年版。

［美］赫伯特·马尔库塞：《爱欲与文明——对弗洛伊德思想的哲学探讨》，黄勇、薛民译，上海译文出版社1987年版。

［英］麦格拉斯：《基督教概论》，马树林、孙毅译，北京大学出版社2003年版。

［德］尼采：《悲剧的诞生：尼采美学文选》（修订版），周国平译，北岳文艺出版社2004年版。

倪梁康：《现象学及其效应——胡塞尔与当代德国哲学》，生活·读书·新知三联书店1994年版。

倪梁康选编：《胡塞尔选集》，上海三联书店1997年版。

倪梁康：《胡塞尔现象学概念通释》，生活·读书·新知三联书店2007年版。

［德］诺瓦利斯：《夜颂中的革命和宗教》，林克等译，华夏出版社2007年版。

［德］诺瓦利斯：《大革命与诗化小说》，林克等译，华夏出版社2008

年版。

[法] 帕斯卡尔：《思想录》，何兆武译，商务印书馆1985年版。

彭富春：《论海德格尔》，人民出版社2012年版。

[德] 吕迪格尔·萨弗兰斯基：《荣耀与丑闻：反思德国浪漫主义》，卫茂平译，上海人民出版社2014年版。

[美] 爱德华·W.萨义德：《论晚期风格——反本质的音乐与文学》，阎嘉译，生活·读书·新知三联书店2009年版。

[俄] 露·安德烈亚斯·莎乐美：《莱纳·玛丽亚·里尔克；与里尔克一起游俄罗斯》，王绪梅译，华东师范大学出版社2006年版。

[德] 施太格缪勒：《当代哲学主流》上卷，王炳文等译，商务印书馆1986年版。

孙凤城编选：《德国浪漫主义作品选》，人民文学出版社1997年版。

[俄] 弗拉基米尔·索洛维约夫：《神人类讲座》，张百春译，华夏出版社2000年版。

[德] 特拉克尔：《梦中的塞巴斯蒂安》，林克译，四川文艺出版社2010年版。

[法] 茨维坦·托多罗夫：《走向绝对：王尔德、里尔克、茨维塔耶娃》，朱静译，华东师范大学出版社2014年版。

[法] 薇依：《重负与神恩》，顾嘉琛、杜小真译，中国人民大学出版社2003年版。

[德] 马克斯·韦伯：《学术与政治》，冯克利译，生活·读书·新知三联书店2005年版。

[德] 文德尔班：《哲学史教程》，罗达仁译，商务印书馆1987年版。

[美] 雷纳·韦勒克：《近代文学批评史》第七卷，杨自伍译，上海译文出版社2006年版。

[德] 西美尔：《叔本华与尼采——一组演讲》，莫光华译，李峻校，上海译文出版社2006年版。

[德] 谢林：《艺术哲学》，魏庆征译，中国社会科学出版社1996年版。

[德] 卡尔·雅斯贝斯：《时代的精神状况》，王德峰译，上海译文出版社1997年版。

[德] 汉斯·罗伯特·耀斯：《审美经验与文学解释学》，顾建光、顾

靖宇、张乐天译,上海人民出版社 2006 年版。

余虹:《思与诗的对话:海德格尔诗学引论》,中国社会科学出版社 1991 年版。

余虹:《艺术与归家——尼采·海德格尔·福柯》,中国人民大学出版社 2005 年版。

袁可嘉等编:《现代主义文学研究》上,中国社会科学出版社 1989 年版。

[美] 弗雷德里克·詹明信:《晚期资本主义的文化逻辑》,张旭东等译,生活·读书·新知三联书店 1997 年版。

张立文:《中国哲学范畴精粹丛书:心》,中国人民大学出版社 1993 年版。

张隆溪:《道与逻各斯》,冯川译,四川人民出版社 1998 年版。

张汝伦:《现代西方哲学十五讲》,北京大学出版社 2003 年版。

张新樟:《"诺斯"与拯救:古代诺斯替主义的神话哲学与精神修炼》,生活·读书·新知三联书店 2005 年版。

周国平:《尼采——在世纪的转折点上》,上海人民出版社 1986 年版。

周国平主编:《诗人哲学家》,上海人民出版社 1987 年版。

周濂:《缪斯的痛苦与激情:尼采、里尔克与萨乐美》,社会科学文献出版社 1998 年版。

《古兰经》,马坚译,中国社会科学出版社 1981 年版。

《圣经后典》,张久宣译,商务印书馆 1996 年版。

"现在终于成了"

"现在终于成了,成了,成了……阿门!"①

当本书终于成了的时候,我仍愿将自己三年前的一首旧作稍加改饰便抄录于此,以祭献又一个蓉城三载:

> 早岁哪知读书艰,万卷坐拥图一览。
> 挑灯夜入林中路,焚香昼参野狐禅。
> 顶上空自残白发,眉下厚镜遮赤眼。②
> 待到皓首穷义竟,书生气销可一叹。

回看读博的三载,发现它竟是如斯独异,以致键盘敲遍也甚难掘出几个恰切的语词来描述之。困顿,自不消说——经济的、论文的、生活的、工作的……困顿,可能是每一读博人的共感。问学生涯的诸种繁杂情思,被传诉在几行残破的诗言中:独坐古木下,草寂生幽花;奇书每会意,似是故人来;人生一大梦,天地二小丑;奇书疗寂寞,灵思眷孤独,等等。三年,被仍不息地川流其间的汶川一分为二——那次源自稳靠大地的晃荡,逼使散淡的我再三拢聚精神去探看甚难言述的存在之因由。此时,仍记得那日午后睡眼惺忪的我被摇得不知所措,被慌乱的人群裹挟下楼,随后在晃荡中注视着整栋楼的玻璃噼里啪啦地响个不停。衣衫不整、惊悸庆幸、略带伤痕的人群通过大声闲谈宣泄内心的恐惧,手机中断、半导体成

---

① 里尔克语,于《杜伊诺哀歌》写就之夜。
② 原为"额前依旧凝鋆川"。

了唯一畅通的信息来源。辗转露宿、每晚在与蚊子的轰鸣袭击之搏斗中半梦半醒。匆匆回屋取物后便迅速逃离,被一个个电视瞬间冲击得一塌糊涂,在草坪上听导师玄谈地震以及哈贝马斯。关切的短信总是不期而至、道听途说的余震消息总会被及时告知、消息来源的权威性都不容置疑——在这个生死攸关的存在之紧迫时刻,你能信什么?……

当然,对于和里尔克一样不舍此间的我来说,师友与家人的适时关切终使我得以抵御那周匝袭来的各色困顿:由最初私淑到后能幸列吴兴明先生之亲炙弟子的四载中,先生从读书为文至生活工作等诸多方面,都曾不厌其烦地为我烦忙。我一向敬慑于先生的理论威严(或曰思想洞穿力),故每次聚谈,自己大抵以聆听居多而少有肆语,由衷常发"游于吴门难为言"之叹。时念吴师每谈至兴处,理自明澄,且能常入不酌滴酒而醉态毕现之境,其情态颇似他所赏爱的米元章行草,"进退裕如,体势俊迈,八面生姿"。先生曾为我提供多个可选择的论题(如"文学语用学"和"承认理论与文学公共性"),但俱因自己思力不逮之故而再三迁改以至放弃,而最终仓促返归到我所熟稔的里尔克。因此,本书可能远未抵及先生对我的期许水平,故每念及此,未尝不歉从中来。除吴师外,对我的问学生涯影响最大的另一人乃是我的硕士学位导师邱晓林先生——他身上那沛然的伦理激情与知识欲望激荡着我几近六年。无疑,这种知识人当有的良知之光日后仍将导我前行。

此外,让我获益良多且日后仍会不时感念的学院师长尚有:有纳川容大气度的曹顺庆先生,如他提示为使研究题域的意义显豁,中西对勘方法之采纳的必要性。谨严宽和的冯宪光先生,如他曾在课上语重心长地提醒我(们)注意语言学和心理学研究成果,以及进图书馆次数应多于出校门次数等。埋头做活的阎嘉先生,如他身上所涌动着的此在激情,或曰酒神精神。睿智的王晓路先生,如他曾多次告诫我(们)学问乃二三素心人之事。谨谦的赵毅衡先生,如他以直接明达的方式为我(们)叙述符号学的繁复世界。温而厉的刘亚丁先生,一颗让人叹服的静静顿河赤子心。……应需申以谢臆的还有本论文的外审专家冯黎明先生、薛富兴先生、张三夕先生、张永清先生、朱国华先生,以及答辩老师李天道先生、马睿先生、唐小林先生、王晓路先生和张进先生,感谢诸位师长所提出的众多极富启发性的完善建议。

需要提及的尚有三载为千秋般的挚友王学东和张思帅等诸君。尤其是人如其名的张思帅君，我至今仍感悦于那次与邱师聚谈至午夜后，微醺的我俩一道打车归家的途中，他对我的工作所给予的真忱关切与慷慨允诺。

无疑，尤需感念的是我那依旧在乡下劬劳的年迈父母——他们一道筑建着我赖以存在的基础。最后，还有已然由女友归为妻子的黎黎——谢谢你在我岁末哭途穷之际，所给予我的物与灵的照看；谢谢你在历经1586日的笑与泪后，能毅然地于我一无所有时嫁给我。正当我对明明两个个体最属己之事，却需要一张外在的证明才觉得稳靠而讶然时，已先领获那张证明的友人匡宇兄点化道，"那张外在的证明是把属于私人的东西给放置到社会关系网络中去的节点之一"。依此来看，师友家人无疑均是有情世界中与我前牵后挂的众多节点，他们一道织就着我所能领会自己之缘在的那一因缘世界。乱曰：

娑婆世界，有情婆娑。
在之义谛，在在说我。

西元2010年五四日再稿于蓉城西郊寓舍，儿童节日勘定

自己的文章虽是敝帚亦会珍赏。自博士毕业后，我读书时每见与里尔克相关的文字或每有新想法闪现，总会忍不住将其拿来对本书稿进行增删。可以说，四年来我就如一个匠人不时会对自己费心制作的一件旧物，摩挲把玩、敲打修补。古人云"校书如扫落叶，旋扫旋生"，改文何尝不是如此？因此，本书只是我在藉随里尔克一起思"存在"的问学道路上的一个"路标"——一个既能检视自己在博士毕业前的问学时日中究竟收获几何，又能定向自己此后的问学之路到底应何去何从的"路标"。

感谢我的两位导师吴兴明先生与邱晓林先生慨然命笔，写就了两篇内容与本书正文极具张力的序言，对我问学生涯的阶段性成果给予了自己的独特评价。诚如康德所言，是休谟的著作把他从"独断论的安睡中唤醒"一样，吴师的序言也犹如一声棒喝将我从存在论的迷梦中唤醒了；邱师的序言则提示我反省以"思"来敞亮"诗意"的有效性及其可能引发的问题。

看着这部再三修饬的文稿，我心中仍不免犹疑：它是否已达付梓的成色、已到付梓的时间？里尔克会颔首道，"主啊！是时候了"？

西元 2014 年 11 月 2 日 补记